Jana Fried
Piniendurft mit Herznote

Montlake

Das Buch

Mira hat ihr Leben im Griff. Mit Überzeugung und Leidenschaft arbeitet sie als Erzieherin in Frankfurt und auch privat hat sie ihre Bestimmung gefunden: Seit zehn Jahren ist sie mit Max zusammen, die Hochzeit ist geplant. Als Max zu einer Tagung nach Sirmione an den Gardasee fährt, reist sie ihm hinterher, um ihn zu überraschen – und erlebt die größte Enttäuschung ihres Lebens. Max hat eine andere!

Mira ist geschockt und traurig – aber ein Rückzug kommt nicht in Frage. Liebe kann schließlich kein biochemischer Unfall sein, wie es ihr Feriennachbar Alessandro behauptet. Und doch überkommen sie Zweifel: Löst sich ihr großer Traum von romantischer Liebe nach dem Ärger mit Max in Luft auf? Oder verwandelt er sich vielleicht nur in etwas Neues?

Die Autorin

Jana Fried wurde 1980 im hessischen Gießen geboren. Sie ist bekannt durch ihre »Insel«-Liebesromane, die sie seit 2017 in regelmäßigen Abständen veröffentlicht. »Pinienduft mit Herznote« ist der Auftakt ihrer neuen romantischen Gardasee-Reihe.

Die Autorin lebt auch heute in ihrer hessischen Heimat im beschaulichen Taunus. Sie liebt Tiere, die Natur und gute Geschichten …

Pinienduft *mit* Herznote

roman

JANA FRIED

Montlake

Deutsche Erstveröffentlichung bei
Montlake, Amazon Media EU S.à r.l.
38, avenue John F. Kennedy, L-1855 Luxembourg
Dezember 2022

Umschlaggestaltung: Brian Barth, Berlin
Umschlagmotiv: © Pawel Kazmierczak / Shutterstock
1. Lektorat: Angela Kuepper
2. Lektorat und Korrektorat: Media-Agentur Gaby Hoffmann,
www.profi-lektorat.com
Gedruckt durch:
Amazon Distribution GmbH, Amazonstraße 1, 04347 Leipzig /
Canon Deutschland Business Services GmbH, Ferdinand-Jühlke-Straße 7,
99095 Erfurt /
CPI books GmbH, Birkstraße 10, 25917 Leck

ISBN : 978-2-49671-198-1

www.montlake.de

Prolog

Mira schloss die Wohnungstür auf und schlüpfte aus den Turnschuhen. »Zwei Wochen Urlaub«, sagte sie laut und steuerte direkt auf die Kaffeemaschine zu. Sie kam gerade von einer Vierundzwanzig-Stunden-Schicht im Kinderdorf, wo sie nachts zwar im Betreuerzimmer schlafen durfte, aber in ständiger Alarmbereitschaft war. Das war alles andere als erholsam. In der Küche sah alles genauso aus wie beim Verlassen der Wohnung am gestrigen Morgen. Obwohl sie froh hätte sein können, dass niemand ihre Ordnung durcheinandergebracht hatte, spürte sie einen kleinen Stich beim Anblick der leeren Wohnung. Ohne Max wirkte alles so leblos und düster. Mist, ich hätte meinen Dienst tauschen und mit ihm fahren sollen, dachte sie. Max hatte sich gewünscht, dass sie ihn auf eine Fortbildung an den Gardasee begleitete, um die freie Zeit gemeinsam zu verbringen. Doch Miras Liste mit nicht erledigten Dingen war in den vergangenen Wochen immer länger geworden. Insofern hatte sie sich entschlossen hierzubleiben. Es ist aber auch einfach dermaßen viel zu tun, seufzte sie innerlich und dachte an die Wand in der Küche, die sie streichen wollte. Noch nicht mal eine Farbe habe ich ausgesucht. Außerdem muss ich dringend den Kleiderschrank ausmisten, bevor der Herbst kommt, da findet man ja überhaupt nichts mehr … Wenn sie sich beschwerte, sie hätte nichts anzuziehen, entgegnete Max oft, dass sie sehr wohl genug hätte, bloß nicht wüsste, wo es sei. Recht hatte er, wie sie schweren Herzens zugeben musste.

Es kam ihr vor wie eine Ewigkeit, bis es in der Kaffeemaschine zu brodeln begann. Wenigstens etwas, das Geräusche machte! In der Wohnung war es viel zu still. Sogar das nervige Klingeln der Chatnachrichten aus dem Computerzimmer, das dauernd zu hören war, wenn Max sich dort aufhielt, fehlte ihr. Dunkle Regenwolken vor dem Fenster verdüsterten zusätzlich ihre Stimmung. Zum Glück würde Steffi gleich vorbeikommen. Ihre Freundin und Kollegin hatte heute frei und war voller Tatendrang. Mira hingegen fühlte sich wie gerädert. Ohne den Kaffee würde sie im Sitzen einschlafen, bevor Steffi käme.

Mit einer vollen Tasse ging sie ins Wohnzimmer. Noch während sie sich auf die Couch setzte, klingelte es.

Als Steffi in die Wohnung trat, schien es heller zu werden. Sie verscheuchte die gedrückte Stimmung einfach mit ihrem Lächeln. Plötzlich drang auch wieder wärmendes Licht durch die Fensterscheiben. Die Wolken hatten sich aufgelockert. Steffis Augen waren blaugrün und zeigten stets einen freundlichen Ausdruck. Ihr schwarzes Haar und die makellose, blasse Haut verliehen ihr etwas Vornehmes.

»Na, du kleiner Sonnenschein«, begrüßte Mira ihre Freundin und schloss sie fest in die Arme.

»Und, hast du die Nacht gut überstanden?«

»Die Nacht war weniger schlimm als gedacht. Der Morgen hätte allerdings schöner sein können.«

»Was war denn los?«

»Ich musste mit Jenny sprechen, und das noch vor dem ersten Kaffee.«

»Oje, das klingt stressig.«

Seit Jenny Gruppenleiterin war, gehörten Zickenkrieg, Intrigen und blödsinnige Machtspielchen zur Normalität. Manchmal fragte Mira sich, warum sie sich das überhaupt antat. Der Kinder wegen, klar. Die brauchten Stabilität, nach allem, was sie in jungen Jahren schon erlebt hatten.

»Ich müsste einfach mal paar Tage raus aus der Stadt«, überlegte sie laut. »Ich hatte noch gar nichts vom Sommer, und jetzt ist er quasi bereits vorbei. Morgen ist mein erster Urlaubstag, und meine Stimmung ist voll im Keller, weil ich allein hier rumsitze. Mensch, ich hätte mitfahren sollen, ich könnte längst unterwegs nach Italien sein.«

»Dann fahr ihm doch nach!«

Mira zuckte ratlos die Schultern. Max war enttäuscht gewesen, dass sie nicht mitwollte, hatte aber schließlich eingesehen, dass sie auch mal Zeit für sich und die Wohnung brauchte.

»Du hast zwei Wochen Urlaub«, fuhr Steffi fort. »Wenn es euch da unten gefällt, hängt ihr einfach noch ein paar Tage dran! Also, ich hätte auch keine Lust, alleine in meiner Wohnung zu hocken, wenn Jonas irgendwo im Süden wäre. Da würde ich direkt hinterherfahren. Oder fliegen? Kann man da irgendwo landen am Gardasee?«, fragte Steffi, und Mira musste kichern.

»Da würde Max sicher Augen machen, wenn ich direkt am See landen würde«, sagte sie.

»Ja, du weißt schon. Irgendwo in der Nähe.«

»Ich glaube, in Verona ist ein Flughafen. Max und seine Firma sind mit einem Reisebus gefahren. Ich würde eigentlich lieber den Zug nehmen. Dabei ein bisschen lesen, während die Landschaft sich verändert und die Vorfreude langsam wächst.«

»Klingt für mich nach einem viel besseren Plan, als hier zu sitzen und dich zu beschweren, dass du in deinem Urlaub zu wenig erlebst!«

»Das auf jeden Fall, ja«, gab Mira zu, und in ihrem Bauch begann es zu kribbeln. Früher hatte sie sich viel häufiger zu spontanen Unternehmungen aufgerafft. Aber was war mit dem Streichen der Küche? Damit hatte sie Max eine Freude machen wollen, da er sich ständig über das verblasste Lila ärgerte, in dem die vorherigen Mieter die Raufasertapete gestrichen hatten. Aber würde er sich über mich als Überraschung nicht noch viel mehr freuen, überlegte sie, und ihr Herz machte einen freudigen Satz, als etwas in ihr ganz plötzlich die Entscheidung fällte. »Gut, ich fahre nach Sirmione. Ich mach das wirklich«, beschloss sie.

Steffi sah von ihrem Handy auf. »Weiß ich doch. Ich bin gerade dabei, dir eine Zugverbindung rauszusuchen.«

Kapitel 1

Mira liebte Italien, und wenn Kenner des Landes den Gardasee als etwas so Einzigartiges anpriesen, glaubte sie den Worten gerne und freute sich umso mehr auf ihren Kurztrip. Sie wollte sieben Nächte bleiben, hatte anschließend, genau wie Max, aber noch eine Woche Urlaub. Den würden sie gemeinsam zu Hause verbringen. Dort, wo ihre heutige Fahrt begann. In Frankfurt-Bockenheim, ihrem momentanen Wohnort.

Während sie mit dem Taxi durch die überfüllte Innenstadt fuhr, erlebte sie einen ersten Vorgeschmack auf den Herbst. Die Wolkenkratzer ragten in einen düsteren Himmel. Die Bäume auf den Grünstreifen bogen sich im Wind. Die Taxifahrerin schimpfte wie ein Rohrspatz, während der Regen auf die Windschutzscheibe prasselte. Sie hupte häufig und bremste mehrmals so unvermittelt, dass Mira in den Gurt geschleudert wurde. Sie schloss die Augen und beschwor die herrlichen Luftaufnahmen des Gardasees aus einer Dokumentation in ihrer Erinnerung herauf, die sie am Abend zuvor vor dem Schlafen geschaut hatte. Sie erinnerte sich noch genau an die Worte der Sprecherin: *Ein am Ende der letzten Eiszeit entstandener Saphir aus klarem Wasser, im Süden bis tief in die Po-Ebene ausgebreitet, im Norden von hohen, steilen Bergen eingerahmt, das ist der Gardasee bei einem Blick aus der Vogelperspektive. Er ist 52 Kilometer lang und bis zu 346 Meter tief. Somit ist er der größte See Italiens …*

Mira öffnete die Augen. Grau in Grau. Am Gardasee war gutes Wetter angesagt. Morgen schon würde sie am Seeufer sitzen und der Sonne zusehen, wie sie hinter den Bergen verschwand.

Am Hauptbahnhof angekommen, brauchte sie den Kurzurlaub noch dringender als vor der Taxifahrt. Sie betrat das alte, riesige Gebäude und fand sich augenblicklich mitgerissen in einem Strom aus Menschen mit Koffern, Tüten, Taschen und gehetzten Blicken. Die Atmosphäre in großen Bahnhöfen mit Zügen ins Ausland verursachte bei Mira schnell Fernweh, das sich mit einem freudigen und gleichzeitig schmerzhaften Ziehen in ihrem Bauch äußerte. Fernweh war für Mira wie eine Lust auf etwas Fremdes, auf etwas, das mit dem Alltag nichts zu tun hatte.

Die Luft trug die Gerüche der Snackbars zu ihr herüber. Der Burger-und-Pommes-Dunst aus einem der Schnellrestaurants rief um diese Uhrzeit eher Übelkeit in ihr hervor, als ihr Appetit zu machen. Doch ihr Magen grummelte, irgendwas musste sie essen. Hat ja mal wieder überhaupt nicht geklappt mit dem Lunchpaket, dachte Mira. Bis auf einen Kaffee und eine Schale Müsli hatte sie heute noch nichts zu sich genommen.

Sie zwängte sich durch eine Menschenmenge, gelangte in einen Kiosk mit Bäckereitheke, wo sie sich eine Käse-Laugenstange, zwei Haferriegel, einen Apfel, ein Glas Pfirsich-Maracuja-Joghurt und eine Flasche Wasser als Proviant für die Zugfahrt kaufte. Anschließend machte sie sich auf den Weg, ihr Gleis zu suchen. Nach den Beschränkungsmaßnahmen der letzten Zeit war sie heilfroh, wieder mehr Kontakt zu anderen Menschen zu haben – aber diesen Tumult hier brauchte sie auch nicht. Sie war in einem Tausend-Seelen-Dorf in Mittelhessen groß geworden, in einem Tal, recht einsam gelegen und von hügeligen Äckern, Wiesen und Wäldern geschützt. Damals hatten die Kinder aus der Stadt behauptet, man wäre vom echten Leben abgeschnitten, wohnte man auf dem Land. Heute fühlte Mira sich vom echten Leben abgeschnitten, wenn sie zu lange keine Singvögel zwitschern hörte und keinen Waldgeruch atmete. Jedes Mal, sobald der Terminkalender es zuließ, fuhr sie in den Taunus und ging spazieren, um neue, wunderbare Ecken der nahe gelegenen Natur kennenzulernen. Sie genoss das Eintauchen in die allgegenwärtige Tier- und Pflanzenwelt, für die sie im Alltag so blind war, geblendet durch all die Anforderungen, Termine und zu viel Bildschirmzeit. Leider fanden ihre Unternehmungen in der Natur meistens ohne Max statt, und wenn er doch mal mitkam, starrte er ständig auf sein Handy wie ein Teenager. Seine Gedanken konzentrierten sich auf seinen Job in der Marktforschung, sobald ihm langweilig wurde. Und im Job war er stets auf das nächste Ziel fokussiert, sonst würde er in seiner Firma schnell untergehen, glaubte er. Für das Arbeiten im sozialen Bereich galt das genauso, nur ging man da eher nervlich unter, wenn man nicht gut auf seine seelische Gesundheit achtete. In den sozialen Berufen verhielt es sich nach Miras Erfahrung so, dass am weitesten kam, wer am längsten durchhielt. In der vollstationären Wohngruppe des Kinderdorfes, in der sie arbeitete, hatte sie selten einen ruhigen Tag. Falls mit den Kids alles gut lief, suchte einer der Kollegen Streit … Um ein Haar wäre Mira über den Trolley einer rennenden Frau gestolpert. Sie schob die Gedanken an Jenny beiseite und bahnte sich ihren Weg durch die Menge.

Sobald sie ihr Gleis gefunden und sich in den Zug gesetzt hatte, verstärkte sich die Vorfreude noch, und das Gewusel des Bahnhofes sowie die wirre Taxifahrt setzten sich ab wie der Schlamm in einem aufgewühlten Gewässer, nachdem der Sturm vorübergezogen war. Nun dachte sie genussvoll wieder an die

Gardasee-Doku zurück, die sie sich gestern zur Einstimmung angeschaut hatte. *Auch heute noch wird der See über den Fluss Sarca von Gletschern gespeist, der durch kalte, dunkle Schluchten mit finsteren Wäldern verläuft, bis er schließlich die sommerlichen Ufer des Gardasees erreicht. Alpenromantik und das südliche Flair Italiens gibt es in Städten wie Limone sul Garda direkt nebeneinander. Wo steile Felswände in den Himmel ragen und sich die kleine Stadt auf einen schmalen Landstreifen klammert, der herrliche See schimmert und Palmen das Ufer säumen …* Viel mehr wusste Mira nicht über den Gardasee. Die kleine Vorschau hatte allerdings genügt, um ihre Freude ansteigen zu lassen.

Italien, ich komme, rief sie sich selbst in Gedanken zu. Und sie dachte an Max.

Seit einem halben Jahr waren sie nun verlobt. Sie fühlten sich bereit für die Zukunft und wünschten sich gemeinsame Kinder. Max war der Richtige für sie und sie die Richtige für ihn. Max war ein fleißiger, ehrlicher Mann, der hart für seinen Erfolg arbeitete. Zudem sah er gut aus. Er hatte das Glück, dass er so viel essen konnte, wie er wollte – an seiner männlichen Statur veränderte sich nie etwas. Wenn Mira nach zwei Wochen All-inclusive-Urlaub an diversen Körperstellen die Fettpölsterchen wachsen sah, wölbte sich Max' Bauch höchstens mal für Tage leicht nach vorn, als hätte er zu viel Wasser getrunken. Merkwürdigerweise schienen seine Bauchmuskeln über dem Urlaubsspeck zu liegen, denn die blieben gut sichtbar wie immer. Ein bis zwei Wochen später war sowieso wieder alles beim Alten. Max war 1,86 m groß, und für seine athletische Figur tat er so wenig, wie er für seine grünen Augen mit den langen schwarzen Wimpern getan hatte. Die braunen Haare trug er kurz und manchmal etwas zu modisch geschnitten. Kein Wunder, er ging alle drei Wochen zum Friseur. Sein markantes Gesicht mit den ausgeprägten Wangenknochen und dem glatt rasierten Kinn harmonierte in Miras Augen besser mit einer etwas natürlicheren Frisur, bei der nicht jede Haarsträhne einzeln in Szene gesetzt werden musste. Aber das war es nicht, worauf es ihr ankam. Charakterlich bewunderte Mira vor allem seine Beharrlichkeit und seine Bereitschaft, auch unbequeme Wege zu gehen, wenn sie ans Ziel führten. Für die gemeinsame Zukunft warf er sich mit vollem Einsatz in die Arbeit. Allerdings fand Mira, dass er hin und wieder über das Ziel hinausschoss. Schließlich war es ihre Beziehung, die unter seinen ständigen Überstunden litt. Gerade im Herbst, wo es früher dunkel wurde, schafften sie es fast nie, einen gemeinsamen Spaziergang zu machen. Aber in der Natur fühlte Mira sich sowieso nie allein.

Sie nahm einen Bissen von der Käse-Laugenstange und sah aus dem Fenster. Der Bahnsteig war leer, alle Fahrgäste schienen bereits zugestiegen zu sein. Sie tastete nach ihrem Handy, doch sofort erklang eine Stimme im Kopf. Versuch wenigstens, dich so gut wie möglich zurückzuhalten. Sie hatte sich vorgenommen, jedes Mal zu prüfen, weshalb sie das Verlangen hatte, auf das Gerät zu schauen. Meistens gab es dafür doch eigentlich keinen Anlass. Es konnte nicht gesund sein, diesem Impuls immer wieder nachzugeben. Ein gewisses Maß an Langeweile war gut für den Menschen, da entwickelte man Kreativität, das wusste Mira von ihrem Vater. Außerdem wollte sie nicht Max Vorwürfe wegen seines Handykonsums machen und selbst viel zu oft auf dieses Ding glotzen.

Ein Pfiff ertönte, die Türen schlossen sich mit einem Quietschen und kurz darauf rollte der Zug los. Auf Mira wirkte es, als setzte sich die Welt vor ihrem Fenster in Bewegung, da sie rückwärts losfuhren, um die Waggons aus dem Bahnhof zu manövrieren. Mira musterte ihr Spiegelbild in der Scheibe. Sie sah jünger aus, als ihr Personalausweis vermuten ließ. Sie war mit ihrem Aussehen zufrieden, auch wenn ihre Figur momentan nicht in absoluter Topform war. Ihr schulterlanges

Haar war hellbraun und leicht stufig geschnitten. Ihre Augen mochte Mira selbst am meisten an sich. Sie waren groß und hellblau wie das Eis einer Gletscherspalte. Ihre Nase war unauffällig, die Lippen breit und freundlich. Heute trug sie Jeans und Turnschuhe, dazu eine Jeansjacke, die zu ihrer Augenfarbe passte, und darunter noch einen gelben Pullover. Die Jacke konnte sie hier allerdings ausziehen, es war sommerlich warm und etwas stickig in dem Großraumabteil.

»Ihre Fahrkarte bitte«, sagte der Schaffner. Er stand plötzlich neben ihr auf dem Gang, beleibt, leicht schnaufend und mit buschigem rotem Schnauzbart. Er hatte den Geruch eines altmodischen Rasierwassers mitgebracht. Mira fand ihn ein wenig streng, doch gleichzeitig mochte sie das, denn es weckte Erinnerungen an ihre Kindheit. Ihren Vater hatte diese Art von Duft stets umgeben. Damals hatte sie sich nicht gefragt, ob das Rasierwasser gut roch. Es hatte zu Papa gehört und war somit automatisch gut gewesen.

Mira holte ihr Ticket aus der Handtasche und reichte es dem Schaffner. Der nickte und scannte die Fahrkarte ab. Erleichtert stellte Mira fest, dass alles gut gegangen war. Sie war nie eine Schwarzfahrerin gewesen. Bloß einmal in der Jugend hatte sie vergessen, ein Ticket zu ziehen, weil sie dringend zum Treffen mit einem Jungen hatte fahren müssen, und war gleich erwischt worden. Seitdem bekam sie jedes Mal ein leicht nervöses Gefühl, wenn der Schaffner sie aufforderte, den Fahrschein vorzuzeigen.

Sie schloss die Augen und rief sich die Fotos ihrer Unterkunft ins Gedächtnis. Die alte, geheimnisvoll wirkende Villa Baresi lag auf einer sanften Anhöhe und war von großen Kiefern, Pinien, Zypressen und Olivenbäumen umgeben. Diese herrlichen, Schatten spendenden Bäume befanden sich in einem parkähnlichen Garten. Selbst wenn es nur halb so schön war wie auf den Bildern, wäre es wunderbar. Das Anwesen war nicht weit vom Wasser entfernt und bot trotzdem jede Menge Privatsphäre. Außerdem würde sie die meiste Zeit am Abend sowieso mit Max verbringen und möglicherweise bei ihm im Hotel übernachten. Aber nicht jeden Tag, sie wollte die Zeit auch für sich selbst nutzen und dafür lieber an einem Ort mit weniger Rummel sein, nicht in dem schicken Hotel, das Max' Firma gebucht hatte. Zwar mochte sie es, in der Stadt zu wohnen, doch das würde nicht für immer sein, das fühlte sie. Spätestens, wenn sie eigene Kinder hätte, wollte sie aufs Land ziehen. Ihr Nachwuchs sollte genauso frei durch Wald und Wiesen toben können, wie sie es als Mädchen getan hatte.

Kapitel 2

Nachdem Mira in München umgestiegen war, überfiel sie ein kleines, ungeplantes Nickerchen. Als sie die Augen aufschlug, lehnte sie mit offenem Mund an der Fensterscheibe. Sie war nach zwei Seiten ihres Romans eingeschlafen, was keinesfalls Schuld des Buches war. Reisevorbereitungen waren bei Mira immer mit viel Stress verbunden, Stress, den sie sich selbst machte, was ihr bewusst war und was sie deshalb noch umso mehr stresste. Sie sah aus dem Fenster und erkannte die grasgrüne Provinz des bayerischen Alpenvorlandes. Ihr Herz machte einen Satz, und mit einem Mal war sie hellwach. Die schneebedeckten Gipfel der Alpen waren bereits am Horizont zu sehen. Mira strahlte vor Freude. Als sie sich an dem Anblick sattgesehen hatte, wandte sie sich wieder ihrem Roman zu. Sie suchte gerade nach jener Stelle, an der sie der Schlaf übermannt hatte, als zwei Fahrgäste – sie waren wohl eben zugestiegen – auf den Viererplatz vor ihr zusteuerten. Es handelte sich um eine alte Dame, die vermutlich ihren achtzigsten Geburtstag schon erlebt hatte. Ihre farbenfrohe Garderobe stach deshalb besonders ins Auge. Sie trug einen Hut und einen Stock sowie ein vornehmes Handtäschchen aus dunkelgrünem Samt und mit goldenen Schnallen. Sie nahm zuerst Platz, und ihr Begleiter setzte sich mit dem Rücken zu Mira. Der Mann war deutlich jünger. Vielleicht ihr Enkelsohn, dachte Mira. Doch sein Alter konnte sie anhand seines Rückens, seiner Bewegungen und des halblangen braunen Haares nur schätzen. Im einfallenden Sonnenlicht blitzten hier und da Spuren von Grau auf. Er trug eine Outdoorjacke mit Tatzenabdruck und hatte den dazu passenden riesengroßen Rucksack zwischen sich und der Dame platziert.

»Also, wenn gestandene Mannsbilder wie Sie keine Familie gründen und auch niemals eine gründen wollen, ja, dann läuft doch irgendwas falsch«, sagte die Frau in bemühtem Hochdeutsch.

Der Mann mit dem breiten Rücken lachte. »Das hat andere Gründe, aber ich muss Ihnen recht geben. Es geht vielen oft nur um den beruflichen Erfolg, und der macht auch nicht immer glücklich! Mir geht's nicht darum.«

Der Mann hatte eine angenehm tiefe und leicht beruhigende Stimme. Mira fand, er wirkte wie einer dieser Typen, die wochenlang alleine durch die Wildnis zogen und Feuer mit Steinen machten. Zumindest fantasierte sie sich das anhand von Kleidung, Ausrüstung und Frisur zusammen.

»Aber weshalb wollen Sie net heiraten, Sie persönlich frag ich doch, warum Sie sich nicht niederlassen und für Nachwuchs sorgen?«

Mira ließ das Buch in ihrer Hand sinken. Die Frau redete so laut, dass sie gar nicht anders konnte, als zu lauschen.

»Ich wäre einfach nicht überzeugt davon, und wenn ich von etwas nicht überzeugt bin, lass ich es eher bleiben«, erläuterte der braunhaarige Mann.

»Vielleicht hat es Sie bisher bloß noch nie so richtig erwischt«, vermutete die Frau mit einem Schmunzeln. »Beziehungsweise – wovon sind Sie nicht überzeugt?«

Jetzt wird's interessant, dachte Mira und musste schmunzeln.

»Dass ich bereit wäre, die Verantwortung für Kinder zu übernehmen, ohne eine Katastrophe zu verursachen.«

»Egal, was die Leute vorher glauben, für Kinder ist niemand bereit! Aber später wird es derweil schön! Und erst, wenn S' Enkelkinder kriegen, das ist ganz was Wunderbares!«

»Ich glaube überhaupt nicht an die Liebe, von der man so allgemein immer spricht«, erwiderte er in herausforderndem Tonfall.

Nun wirkte die alte Dame irritiert. Sie machte ein Gesicht, als sei sie nicht sicher, ihn richtig verstanden zu haben. »Wie kann jemand nicht an die Liebe glauben?« Sie sah ihn fragend an.

Er zuckte mit den Schultern. »Ich betrachte das eben nüchtern. Wissenschaftlich, wenn Sie so wollen.«

»Das klingt ja scheußlich«, meinte die alte Dame mit verzogenem Gesicht, und Mira unterdrückte ein Kichern.

»Wieso scheußlich?«

»Waren Sie denn niemals verliebt?«

»Doch, sicher war ich schon verliebt, das war ein biochemischer Unfall, wenn man es naturwissenschaftlich ausdrücken möchte. Chemische Botenstoffe und die Synapsen im Hirn verständigen sich miteinander, und die behaupten, diese Person sei genau die richtige, und schwups hat man den Salat.«

»Joa Kreuz, Birnbaum und Jesses Maria! Das ist doch der Wahnsinn«, schnaufte die Frau. »Wenn alle so denken würden, wo kämen wir denn da hin?« Sie schüttelte den Kopf.

»Nein, ich denke so, weil das eine spezielle Sichtweise ist, und die hat viel mit meinem Beruf zu tun. Machen Sie sich keine Sorgen, so viele Biologen gibt's schließlich auch wieder nicht.«

Biochemischer Unfall? Mira grinste vor sich hin und gab der alten Dame innerlich recht. Dem waren höchstens ein paar Synapsen durchgeschmort. Wie konnte man so unromantisch sein? Schon bald wäre ihre Verbindung zu Max um eine

Anekdote reicher, was sie wieder ein Stück fester zusammenschweißen würde. »Weißt du noch, wie du mich damals am Gardasee überrascht hast?«, würde Max irgendwann sagen, und sie würden sich gemeinsam an all die schönen Momente erinnern, die sie erlebt hätten. Und dann würde Mira wieder von dem kauzigen Mann in der Reihe vor ihr erzählen, der statt von Liebe von chemischen Botenstoffen gesprochen hatte. Und sie beide würden wissen, dass dieser Mann sich geirrt hatte. Denn Liebe war mehr als das, sie war magisch. Zumindest, was Mira und Max betraf.

Max wird Augen machen, wenn er mich plötzlich in Italien sieht, frohlockte sie mit einem Mal und verspürte kindliche, spannende Freude. Bestimmt wäre Max froh, wenn sie nach seiner Fortbildung auch mal was zu zweit unternähmen. Wobei es manchmal gar nicht leicht war, mit seiner Arbeit zu konkurrieren. Max' Firma finanzierte sich durch weltweite Befragungen für die ganz großen Wirtschaftsunternehmen. Zuerst hatte er als Quereinsteiger bloß am Scanner gesessen und stundenlang die Maschine mit Postkisten voller Fragebögen gefüttert. Doch seine Neugierde und der Drang, jeden Prozess von Anfang bis zum Ende verstehen zu wollen, hatten ihn innerhalb von drei Jahren auf die Position des Abteilungsleiters befördert. Nun überwachte er also die Arbeitsprozesse derjenigen, die die Arbeitsprozesse der Hochleistungsscanner und Verifizierungsprogramme überwachten. Was genau Max daran Freude machte, wusste sie nicht, doch seit er beruflich aufgestiegen war, hatte sich auch seine Durchschnittslaune auf drei von fünf Sternen verbessert. Es war noch Luft nach oben, aber sie hatten ja auch noch jede Menge Zeit.

Im Gegensatz zur Familienplanung lag Miras berufliche Zukunft im Ungewissen. Früher, als Eva noch die Gruppe leitete, hatte sie die Arbeit im Kinderdorf geliebt. Es gab wenig Vorgaben. Sie konnte selbstständig entscheiden, welche Dinge zu tun waren, und solange nichts Dringendes anstand, hatte Eva ihr nicht dazwischengefunkt. Sie kam morgens zur Arbeit, als käme sie nach Hause in ein großes Haus mit vielen Kindern. Da sah man sich um, was zu tun war, und jeder trug mit seinen Stärken dazu bei, die Schwächen der anderen auszugleichen. Klar, manchmal wurde man zum Einkaufen geschickt, obwohl man gerade keine Lust hatte, oder man sollte einen heiklen Elternabend besuchen. Aber da kam jeder mal an die Reihe.

Man konnte aber auch handeln, und da hatte Mira mit ihrer Lust am Kochen und Essen stets einen Trumpf im Ärmel gehabt. »Ein leckeres Omelett mit Spargel, wenn du zurückkommst, aber du gehst für mich auf den Elternabend. Deal?« Kaum eine Kollegin hatte das ausgeschlagen.

Die Kinder liebten vor allem die Gerichte, die ihre Oma, Oma Hilde, seinerzeit für Mira gekocht hatte, wenn sie nach der Schule nach Hause gekommen war: Eierpfannkuchen mit gebratener Roter Wurst, einer hessischen Spezialität, dazu Salzkartoffeln und Feldsalat mit Schmand und frischen Kräutern in der Soße. Spiegeleier mit Kartoffeln und Spinat. Arme Ritter, Grießschnitten, Kirschenmichel, Kaiserschmarrn, Germknödel und Apfelstrudel mit Vanilleeis und Sahne. Selbst gemachte Frikadellen in Senf gebraten, mit Rotkohl, dunkler Zwiebelsoße und Kartoffelpüree. Milchsuppe mit frischen grünen Bohnen, Kartoffeln und Liebstöckelblättern, dazu selbst geriebene Kartoffelpuffer mit Apfelmus. Das hatte Oma damals tatsächlich auch alles selbst gemacht. Die Kinder mochten Miras Eierpfannkuchen nach Oma Hildes Art, aber auch die Spaghetti aglio e olio, die sie Oma Hilde gezeigt hatte. Und das gekochte Hähnchen auf scharfem Kirschtomaten-Couscous mit Ziegenkäse und Feigen. Kurz gesagt, wenn Mira solche Angebote unterbreitete, erkannte man, dass im Kinderdorf von einer steilen Hierarchie keine Rede sein konnte. Die Köchin war genauso viel wert wie die Chefin, sie waren ein Team gewesen, und das für eine lange Zeit. Sieben Jahre lang. Sieben unvergesslich schöne Jahre!

So lange, wie Eva den Job als Gruppenleitung innehatte. Dazu lebte sie in einer separaten Wohnung im Haus mit den sieben Kindern und verfügte deshalb über die höchste Entscheidungsgewalt. Das war logisch und nie ein Problem gewesen, doch dann wurde Eva schwanger, eine neue Gruppenleitung zog ins Haus und alles veränderte sich schlagartig. Als Eva damals die Gruppe verließ, um ihr eigenes Kind außerhalb der Einrichtung großzuziehen, verlor Mira nicht bloß eine Chefin mit großem Herzen, sondern den täglichen stundenlangen Umgang mit einer wahren Freundin. Sie vermisste die Gespräche mit Eva schrecklich und auch die mit den anderen Mitarbeitern. Zwar telefonierte sie noch regelmäßig mit Eva und mit Steffi ebenfalls, doch sie hatte erst begriffen, wie schön es gewesen war, während der Arbeit mit Freunden Umgang zu pflegen, als es schließlich vorbei war.

Nun fühlte sie sich bei jedem Handgriff, den sie in der Gruppe tat, beobachtet. Jennys Arbeitsmethoden waren schrecklich. Ihre Vorstellungen von Pädagogik stimmten absolut nicht mit denen von Mira überein. Während Mira auf lange Beziehungsarbeit und Vertrauen bei den Kindern setzte, schrieb Jenny Listen und liebte Dokumentation mehr als die Kinder. Die Hälfte der Zeit ging für Büroarbeit drauf und fehlte somit für die Kinder. Aber das allein war es nicht, darüber könnte man verhandeln. Nein, Mira spürte eine bedrohliche Kälte von Jenny ausgehen, sie hielt sie für diese Arbeit nicht wirklich für geeignet. Mira fühlte sich in ihrer Nähe immer unwohl. Wenn sie ehrlich zu sich war, wusste sie nicht, wie lange sie es dort noch aushalten würde. Der Gedanke daran, in Jennys Gesicht zu sehen und ihre dummen Belehrungen zu ertragen, machte ihr Bauchschmerzen.

»Die meisten verwechseln Verliebtsein mit Liebe und wundern sich, dass sie nicht ewig hält, wie man es in Filmen vorgegaukelt bekommt«, sagte der Mann gerade, und Mira sah auf. Die Dame mit dem Hut nickte zögerlich.

»Da haben S' recht«, bestätigte sie, und auch Mira musste dem Anti-Romantiker in diesem Fall zustimmen. Die Schmetterlinge im Bauch spürte man, solange man frisch verliebt war. Liebe konnte sich später aus dieser Verliebtheit entwickeln. Es war genau andersherum als bei den viel zitierten Schmetterlingen. Während diese sich aus einem Kokon entfalteten, um für kurze Zeit frei herumzuschwirren, kehrte sich bei der Liebe das Flirrende nach innen, sofern man das Interesse am Gegenüber hegte und pflegte. Dann wurde aus den Gefühlen füreinander etwas anderes, etwas weniger Aufregendes, aber Wunderschönes.

Während der Zug sich durch die Berge schlängelte, musste Mira wieder an Max denken. Ihre Liebe zueinander war stetig tiefer geworden, je sicherer sie sich waren, den Rest ihres Lebens miteinander verbringen zu wollen … Biochemischer Unfall, von wegen!

»Sie glauben also doch an die Liebe, Sie verlieren bloß net gern den Kopf, was?«, fragte die Dame.

»Ich glaube an den angeborenen Zwang, einen Partner zu finden, um den Fortbestand der eigenen Gene zu sichern.«

»Wir sind also sozusagen zum Lieben verdammt«, stellte die Frau fest.

»Man kann zumindest sagen, wir brauchen einander, ja«, bekräftigte der Mann. Seine Stimme stand mit ihrem warmen

Klang im Kontrast zu den eher kühlen, wissenschaftlichen Fakten, von denen sie sprach. Die Frau lächelte versöhnlich.

»Wissen Sie, mir ist durch unser Gespräch gerade eine Erkenntnis gekommen«, sagte der Mann. »Ich bin vermutlich in mancher Hinsicht selbst noch nicht richtig erwachsen. Meine Leidenschaften sind mir unheimlich wichtig, ich bin wie getrieben davon. Wie soll das zusammengehen, wenn der Vater ein noch bockigerer Dickkopf sein kann als sein kleiner Sohn? Nein, ich bin noch nicht so weit, irgendwas fehlt, es fühlt sich bislang nicht danach an …«

Max äußerte solche Bedenken nie. Er befand sich bereits in der Phase, wo ihm jederzeit Nachwuchs willkommen war. Und Mira wollte auf keinen Fall mehr lange warten, die Zeit lief ihr unbarmherzig davon. Das war eine der Bedingungen, die von der Natur nicht sehr gerecht geschaffen worden waren. Eine Frau spürte viel mehr biologischen Zeitdruck, der sie ständig an das Gründen einer Familie erinnerte (wenn sie denn eine wollte und das Glück hatte, eine zu bekommen). Bis Ende zwanzig sollte man in Miras Augen spätestens den Richtigen gefunden haben und loslegen. Sie war heilfroh, bereits an diesem Punkt im Leben zu sein. Spätestens im nächsten Jahr wollte sie die Pille weglassen.

Sie spähte aus dem Fenster. Die Landschaft wurde immer gebirgiger. Und in regelmäßigen Abständen standen kleine Hütten auf steilen Wiesen, in denen die Bauern das Heu vor dem Wetter schützten, damit es auch im Winter etwas Gutes zu futtern gab. Hin und wieder waren bereits die hohen Gipfel Tirols zu sehen.

Mira liebte es, wenn die Landschaft sich langsam wandelte. Als sie Jahre zuvor mit dem Auto über den Pass von Slowenien nach Kroatien gefahren war, hatte sie den Wechsel von alpiner zu mediterraner Landschaft miterlebt. Plötzlich tauchten die ersten Olivenbäume und palmenartige Pflanzen auf, nachdem man eben erst die Schneegrenze im eher kargen Alpenhochland verlassen hatte. Das war das Schöne am langsameren Reisen, während man mit dem Flugzeug über das alles hinwegdonnerte, ohne mehr wahrzunehmen als die einzigartige Veränderung der Schwerkraft während Start und Landung. Sie liebte zwar auch das Fliegen, aber hin und wieder fuhr sie einfach gerne mit dem Zug, besonders, wenn es sich um eine Urlaubsreise handelte. Und hier nun ragten die Bergwände aus blanken Felsen aus den grünen Wiesen und Wäldern wie mystische Wesen und lieferten im Nebel liegend einen Vorgeschmack auf noch größere und mächtigere Berge, die demnächst hinter dem Fenster erscheinen würden. Wäre ihr Großvater noch bei ihr, er würde ihr den Namen jedes einzelnen Hügels nennen können, der hier in der Pampa lag. Sie selbst konnte sich Berge und deren Namen nicht besser merken als Gesichter und Namen von Menschen, zu denen sie keine Beziehung hatte.

Miras Magen knurrte leise und riss sie aus ihren Gedanken. Sie hatte Appetit auf den Joghurt. Nicht bloß Appetit. Seltsamerweise kam ihr Magen ihr vor, als wäre er vollkommen leer. Dabei hatte sie doch eben erst diese Käse-Laugenstange gegessen. Ihr wurde klar, dass sie wieder gedöst haben musste. Als sie das schwere Joghurtglas mit dem Schraubdeckel aus der Einkaufstasche nahm, stellte sie fast gleichzeitig fest, dass sie überhaupt keinen Löffel dabeihatte. Oh, wie blöd kann man sein, dachte sie, bis ihr Blick auf die Haferriegel fiel, die in der Tasche lagen. Sie entschied sich für den mit Pistazien, riss die Verpackung ab und öffnete den Joghurt. Entschlossen tunkte sie den Riegel in das Glas, blickte sich dabei verstohlen um und benutzte den Riegel als Löffel, bevor sie ihn anschließend aufaß.

Zwar konnte sie nicht alles restlos aus dem Glas bekommen, aber ihre Lust war gestillt. Allerdings hatte sie sich die Hände beschmiert bei dem Versuch, möglichst tief ins Glas vorzudringen. Sie säuberte sie mit einem Papiertaschentuch, als der Reisebegleiter der alten Dame sich aus seinem Sitz erhob, sich in ihre Richtung drehte und schnurstracks – vermutlich zu den sanitären Anlagen – losging.

Mira war erstaunt. Der Mann sah tatsächlich genau wie einer dieser Outdoor-Typen aus, den sie sich beim Blick auf dessen Rücken und Hinterkopf erdacht hatte. Nur dass er noch interessanter wirkte als in ihren Vermutungen. Er hatte blaue Augen. Nicht eisblau wie ihre eigenen, sondern dunkler. Ein Blau mit einem warmen Ton. Sein Gesicht verlief in markantem Schnitt, dreieckig, mit bärtigem Kinn und stoppeligen Wangen. Von seinen Augenwinkeln zogen sich mehrere parallele Furchen. Er sah sie an, nickte ihr zu. Seine Mundwinkel zogen sich nach oben und er lächelte, nein … er grinste sie an. Oder? Dann war er vorbei. Mira saß da und überlegte, warum der Mann sie so offensiv angeschaut hatte. So sah man Leute an, mit denen man ein Geheimnis teilte, die man ein Leben lang kannte. Oder Leute, die man schamlos und ohne eine Spur von Selbstzweifel anbaggern wollte. Für einen Moment überlegte sie, ob sie sich vielleicht irgendwoher kannten. Nein, das war nicht der Grund. Aber diese »Baby, ich bin unwiderstehlich und schenk dir mein Superstarlächeln«-Variante passte auch nicht zu jemandem, der mit Tatzen-Outfit herumlief und sich angeregt mit wildfremden älteren Frauen unterhielt. Die Kleidung war Geschmacksache. Doch er schien weniger Wert auf sein Äußeres zu legen als Max, zumindest auf seine Frisur. Sein Selbstvertrauen bezog er offenbar aus einer anderen Quelle, was vermutlich gut für ihn war. Trotzdem, irgendwie war es frech gewesen. Nicht frech auf eine unangenehme Weise, nicht aufdringlich frech, denn es war ja bloß ein kurzer Blick gewesen, aber doch auffallend forsch. Weshalb sonst dachte sie über einen so kurzen Blick derart lange nach?

Als er zurückkehrte und wieder neben ihr stand, zogen sich seine Mundwinkel in einer Mischung aus Grinsen und Lächeln erneut nach oben.

Mira grinste unwillkürlich zurück, jedoch viel vorsichtiger und mit einem ausgeprägten Fragezeichen in den Augen. Da deutete er mit dem Finger auf sie, mitten in ihr Gesicht. Von Mira fiel nun auch der Rest der mühsamen Zurückhaltung ab und wich Verärgerung. Man zeigte schließlich nicht mit dem nackten Finger auf angezogene Leute. Schon gar nicht grinsend. Auf wildfremde. Und ohne Grund.

»Was?«, entfuhr es ihr.

»Sie haben … Eiscreme an der Nasenspitze. Bloß ein bisschen, genau in der Mitte, könnte Vanille sein«, sagte er und sah sie amüsiert an.

»Nein!«, widersprach sie und schaute noch immer todernst. »Das war Joghurt, keine Eiscreme! Und Pfirsich-Maracuja, nicht Vanille.« Sie wischte sich mit der Hand tatsächlich einen feuchten Klecks von der Nase. Wie kann man das nicht merken, dachte sie und leckte sich dabei gedankenlos den Joghurt vom Finger. Da musste sie plötzlich laut lachen.

»Danke jedenfalls ganz herzlich für den Hinweis, das wäre ja Verschwendung gewesen«, meinte sie.

»Kein Problem. Man hätte es auch lassen können, war ja genau in der Mitte, also von der Symmetrie total in Ordnung.«

Mira prustete beinahe los, weil sie sich so dämlich vorkam, wenn sie sich das Bild mit dem Klecks auf der Nase vorstellte.

Er setzte sich wieder auf seinen Platz gegenüber der Dame, und die beiden fingen unverzüglich an, sich zu unterhalten, etwas leiser diesmal.

Vor dem Fenster schienen braune Kühe auf saftigen Wiesen vorbeizuflitzen. Mira konnte nichts dafür, doch sie dachte sofort an Bergbauernkäse und frische Alpenmilch. An eine Brotzeit auf einer winzigen Almhütte nach einem unfassbar anstrengenden Aufstieg. Die Tiere lebten hier zumindest in einer natürlichen Weise. Falls es Grenzen durch Zäune gab, waren sie so weit vom Zugfenster entfernt, dass Mira sie nicht sah. Wahrscheinlich sicherten natürliche Grenzen wie Flüsse oder dichte Wälder die Tiere davor, in irgendwelche Abgründe hinabzustürzen oder auf die Bahngleise zu rennen.

Die Bergmassive der Alpen als hintere Grenze würden die gemütlichen Wiederkäuer an den Steilhängen jedenfalls kaum erklimmen können. Sie blieben hier unten und stiegen höchstens bis zum Ende der grünen Zone auf, um alle möglichen Kräuter abzufressen, die man für einen fürstlichen Sahnefrischkäse brauchte. Mira ahnte, wie seltsam dieser Gedanke aus der Sicht einer Kuh gewesen wäre, denn die fraß das gute Grünzeug, um ihr Kalb zu ernähren. Doch so läuft es eben, und Mira dachte nun mal an Käse, wenn sie die Kühe sah. Ist doch besser, als würde ich an Rumpsteak denken oder sogar an Döner, beschwichtigte sie sich in Gedanken.

Die Natur in den Tälern und in den Hochregionen des Alpenlandes fand Mira atemberaubend schön. Als Kind hatte sie gemeinsam mit Oma und Opa dabei zugesehen, wie wilde Rehe in den Tannheimer Alpen an Futterstellen zusammengekommen waren, um im Winter zu fressen. Schon damals hatte Mira ein gewisses Unbehagen gespürt, das sie nicht richtig hatte benennen können. Irgendwas an der Freundlichkeit des Menschen war sicherlich falsch, argwöhnte die kleine Mira, als die arglosen Rehe zu ihrer antrainierten Futterstelle kamen. Wäre das nicht eine ideale Möglichkeit, eins nach dem anderen zu erschießen, wenn keine Leute in der Nähe waren, um sie dann mit Feuerwerkskerzen und Knödeln zu servieren? Danach hatte sie sich für ihre eigenen Gedanken geschämt. So denken eben Menschen, sinnierte sie jetzt und schüttelte über sich selbst den Kopf. Ja, genauso widersprüchlich waren die Menschen und sie nicht minder. Sie liebte Käsespätzle mit Röstzwiebeln. Sie liebte Tiere. Und wenn sie ganz ehrlich zu sich selbst war, liebte sie auch gegrillte Schweinshaxe mit Sauerkraut, die in Bayern gern mit silvestermäßigen Fackeln serviert wurde, die irgendwo im Fleisch der Haxe steckten und für kurze Zeit den Eindruck erweckten, als hätten sie allein mit ihrer Hitze das Fleisch gegrillt, während alle am Tisch ihre Frisuren und anfällige Kleidung in Sicherheit brachten. Das Leben in den Alpen wirkte jedenfalls viel bodenständiger und langsamer auf sie als in Frankfurt.

Während Mira aus dem Fenster sah, glaubte sie, in die gleiche Welt zu schauen, wie sie Menschen vor hundert Jahren bei einem Blick aus dem Zugfenster erspäht hätten. Die Traktoren waren größer und farbenfroher geworden, aber nach wie vor trotzten die Bauern der Natur ihren Lebensunterhalt ab. Sie bestellten Äcker, züchteten Tiere, pflanzten, pflügten, hackten, ernteten, schlachteten und verkauften den Anteil, den die Natur ihnen zugemessen hatte. In einem solchen Leben pflegte der Mensch noch eine viel ursprünglichere Beziehung zur Natur und erlebte Veränderungen in ihr am eigenen Leib und im eigenen Geldbeutel.

»Was haben Sie eigentlich vor in Sirmione?«, erkundigte sich die Dame in diesem Augenblick.

Mira horchte auf. Aha! Dann muss ich mich nach dem Aussteigen bloß an ihm orientieren, um zu wissen, wo es lang geht, freute sie sich heimlich.

»Meine Großmutter. Ich will ihr ein bisschen zur Hand gehen, weil sie allein lebt. Ich mache mir etwas Sorgen um sie.«

»Ja, ab einem gewissen Alter fallen manche Dinge deutlich schwerer«, bestätigte die Frau.

»Eben, und sie ist vierundachtzig und kümmert sich neben dem Haus auch noch um den Garten. Das ist nicht gut, wenn sie in der Mittagshitze da rumkraxelt und schwere Arbeiten verrichtet.«

»So, schon vierundachtzig Jahre alt und noch so gut beisammen, na, in dem Alter darf man ruhig mal was abgeben.

Mir fiel das auch lange sehr schwer, aber heute bin ich froh, wenn ich jemanden finde, der mir hilft.«

»So sollte es sein!«

»Apropos … Bei der nächsten Station muss ich raus, also ziemlich bald«, erklärte sie. »Wenn Sie dann so freundlich wären und mir beim Aussteigen helfen würden? Die Stufen hinunter zum Gleis sind fürchterlich hoch. Mit meinem Gepäck schaffe ich das einfach nicht mehr«, fügte sie hinzu.

»Mach ich doch gerne«, antwortete er.

Kapitel 3

Der Biologe kehrte allein zurück. Vermutlich hatte er die Dame nur zufällig getroffen und ihr dann Gesellschaft geleistet. Nett von ihm, fand Mira. Ein interessanter Typ, obwohl er Mira etwas zu … Sie überlegte, konnte aber nicht in Worte fassen, was es war, das sie störte. Jedenfalls war er nicht der Typ von Mann, mit dem man gerne eine Familie planen würde, dachte sie, als er sich wieder an seinen alten Platz setzte und der Zug weiterfuhr. Die Sonne wärmte Miras Gesicht. Mit jedem Kilometer schien das Wetter besser zu werden. Einmal mehr war sie froh, dass sie sich für diese Reise entschieden hatte. Bisher war der Sommer ein Reinfall gewesen. Entweder hatte es geregnet, sobald Mira einen freien Tag gehabt hatte, oder Parks, Schwimmbäder und Einkaufszentren waren wegen der Einschränkungen geschlossen gewesen. Gefühlt jedes Mal, wenn die Sonne vom blauen Himmel strahlte, saß Mira an der Arbeit im Büro, stand in der Küche oder war sonst wo im Haus und fühlte sich eingesperrt. Zwar konnte sie mit den Kids aus dem Kinderdorf an den wenigen schönen Tagen ins Schwimmbad fahren, sobald alle Hausaufgaben erledigt waren, aber erstens war das Packen mit sieben Kindern fast eine Tagesaufgabe für sich und zweitens war es nicht das Gleiche wie mit Freundinnen oder mit Max.

Der Wetterbericht für den Gardasee in der kommenden Woche und der Blick aus dem Fenster machten ihr jedenfalls eine Menge Mut, dass sie nun endlich doch noch ihr kleines, wohlverdientes Stückchen von diesem Sommer bekäme.

Mira hatte sich für den Urlaub ein paar Kleinigkeiten vorgenommen. Sie wollte ihren müden Körper beim Joggen oder Schwimmen mal wieder in Wallung bringen. Sie wollte raus aus ihrer Komfortzone, wollte die Natur um den Gardasee kennenlernen. Mindestens ein Buch wollte sie lesen und ein einheimisches Essen probieren, das sie noch nicht kannte.

Bislang hatte sie fast die ganze Zugfahrt darauf verzichtet, ihr Handy aus der Tasche zu holen, doch nun, da sie Österreich schon fast durchquert hatten, gestattete sie sich einen Moment, um Nachrichten zu lesen und sich gegebenenfalls über ein paar Likes zu freuen. Wichtige Nachrichten waren nicht eingegangen, und Max hatte überhaupt nicht geschrieben. Ein wenig enttäuscht steckte sie das Teil wieder ein. Der Blick nach draußen entschädigte sie jedoch sofort, denn wohin sie auch sah, bot sich ein beeindruckendes Panorama. Als sie den Brenner erreichten, machte der Zug eine fünfzehnminütige Pause und ein paar schicke Carabinieri schauten sich im Zug um.

Kaum lagen die Tunnel auf der Strecke hinter ihnen, veränderte sich die Landschaft. Es tauchten Weinberge auf. Sie befanden sich im wunderschönen Südtirol. Mira klebte regelrecht an der Fensterscheibe, um nichts zu verpassen, denn sie fuhren durch ein Postkarten-Italien. Hier und da mischten sich Tupfer aus mediterranen Blüten in knalligen Farben ins Bild. Die Häuser der Ortschaften, die sie passierten, waren in Gelbtönen gehalten, pinkfarbener Oleander wuchs als Kontrast vor den Fassaden in großen Kübeln. Mira schob das Zugfenster ein Stück herunter und hielt die Nase in den Wind. Es roch nach Süden, nach sprießendem Grün und süßer Freundlichkeit. Die Luft hatte eine angenehm milde Temperatur. Sie fuhren durch eine Ortschaft mit verwinkelten Gassen, und ihr wurde bewusst, wie sehr sie Italien mochte. Seine Speisen, die Lebensfreude, den Wein zu jedem Essen – wie es ihre italienischen Freunde in der Emilia-Romagna pflegten. Sie liebte die Architektur, bei der selbst alte, heruntergekommene Häuser durch ihre Bauweise und den terrakottafarbenen Anstrich noch ihren Charme bewahrten, etwas, worin Italien in Miras Augen unübertroffen war. Der feine Sinn für das Schöne und Süße im Leben war ausgeprägt – diese Leidenschaft, die man in der Mode teilte, Männer wie Frauen. Hier trug auch der Mann stets gepflegte Schuhe, die zum Oberteil passten, dafür gab man gerne Geld aus, genauso wie für frische, naturbelassene Lebensmittel.

In Verona musste sie in eine kleine Regionalbahn umsteigen. Als der Zug schließlich langsamer wurde und der Bahnhof von Sirmione del Garda in Sicht kam, stand Mira voller Spannung auf. Sie freute sich auf die Erleichterung, sich gleich wieder frei an der frischen Luft bewegen zu können und sich die Füße zu vertreten. Ein Taxi würde nötig sein, um in die Altstadt auf der Halbinsel zu gelangen. Etwa zehn Kilometer zu Fuß laufen wollte sie heute nicht mehr, schon gar nicht mit Gepäck. Der Bahnhof war nicht groß, doch stilvoll. Ein altes, aber gut restauriertes Gebäude mit einer Art Kirchturm samt Uhr in der Mitte, in mediterranem Gelb und Grau gehalten.

Sie fand schnell eine Taxinummer im Internet und saß schon fünf Minuten später auf dem Rücksitz. Sie begutachtete den Taxifahrer im Innenspiegel, während der sich auf den Verkehr konzentrierte und dabei deutlich gelassener blieb als seine Kollegin auf dem Weg zum Frankfurter Hauptbahnhof. Er trug eine Lederjacke und einen dichten, aber gut getrimmten Bart, dazu eine Brille mit dickem Rand. Er wirkte wie ein Student, der den Job nebenbei machte, und sie mochte sein Parfum. Ja, auch in der Welt der Parfums hatten die Italiener aus Miras Sicht die Nase vorn.

Mira ließ sich absichtlich etwas weiter von der Altstadt entfernt absetzen, in einem Randgebiet von Sirmione. Sie brauche bloß der Straße zu folgen, erklärte der duftende, freundliche Fahrer. Da sie nach der langen Zugfahrt das Bedürfnis hatte, sich die Beine zu vertreten, wollte sie das letzte Stück bis zur Villa Baresi zu Fuß gehen. Es war inzwischen dunkel geworden, doch in etwa einem Kilometer Entfernung glühten die Lichter der Stadt, die halbinselartig in den See reichte. Laternen und Straßenlampen, beleuchtete Sehenswürdigkeiten sowie die Glühbirnen der Menschen in den Häusern spiegelten sich auf der Wasserfläche tausendfach wider. Sie meinte bereits, das Wasser des Sees in der Luft zu spüren, ein kühler Duft wie von einem nassen, moosigen Kieselstein. Und weniger subtil erreichten sie die ersten Düfte aus den Restaurantküchen. Es war herrlich, wenn sie mit zwei gesunden Beinen gehen konnte und die warme Abendluft verführerische Bilder von der guten Seite des Lebens im Kopf erblühen ließ.

Kapitel 4

Als sie Sirmiones Altstadt erreichte, wunderte sie sich etwas über die Ruhe. Sie hatte erwartet, noch deutlich mehr Leute auf den Straßen anzutreffen. Allerdings hatte der Zug auch mit insgesamt eineinhalb Stunden Verspätung Sirmione erreicht. Die gelblichen Laternen tauchten die Steine der Gassen und Gebäude in ein warmes, heimeliges Licht. Mira zog den polternden Koffer über das Kopfsteinpflaster und genoss es, fast allein zu sein. Sie hatte sich ihre Ankunft immer in einer belebten Stadt mit flanierenden und essenden Menschen vorgestellt, doch das hier hatte auch seine Vorteile. So konnte sie sich ausmalen, wie die Bewohner der Stadt sich fühlten, wenn die Saison vorüber und die Touristen nach Hause gereist waren. Die Gassen mit schmalen Häuschen, an deren Fenster prachtvolle Blumen in großen Kübeln angebracht waren, hätten kaum italienischer sein können, genau wie die Hoftore aus Holz, allesamt Unikate und genauso charmant wie die Bruchsteinmauern und die antiken, hervorragend instand gehaltenen Häuser.

In den Gässchen der Altstadt, die wohl immer im Schatten lagen, war es nun recht kühl. Ein wenig unangenehm war Mira der Gedanke, dass die verabredete Zeit mit der Besitzerin des Hauses bereits vor eineinhalb Stunden gewesen war. Telefonisch war Signora Baresi seitdem nicht erreichbar gewesen. Hoffentlich hielt sie keine allzu zeitige Nachtruhe.

Sie erreichte den Vorplatz zur Wasserburg. Hinter den dazugehörigen Bauten aus dem Mittelalter endete die Altstadt. Mira betrat einen Park, an deren Rand sich laut Wegbeschreibung die Villa von Signora Baresi befinden sollte. Kurz nach Betreten des Parks ging der Kiesweg rechts ab, einen kleinen Hügel hinauf. Schon erkannte sie das Haus, das genau wie auf dem Bild in der Anzeige aussah, bloß wucherten Blumen und Pflanzen im Vorgarten recht ungehindert in die Höhe und Breite. Das hatte im Prospekt ordentlicher ausgesehen, aber Mira fand den Anblick so noch geheimnisvoller und verwunschener. Im Haus brannte Licht, das erkannte sie durch die Scheibe in der Haustür. Sie klingelte und sofort drang eine Stimme aus dem Inneren des Hauses.

»Ich komme, kleinen Moment bitte, bin gleich da!«, rief eine Frau auf Deutsch.

Die Tür ging auf, und da stand eine kleine, rundliche Frau mit grauen Haaren und Kochschürze. Nicht unbedingt der Typ Frau, den Mira sich als Besitzerin einer alten Villa vorgestellt hatte. Irgendwie hatte ihr eine hochnäsige, schlanke Frau mit sündhaft teurer Kleidung vorgeschwebt. Sie war positiv überrascht. Die alte Dame wirkte sympathisch und bodenständig, doch sie schien nicht ganz gesund zu sein. Ihr linker Arm zitterte leicht und fortwährend.

»Signora Baresi?«

»Ja, genau, Signora Steinhaus, richtig? Herzlich willkommen in unserem geliebten Zuhause«, sagte Signora Baresi in leicht singendem Tonfall. »Wie war die Fahrt? Hat alles gut funktioniert?«

»Na ja, wir hatten leider Verspätung, wie Sie ja sicher bemerkt haben.«

»Ist nicht schlimm, Signora Steinhaus, kommen Sie, ich zeige Ihnen gleich Ihre Wohnung. Da müssen wir raus und ums Haus herum. Schnell den Schlüssel, so, und nun folgen Sie mir bitte.« Sie trat aus dem Haus und ging an der Hausmauer auf einem mit Platten ausgelegten Pfad entlang.

»Tut mir wirklich leid, dass ich so spät bin«, entschuldigte sich Mira, während sie ihr folgte.

»Ach, keine Sorge, vor Mitternacht gehe ich nie ins Bett.«

Mira wunderte sich etwas. Die Frau war sicher über 80 Jahre alt. Andererseits war der Tagesablauf der Menschen im Süden ja meist anders als in Deutschland und erstreckte sich in die späteren Abendstunden.

Der Weg führte eine dreistufige Natursteintreppe hinab, und die Gastgeberin schloss die Tür zur Einliegerwohnung auf. Mira folgte Signora Baresi ins Innere. Die knipste das Licht an. Die Wohnung war rustikal und geräumig. Die meisten Möbel waren aus Holz gefertigt. Nicht modern, aber zeitlos schön. Auch Bad und Schlafzimmer wirkten sauber und einladend, mit italienischen Fliesen, die vermutlich auf antik gemacht waren. Der Geruch von frischen Zitronen lag in der Luft.

»Wunderschön!«, sagte Mira, die sich sofort wohlfühlte.

»Ein bisschen altmodisch ist es, aber weshalb soll ich neue Dinge kaufen, wenn die alten noch gut sind?«

»Alles bestens, mir gefällt dieser Stil, keine Sorge«, versicherte ihr Mira.

»Sehen Sie, dann passt doch alles. Wenn irgendwas sein sollte, klingeln Sie einfach. Ich bin fast immer zu Hause«, bot die alte Dame mit einem herzlichen Lächeln an.

»Danke! Das ist lieb.«

»Gut, dann kommen Sie erst mal an, Signora Steinhaus. Ach so, zwei Fragen noch. Wann möchten Sie frühstücken, und mögen Sie Rührei, Spiegelei oder gekochtes Ei zum Frühstück?«

»Spiegelei, um halb neun«, antwortete Mira freudig nickend.

»Va bene!« Signora Baresi verabschiedete sich.

Mira ließ sich rückwärts aufs Bett fallen, als die Gastgeberin gegangen war, und seufzte erleichtert. Die Bettdecke war schneeweiß, puffig und duftete nach einem Waschmittel, das sie an ihre Kindheit erinnerte. Beim Blick aus dem Schlafzimmerfenster erkannte sie die Silhouetten einiger Bäume. Alles war still, kein Straßenlärm von Betrunkenen wie unten vor dem Kiosk neben Miras Wohnung in Frankfurt. Nur das Zirpen der Zikaden durchbrach die Stille des späten Abends. Es war perfekt.

Morgen früh war es so weit. Sie würde in Ruhe das Frühstück ihrer Gastgeberin genießen, sich ein bisschen schick machen und aufbrechen, um Max in der Altstadt zu überraschen. Heute war es ihr zu spät geworden; in ihrer Nase und ihren Kleidern hing der Geruch nach langer Zugfahrt, und sie wollte die Sehnsucht nach Max und die Vorfreude auskosten, ihn zu überraschen.

Von der Rezeptionistin hatte sie zumindest den Hinweis bekommen, wann die Belegschaft seiner Firma zu frühstücken pflegte. Mira hatte der Frau am Telefon von ihrem Plan erzählen müssen, um sie weich zu kriegen. Eigentlich durfte sie keinerlei Informationen über die Gäste preisgeben.

Es war eine positive Art von Aufregung, doch Mira kannte sich selbst gut genug, um zu wissen, dass an Schlaf noch nicht zu denken war. Sie zog sich die Sandalen an, öffnete die Terrassentür und atmete tief ein. Ihre Lungen füllten sich mit frischer Nachtluft. Sie spürte die belebende und heilsame Wirkung sofort vom Scheitel bis zu den Zehenspitzen. Obwohl es zehn Minuten Fußweg zum Wasser waren, lag der See in der Luftlinie deutlich näher an Signora Baresis Villa. Mira konnte hier oben dieses spezielle, feuchte Klima wahrnehmen, das sie sonst vom Meer her kannte. Sie roch die schweren Düfte von schlafenden Blüten und das lasierte Holz der Gartenmöbel. Zwei antike schwarze Laternen mit gelblichem Licht beleuchteten Teile des riesengroßen Gartens. Weiter hinten, wo die Kraft des Lichtes noch ausreichte, um schemenhafte Umrisse und Schatten zu erzeugen, wirkten die Äste der alten, knorrigen Bäume wie die Gliedmaßen von unheimlichen Gestalten aus einem Abenteuerroman. Zumindest, sofern man über eine rege Vorstellungskraft verfügte. Es lag ein leichter Nebel in der Luft, was den Anblick noch geheimnisvoller machte. Mira spürte Freude in sich aufsteigen, sie schloss die Augen und seufzte vor Glück. Ihr wurde bewusst, dass dieser Moment zu jenen gehörte, die sich mit all ihren sinnlichen Eindrücken tief ins Gedächtnis eingruben. Sie konnte sich glücklich schätzen, hier sein zu dürfen. Am Tag, bevor sie mit ihrem Max, dem Mann, den sie liebte, einen unvergesslichen Augenblick teilen würde. Sie waren gesund, Mira hatte einen Job, von dem sie sich diesen Kurzurlaub leisten konnte, ohne beim Blick auf den nächsten Kontoauszug gleich in Panik zu verfallen. Sogar Jenny war in diesem Moment weit fort. Sie war zufrieden mit ihrem Leben und spürte tiefe Dankbarkeit in sich aufsteigen. Bisher war sie von allzu üblen Dingen, die einem zustoßen konnten, verschont geblieben, obwohl sie den Tod ihrer Oma Hilde genauso schwer verwunden hatte wie andere, die ihre Eltern verloren. Ihre Mutter und ihr Vater lebten beide noch, aber als Kind hatte Mira sehr viel Zeit bei Oma Hilde verbracht; sie war ihr wie eine zweite Mutter gewesen. Die Gedanken an ihre Oma rangen Mira einen weiteren Seufzer ab, doch sie lächelte, als ihr einfiel, was Oma Hilde stets verkündet hatte: »Ich kann mich nicht beschweren. Trotz Krieg hatte ich eine wunderbare Kindheit. Ich kann mich nicht beschweren, hatte ich doch mehr Glück als die meisten Leute auf der Welt, ach, ich kann mich nicht beschweren.« Diese Haltung bewahrte sie noch auf dem Sterbebett, genau wie ihr warmes, mitfühlendes Lächeln.

»Ich bin bald neunzig Jahre alt, hab vieles gesehen und erlebt, alles hat seine Zeit, ich kann mich nicht beschweren«, hatte sie damals, vor nun fast zwei Jahren, bekräftigt und es so gemeint. Mit ganzem Herzen, wie alles, was sie sagte.

Die Zikaden spielten ihr eintöniges und beruhigendes Konzert. Mira entdeckte eine Katze, die sich herangepirscht hatte und sie von einer der Treppenstufen, die zur Haustür von Signora Baresi führten, beobachtete und dabei still saß wie eine Statue. Sie blickte der Katze in die Augen, das Tier schien sie direkt anzusehen. Es gab ein fragendes Maunzen von sich und kam vertrauensselig auf Mira zugelaufen. Sie streichelte das samtweiche Fell der schönen, grauweißen Katze mit den leuchtend grünen Augen. Die Augen waren noch grüner und stechender als die von Max. Als hätte man einen kleinen Motor angeschaltet, schnurrte die Katze los und schien dabei unter ihrer Handfläche zu vibrieren. Wie so oft in Gegenwart der eigenwilligen Tiere spürte Mira, wie sie ruhiger wurde und die Anspannung der vergangenen Tage von ihr abfiel. Langsam sickerte Müdigkeit in ihre Knochen, füllte sie mit der Schwere der langen Reise und der vielen neuen Eindrücke.

Kapitel 5

Morgens küssten Mira zarte Sonnenstrahlen. Sie griffen wie warme Finger durch das Glas des Fensters und legten sich wie eine liebevolle Hand auf ihr Gesicht, weshalb sie mit einem breiten Lächeln erwachte. Sie genoss noch ein paar Minuten die Sonne und das Gefühl der Vorfreude. Aufs Duschen. Aufs Frühstück. Auf den Spaziergang in die Altstadt. Aber vor allen Dingen auf den Gesichtsausdruck von Max.

Drei Minuten, bevor ihr Wecker geklingelt hätte, wurde das aufgeregte Kribbeln in ihren Beinen zu stark. Sie schlug die Decke zurück, sprang aus dem Bett und griff sich ihren Kulturbeutel vom Nachtschränkchen. Sie ging ins Bad, streifte den Pyjama ab und stieg in die großräumige Duschkabine. Der Boden war aus Bruchsteinfliesen, sie spürte die feinen Erhebungen und Rillen unter den Fußsohlen. Mira schaltete den großen Duschhimmel per Knopfdruck an und regelte die Temperatur mit einem Schieber. Es war ein vorzüglicher Beginn eines denkwürdigen Tages, fand sie.

Frisch geduscht, eingecremt, noch nicht geschminkt, in eine luftige Hose geschlüpft und in ein T-Shirt der Größe Schlabberlook gekleidet – so ging sie nach draußen, wo Signora Baresi um 8:30 Uhr das Frühstück auftischen wollte.

Die Luft war noch morgendlich frisch und das Gras feucht von der Nacht. Mira fühlte es unter den nackten Füßen und zog sich zurück auf den trockenen, warmen Steinboden der Terrasse. Die Sonne machte bereits jetzt mit ihrer Kraft deutlich, dass sie einen fabelhaften Spätsommertag für Sirmione am Gardasee plante. Pünktlich kam Signora Baresi mit einem großen silbernen Tablett die Treppe herunter. Wie schon am Abend zuvor zitterte ihr linker Arm; das Vibrieren übertrug sich auf das Tablett, das sie mit beiden Händen gepackt hatte, und ließ das Besteck gegen den Teller klappern.

»Buon giorno«, grüßte sie mit sonnigem Lächeln, als sie ihre kostbare Fracht vor Mira absetzte.

Mira erwiderte ihr Strahlen. »Den wünsche ich Ihnen auch.« Beim Anblick der Köstlichkeiten lief ihr das Wasser im Mund zusammen.

Signora Baresi deutete nacheinander mit dem Finger auf die Speisen. »Dies hier ist Ziegenkäse. Dies unser Bergkäse, daneben Ziegenfrischkäse, und dies ist ein Hartkäse in der Art des Parmigiano. Der mittelfeste Schnittkäse stammt von einem Bauern, den ich persönlich kenne, er ist sehr mild«, erklärte sie. »Hier haben wir noch Prosciutto, Salami Calabrese und eine Wurst vom Geflügel nach einheimischer Tradition. Außerdem sind noch Gurken, Tomaten, Paprika und Oliven da.«

»Ganz fantastisch sieht das aus!«, kommentierte Mira.

»Die Marmeladen habe ich selbst gemacht, Aprikose und Orange. Ciabatta, dunkles Brot, Kaffee und Eier kommen gleich.«

»Alles klar!«

»Wollen Sie noch einen Orangensaft, einen Sekt oder beides?«, bot Signora Baresi an und erinnerte Mira in ihrer Herzlichkeit sehr an Oma Hilde.

»Nein, danke, alles bestens. Das sieht wirklich superlecker aus«, antwortete Mira und machte sich über das Frühstück her, das hielt, was es versprach.

Mira blieb noch etwas Zeit, bevor sie losgehen würde, denn sie war früh dran. Das Essen hatte so gut geschmeckt, dass sie ein wenig zu viel verdrückt hatte. Nun wollte sie das Grundstück bei Tageslicht genauer inspizieren. Ein schmaler Pfad aus Bruchsteinplatten führte von ihrer Terrassentür in den großen Garten. Ein wunderschönes Fleckchen Erde, das jedoch schon lange keine Schere mehr gesehen hatte. Der Garten war in zwei Hälften geteilt, durch seine Mitte verlief wie ein Grenzwall eine dieser uralten Mauern aus Stein. So alt wie diese Mauer konnte die Dame des Hauses nicht sein. Sie schien ein Teil des Altstadtkerns zu sein und war demnach vielleicht sogar noch ein Überbleibsel aus dem Mittelalter. Als Grenzmauer war sie jedoch nur bedingt geeignet, da sie Mira, die knapp eins siebzig groß war, lediglich bis zum Bauchnabel ging. Das Gras war hoch und verdorrt, gewässert hatte hier auch schon lange niemand mehr. Alte Olivenbäume, Hecken mit roten Blüten, weißer Oleander, Feigen- und Pfirsichbäume – der Garten war ein kleines Stück Frieden. Wenn man an den Rand ging, um die Aussicht zu genießen, dorthin, wo das Gras geschnitten war, wo der Liegestuhl stand und sich eine gemauerte Feuerstelle befand, dann blickte man von einem ziemlich einzigartigen Winkel auf den herrlichen Gardasee, denn rechts und links des Gartens grenzten keine weiteren Grundstücke an, da er auf einer Art Vorsprung herausragte. Gerade wollte Mira sich aufmachen, um noch einmal den Blick zu genießen, wie sie es beim ersten Abschreiten des Gartens bereits getan hatte, als sie auf der anderen Seite hinter der Mauer eine Bewegung ausmachte.

Mira entfuhr ein kleiner Schrei, weil sie realisierte, dass sie nicht allein im Garten war. Ein fremder Mann stand dort in der anderen Gartenhälfte. Sie sah bloß seinen Rücken. Er war groß, hatte breite Schultern, und irgendwas an ihm kam Mira seltsamerweise bekannt vor. Sie räusperte sich. Der Mann drehte sich um und starrte Mira an. Sie brauchte einen Moment, um sein Gesicht zuzuordnen, und war sich erst sicher, als er sagte: »Das ist ja ein Ding. Sie sind die Frau mit dem Maracuja-Joghurt!«

»Ja, genau!«

Die beiden sahen sich einen Moment lang etwas unbeholfen an. Mira wusste nicht, was sie sagen sollte. Im ersten Moment hatte sie zurückfragen wollen, ob er der Mann sei, der nicht an die Liebe glaube, aber das wäre nicht sehr clever gewesen. Am Ende hätte er sie dann in eine wissenschaftliche Diskussion verwickelt und ihr das Wiedersehen mit Max madig gemacht.

»Ich hatte eigentlich gedacht, zu dem Haus gehörte nur eine einzige Ferienwohnung. So stand es zumindest in der Beschreibung.«

»Ach so … ja, das ist meine private Wohnung. Das Haus gehört meiner Großmutter. Ich finde aber, der Garten ist groß genug für zwei Personen.«

»Ja, natürlich ist er das, so meinte ich das gar nicht.«

»Schon okay, Sie machen Ihr Ding und ich mache meins.« Er zwinkerte Mira kumpelhaft zu.

Mira überlegte kurz, ob die Frage zu direkt war, erkundigte sich dann aber doch: »Was ist denn Ihr Ding?«

Er lachte. »Mein Ding ist die Natur. Wenn ich abends zurückkomme, mache ich mir immer im Garten meine Notizen und Zusammenfassungen. Ansonsten bin ich meistens unterwegs und manchmal bleibe ich auch über Nacht weg.«

»Das klingt schön! Machen Sie in der Gegend irgendwelche Untersuchungen?«, hakte sie nach.

»Ja, ich kenne hier Orte in der Natur, wo kein Tourist jemals hinkommt. Fauna und Flora sind in dieser Region einzigartig, weil es auf so wenigen Quadratkilometern alpine und mediterrane Zonen gibt. Die Übergänge zwischen den Zonen und die Nischen, die sie für bestimmte Tierarten bieten, faszinieren mich besonders.«

Mira war schlagartig verzaubert von dem Gedanken, mit dem Beobachten der Natur sein Geld zu verdienen. Na, wenn das mal kein schönerer Job war, als unter Jennys Fuchtel zu arbeiten. »Wow! Da bekommt man direkt Lust, auch mal mitzugehen«, rief sie spontan aus.

»Also … wenn Sie möchten, können Sie gerne …«

Mira spürte, wie sie errötete. Ihr fiel erst in diesem Moment auf, dass sie sich quasi selbst eingeladen hatte. »Oh, nein, vielen Dank. Ich bin bloß für diese Woche hier. Ich will meinen Verlobten überraschen. Er ist mit seiner Firma in Sirmione und weiß nicht, dass ich ihm nachgereist bin. Und ich hab mir auch sonst viel vorgenommen für die paar Tage.«

»Ah, da wird er sich aber sehr freuen, schätze ich.«

»Das hoffe ich doch.«

»Also dann … vielleicht läuft man sich ja noch mal über den Weg.« Er hob die Hand zur Verabschiedung und stolperte beinahe, weil er die ersten beiden Schritte rückwärts machte.

Fast so, als wollte er vor mir fliehen, dachte Mira und verbiss sich ein Kichern.

Kapitel 6

Der Morgen leuchtete, wie Mira es an einem freien Tag in Frankfurt lange nicht erlebt hatte. Zudem würde sie gleich Max überraschen, während er mit seinen Kollegen frühstückte. Sie schaute voller Aufregung auf die Uhr. Jetzt war es noch frisch, die Temperaturen würden in den nächsten Stunden aber laut Wetterbericht über die 25-Grad-Marke klettern. Mira sah in den Spiegel und freute sich. In der Zeit, in der Max seine Fortbildung besuchte, könnte sie frei nach Belieben durch Sirmione schlendern, um sich einen ersten Eindruck von der Stadt zu verschaffen und den Gardasee ein wenig aufs Gemüt wirken zu lassen, bei einem Kaffee oder einem Glas Weinschorle. Sie trug nun einen luftigen Hosenanzug, der für das Wetter optimal war, und dazu Sandalen. Sie hatte sich geschminkt und mit Omnia Crystalline von Bulgari eingesprüht, Max' Lieblingsduft.

Die Altstadt von Sirmione war typisch italienisch. Bunte Häuschen, schattige Sträßchen, Menschen mit lachenden Gesichtern, die fröhlich miteinander schwatzten. Bei der alten Burgmauer war hingegen alles von Licht überflutet, und da es zusätzlich vom Wasser reflektiert wurde, machte die Helligkeit

Miras Augen zu schaffen. Hier irgendwo musste das Hotel sein. Ganz in der Nähe dieses Platzes, am Rande der Altstadt.

Sie schaute sich suchend um, als ihre Augen sich an die Sonne gewöhnt hatten. Dabei kribbelte es in ihrem Bauch. Ab jetzt konnte es jeden Moment so weit sein. Die nächste Person, auf die ihr Blick fiel, könnte Max sein. Sie spürte seine Gegenwart. Ihr Herz schlug schneller, ihr innerer Kompass lotste sie in Richtung ihres menschlichen Gegenpols in die Nähe einiger Cafés, die zum Draußensitzen einluden. Auf zwei Häusern war der Schriftzug »Hotel« zu lesen. Auch wenn sie bisher keinen Namen bemerkt hatte, war sie überzeugt, auf der richtigen Spur zu sein.

Die Gesellschaft an einem der Tische passte vom ersten Eindruck sehr gut zu den Leuten aus Max' Firma. Sie ging dichter heran, erkannte aber keine der Personen. Inzwischen war sie auf mehreren Betriebsfeiern gewesen und war sich sicher, sie würde zumindest einige Gesichter identifizieren können. Sie spazierte weiter und spürte mit einem Mal ganz deutlich seine Nähe. Sie betrat ein nach draußen geöffnetes Café, dessen Namen sie zwar nirgends entdeckte, welches sie aber magisch anzog. Gerade wollte sie eine der Angestellten wegen des Namens fragen, als sie zwei Arbeitskollegen von Max wahrnahm. Mira fielen ihre Namen nicht ein. Sie unterhielten sich angeregt, aßen Rührei mit Weißbrot und tranken Orangensaft.

Vorsichtig lugte sie um die Ecke der Bar und schaute auf eine Reihe von zusammengestellten Tischen, eine lange, gedeckte Tafel, an der Mira nun mehr als bloß einige Gesichter wiedererkannte.

Sie verzog sich noch einmal kurz hinter die Ecke der Bar, um sich innerlich vorzubereiten. Sie wollte – zumindest kurzzeitig – die Coole spielen und so tun, als sei nicht viel dabei, Max hier in Italien zu überraschen.

Sie atmete drei Mal tief durch, setzte ein lässiges Gesicht auf und machte einen Schritt um die Ecke. Ihr Augenmerk fiel direkt auf Max' engste Kollegen Georg und Lukas, mit ihnen war er auch befreundet. Ihre Blicke begegneten sich. Instinktiv verblasste das Lächeln auf Miras Gesicht. Irgendwas stimmte nicht. Lukas starrte sie an, als hätte er ein Gespenst gesehen, und Georg wirkte geradezu panisch. Mira sah links an den beiden vorbei und erspähte Max. Er stand mit dem Rücken zu ihr vor der Tür des Aufzugs, neben ihm eine blonde Frau mit kurzem Kleid und hohen Absätzen. Max hatte seine Hand um die Taille der Frau gelegt. Das kann auch eine kumpelhafte Geste sein, beruhigte Mira sich rasch und verharrte wie angewurzelt auf der Stelle. Die Fahrstuhltür öffnete sich und Max machte zwei Schritte nach vorn in den Fahrstuhl. Dann tat er etwas, das Mira die Luft zum Atmen nahm. Genau, wie er es immer bei ihr machte – und nur bei ihr, wie sie gedacht hatte –, strich er der fremden Frau sanft über die Haare und küsste zärtlich ihre Wange. Die Tür schloss sich, die beiden waren allein in dem Aufzug und verschwanden damit aus ihrem Blickfeld.

Mira drehte sich um und machte ein Gesicht, das eher nachdenklich als schockiert wirkte. Sie spürte auch überhaupt keinen Schock. Sie glaubte ganz einfach nicht, was sie gerade gesehen hatte. Das musste eine optische Täuschung gewesen sein; ein Mann, der Max von hinten zum Verwechseln ähnlich sah. Es musste eine logische Erklärung geben.

Mit einer schräg verlaufenden Falte zwischen den Augenbrauen verließ sie das Café und trat aus dem Schatten der Markise, unter der fröhlich frühstückende Leute saßen. Sie bewegte sich automatisch zurück ins gleißende Sonnenlicht. Nun begann der Schock zu wirken. Drehschwindel setzte ein, ihre Knie wurden weich und für eine Sekunde glaubte sie, sie würde stürzen. Aber etwas in ihr stemmte sich mit Gewalt dagegen, hier vor allen zusammenzubrechen. Zumindest würde sie sich zuvor so weit von diesem Ort entfernen, dass Max sie auf keinen Fall fände, falls Georg und Lukas ihm Bescheid gesagt hatten. Haben die mich überhaupt erkannt, fragte sie sich. Aber ihr erschrockener Gesichtsausdruck … Der hatte wahrhaftig Bände gesprochen.

Das grelle Sonnenlicht und die entgegenströmenden Menschen machten sie beinahe orientierungslos. Mit einem Mal wirkten all die Paare mit Urlaubsgesichtern, die ihr Hand in Hand entgegenkamen, falsch und verlogen. Als spielten sie bloß eine Rolle. Mit jedem weiteren Schritt verwandelte sich das ängstliche Gefühl in ihrem Körper in Wut. Ihre Knie wurden wieder fest und stabil, ihre Schritte schneller. Die Sohlen der Sandalen knallten auf den heißen Asphalt. Mira drehte sich nicht um. Sie fühlte den Drang, einfach loszurennen, doch falls Max hinter ihr war, wollte sie sich diese Blöße nicht geben. Auch die Tränen, die sich drückend hinter ihren Augen bemerkbar machten, hielt sie zurück. Sie würde sich zusammenreißen, bis sie in ihrer Wohnung wäre.

Es ging leicht bergauf. Sie spürte ihr Handy in der Hosentasche, als sei es mit einem Mal doppelt so schwer geworden. Sie fragte sich, ob sie ihm inzwischen Bescheid gegeben hatten, ob sie ihn noch rechtzeitig erwischt hatten, bevor die beiden …

Sie hatte das Handy auf lautlos gestellt und plötzlich wollte ihre Hand noch beim Gehen nach dem Ding greifen, um zu checken, ob Max versucht hatte, sie zu erreichen. Nein, das kann nicht stimmen, es darf einfach nicht stimmen, das ist doch vollkommen unmöglich, sie schob die Gedanken beiseite, ging an einer Eisdiele vorbei. Es schienen fast ausnahmslos Paare und frisch verliebte, fröhliche Menschen in Sirmione unterwegs zu sein. Beinahe rannte sie in eine junge, aufgebrezelte Frau, die sie auf ihre Entschuldigung hin mit einem abwertenden Blick musterte. Hallo? Sie stellte sich vor, wie der Frau beim Anrempeln das Eis auf der Nase hängen geblieben wäre, mit der langen, spitzen Waffel nach vorn, und erheiterte sich kurz an der eigenen Boshaftigkeit. Ja, das war boshaft. Schließlich war sie es ja gewesen, die die Frau beinahe umgerannt hatte. Die aufgetakelte, zugegeben hübsche junge Frau hatte sie angesehen, als torkelte sie vormittags stockbetrunken durch die Stadt. Nun, so viel anders fühlte Mira sich gerade auch gar nicht, während sie durch die Gässchen irrte. Sie hatte sich vermutlich mittlerweile verlaufen. Ihre Unterkunft lag nördlich der Altstadt, am Beginn eines Parks, und die richtige Gasse zum Abbiegen hatte sie offenbar längst verpasst, denn hier sah alles fremd und falsch aus. Mist!

Zum ersten Mal drehte sie sich um. Kein Max. Es versetzte ihr einen Stich in den Magen, doch den hätte sie auch gespürt, wenn er in diesem Augenblick vor ihr gestanden hätte. Jeder Gedanke an Max versetzte ihr einen Stich. Was sollte er schon sagen können? Was konnte er jemals wieder sagen?

Sie ging ein Stück in die Richtung, aus der sie gekommen war, und bog nach rechts in die Gasse ein, die zu ihrer Unterkunft führte. Von hier aus wusste sie den Weg sehr sicher. Wie ferngesteuert schritt sie vorwärts, erreichte das Grundstück, nahm die Treppe nach unten zur Einliegerwohnung, schloss die Tür auf, warf sie hinter sich zu, fiel aufs Bett und begann zu weinen.

Kapitel 7

Irgendwann, nachdem sie sich ein wenig beruhigt hatte, beschloss sie, hinaus in den Garten zu gehen. Sie brauchte frische Luft, Sauerstoff zum Nachdenken. Vorher spähte sie versteckt hinter der Gardine durch die Scheibe, ob ihr stets gut gelaunter Nachbar sich im Garten aufhielt. Ihm wollte sie auf keinen Fall begegnen. Sie hatte wenig Lust, einem Fremden etwas zu erklären, das sie selbst noch nicht verstand. Und verbergen, dass mit ihr etwas nicht stimmte, war mit diesem verquollenen Gesicht unmöglich.

Doch niemand schien draußen zu sein. Mira öffnete die Terrassentür und trat in einen sonnigen Spätsommertag. Der Himmel war blau, es ging eine leichte Brise, die den Geruch des Wassers mit sich trug. Die zahllosen unterschiedlichen Pflanzen blühten prächtig. Schmetterlinge taumelten wie betrunken um die schönsten Blumen. Alles war scheinbar perfekt. Doch in Wirklichkeit war gar nichts perfekt. Es war nie etwas perfekt gewesen. Alles bloß eine lebhafte, farbenfrohe Illusion, die sie sich gemacht hatte. Sie schluchzte.

Wie sah das Max? War Max Helmers Illusion vom Leben eine andere als ihre? Nahm er ihre Liebe nicht mal halb so ernst wie sie? Es schien jedenfalls so zu sein. Es hatte den Anschein, als habe er sie betrogen, und zum ersten Mal spürte sie am eigenen Leib, was das Wort wirklich bedeutete. Mira fühlte sich um jede Sekunde betrogen, in der sie für eine gemeinsame Zukunft Pläne geschmiedet hatte, um all die Mühen, mit denen sie die Beziehung zu Max gepflegt hatte, sie fühlte sich betrogen um ihre Zukunft! Als hätte man ihr Jahre dieses schon zu kurzen Lebens mit einem billigen Gaunertrick abgeluchst. Unwiderruflich gestohlen. Erneut kamen ihr die Tränen, und sie dachte zurück an den Tag, als sie Max kennengelernt hatte.

Auch damals war Urlaubsfeeling im Spiel gewesen. Miras Cousin Simon hatte seine Hochzeit gefeiert. Er wohnte damals seit zwei Jahren in Bayern, ganz nah an der österreichischen Grenze. Weil Simon die Natur und das Freie mehr liebte als fein geschmückte Festsäle, entschied er sich, mit seiner Frau Katja auf einem kleinen Campingplatz direkt am Fuße der Alpen alle verfügbaren Stellplätze und die Blockhütten zu mieten, um seine Gäste dorthin einzuladen. Die Feier gelang wunderbar, und am späten Abend saßen sie in einer Runde aus etwa zwanzig Leuten auf der Terrasse einer Blockhütte, redeten und spielten Gesellschaftsspiele. Max hatte sie bis zu diesem Tag noch nie gesehen. Er war ihr tagsüber jedoch häufiger aufgefallen, wenn das Sonnenlicht in seinen grünen Augen blitzte. Max gehörte zu den Abifreunden von Simon. Schließlich spielten sie ein Spiel, dessen Namen Mira nicht mehr wusste. Jedenfalls war es Miras Aufgabe, ähnlich wie bei Wahrheit oder Pflicht, dem Nächsten in der Reihenfolge eine Frage zu beantworten, die derjenige schon immer hatte stellen wollen. Dieser Nächste war Max. Da die beiden sich nicht kannten, konnte es nicht viel geben, was er sie schon immer hatte fragen wollen, aber Max war nicht auf den Kopf gefallen. »Wie ist deine Handynummer?«, fragte er sie. Alle lachten, inklusive Mira. Sie grinste ihn an und ratterte die Nummer aus dem Kopf herunter. Max hatte weder sein eigenes Handy rausgeholt noch etwas zu schreiben vor sich. Er sah Mira ernst an und verkündete: »Ob das stimmt, werden wir gleich rausfinden.« Nach diesen Worten verschwand er in der Hütte und kehrte kurz darauf mit seinem Handy zurück. »So, mal sehen!«, sagte er und tippte etwas ein. Plötzlich klingelte Miras Handy.

»Was? Hast du die dir einfach so gemerkt?«, fragte Mira baff, als sie verstand, was gerade geschehen war.

»Na klar, man muss eine Chance nutzen, wenn man sie erkennt.« Er lächelte sie verschmitzt an. Das war wohl der Punkt gewesen, als die chemischen Botenstoffe in ihrem Hirn anfingen, Party zu feiern. Es hatte Mira beeindruckt, wie klug und selbstsicher er seine Frage ausgedacht hatte. Sie war beeindruckt von seiner Fähigkeit, sich ihre Nummer zu merken, und der Gag mit der Prüfung, ob sie die Wahrheit gesagt hatte, war auch sehr cool gewesen.

Was mochte er der anderen Frau wohl erzählt haben, um sie zu beeindrucken?

Trauer mischte sich mit Wut. Nichts ergab mehr einen Sinn. Max war ein anderer Mensch, als sie in den vergangenen zehn Jahren gedacht hatte. Innerhalb von Sekunden war er ihr fremd geworden. Etwas, das groß und gewaltig wie ein Berg zwischen ihnen stand und für immer stehen würde, verhinderte jeden klaren Blick auf den Mann, den sie nächstes Jahr im Juni hatte heiraten wollen. Alles war zerstört, alles gelogen, und Max war keinen Deut besser als all die anderen.

»Hallo!«, meldete sich unvermittelt eine Stimme hinter der alten Steinmauer, die den Garten trennte. Ihr freundlicher Nachbar erschien. Offenbar hatte er ihr Schluchzen die ganze Zeit mitbekommen. Er hielt ein Buch in der Hand.

»Entschuldigung, ich lag hier und habe gelesen und …«

Mira erschrak fürchterlich. Sie wollte nicht sprechen, sie wollte auch nicht freundlich sein. Sie drehte sich um, stürmte mit verschränkten Armen und ohne ein Wort zurück in die Wohnung. Sie hatte nicht vor, mit jemandem, der nicht an die Liebe glaubte, über ihren Schmerz zu reden. Vermutlich käme er mit irgendwelchen Synapsen und Botenstoffen, um zu erklären, warum sie an allem zweifelte, was ihr gewiss erschienen war. Heute Morgen noch hatte sie geglaubt, sie wüsste Bescheid über die Liebe, wüsste, was es bedeutete, sich Hals über Kopf zu verlieben. Nichts wusste sie. Hatte Max sich Hals über Kopf verliebt? Oder handelte es sich vielmehr um ein Abenteuer? Wer war die Frau? Schnell ging sie im Kopf all seine Arbeitskolleginnen durch, die sie kannte. Carina? Evelyn? Susanne? Was bedeutete das alles? Warum tat Max so etwas? Wie konnte er so etwas tun?

Die Gedanken drehten sich in ihrem Kopf. Sie brauchte auf der Stelle eine Freundin. Eva, Steffi, Sirka. Sie brauchte jemanden, der ihr zuhörte.

Sie nahm ihr Mobiltelefon zur Hand und wählte Steffis Nummer. »Hallo, hier ist Steffi. Entweder bin ich gerade beim Essen oder Schlafen oder ich mache sonst etwas, bei dem ich nicht ans Telefon gehe«, ertönte Steffis Stimme per Bandansage. Dann Eva, entschied Mira und versuchte es bei ihr. Mit den Tränen kämpfend seufzte sie schwer, als das Freizeichen ertönte. Noch vor dem dritten Tuten nahm die beste Chefin, die sie je gehabt hatte, das Gespräch an.

»Hey, Schnecke! Na, alles okay am Gardasee? Genießt du das süße italienische Leben? La Dolce Vita?«

»Eher nicht so«, brachte Mira unter großer Anstrengung hervor. Es klang wie ein Flüstern.

»Was ist denn passiert?« Eva konnte grob sein wie Schleifpapier, auch zu Vorgesetzten, doch sobald sie die Not oder den Kummer einer Person bemerkte, wurde sie weich wie ein Seidentuch.

»Max …«, stammelte Mira.

»Max? Ist ihm was zugestoßen?«

»Nein, das nicht. Körperlich geht's ihm vermutlich bestens.«

»Hä? Jetzt sag schon, was los ist, Mira.«

»Er hat eine andere.«

Für eine gefühlte Ewigkeit rauschte die Stille zwischen den beiden.

»Ernsthaft? Max Helmer? Bist du dir sicher? Ich bekomme das im Kopf nicht zusammen, echt nicht.«

»Na, dann frag mich mal.«

»Du bist hundert Prozent sicher?«

»Ich hab es mit eigenen Augen gesehen, Eva. Noch bevor ich ihm überhaupt Hallo sagen konnte, verschwand er mit einer fremden Frau im Aufzug. Alles war vollkommen eindeutig, mehr möchte ich darüber nicht erzählen.«

Mira brauchte Eva nicht zu sehen, um zu wissen, wie sich ihr Gesicht gerade veränderte und wie sich das Seidentuch zurück in Schleifpapier verwandelte.

»Boah!«, blaffte sie, »boah! Dem hätte ich die Haare an Ort und Stelle mit einer Schere bearbeitet. Weißt du was, du solltest dich von hinten anschleichen, während er irgendwo sitzt. Du nimmst eine Haarschneidemaschine, ohne Aufsatz, und ziehst ihm einen schönen breiten Mittelscheitel in seine Schnöselfrisur«, schimpfte Eva.

»Ja, das ist 'ne Überlegung wert«, stimmte Mira zu.

»Für den Anfang wär das in Ordnung …«

»Dir schießen gleich wieder tausend Rachepläne durch den Kopf, was?«, fragte Mira.

»Natürlich, was glaubst du denn? Ich koche innerlich!«

Es tat gut zu spüren, wie Eva mit ihr fühlte. Ihre toughe Art gehörte zu ihr wie die braunen Augen und das riesige Herz.

»Schön zu wissen, dass du wenigstens die Alte geblieben bist«, meinte Mira und vermisste Eva umso mehr.

»Ich kann eh nur so sein, wie ich eben bin, weißt du doch.«

»Ja, genau deshalb wollte ich mit dir sprechen.«

»Falls wir ihm in einem Hinterhalt auflauern wollen, ich bin dabei.«

»Sehr gut!«

»Aber, Mira … Ich weiß, du willst das gerade nicht hören: Dein Leben geht weiter und du weißt nie, wofür es am Ende gut war, was passiert ist.«

»Gut? Dass Max eine andere hat?«

»Ja! Stell dir vor, du hättest es rausbekommen, wenn ihr schon Kinder hättet oder wenn du von ihm schwanger wärst. So kann man es auch mal betrachten, denn vermutlich …«

»Was?«

»Na ja, vielleicht hat er diesen Charakterzug bereits länger und würde ihn auch behalten, wenn ihr Kinder hättet.«

»Nein, das glaube ich nicht. Das war ein biochemischer Unfall …«

»Was?«

»Ach, nichts.«

»Nun erzähl aber endlich mal, wie das abgelaufen ist. Die Situation … Bist du dir wirklich ganz sicher?«

Mira beschrieb ihrer Freundin den geplanten Überraschungsauftritt in jener Bar und wie sich alles zur Katastrophe gewendet hatte. Ihr Bericht endete mit dem schrecklichen Moment, als sich die Fahrstuhltür hinter Max und der Frau schloss. Das rief noch eine Reihe von Boahs und Fantasien von Eva hervor, in denen sie ausdrückte, was sie anstelle von Mira mit Max gemacht hätte und demnächst machen würde. Es tat gut, eine Freundin mit ungeschminkten

Emotionen an der Seite zu haben. Dafür konnte Mira gerade sehr dankbar sein.

»Danke.«

»Danke? Wofür? Danke kannst du sagen, wenn ich ihm die Reifen zerstochen habe und …«

»Ach, hör auf …«

»Irgendwas überlegen wir uns aber noch, ungeschoren kommt er nicht davon.«

»Ja, machen wir.«

»Und, Schnecke, es ist wichtig, sich selbst jetzt gut zu behandeln. Du hast dir ja zum Glück eine eigene Wohnung genommen, versuch, in die Natur zu gehen und dich positiven Dingen zuzuwenden. Hast du genug gefrühstückt? Versprich mir, was zu essen. Man macht oft den Fehler, nichts zu essen, wenn's einem schlecht geht. Aber soll ich dir ein Geheimnis verraten? Dadurch geht's einem bloß noch schlechter.«

»Ich weiß doch, du Schatz …«

»Aber ich wette, du hast seit der Sache mit Max noch nichts gegessen.«

»Stimmt tatsächlich, ist aber auch noch nicht lange her. Außerdem habe ich sehr gut gefrühstückt, mach dir keine Sorgen.«

»Also tu dir jetzt was Gutes, wenn ich da wäre, würde ich dich zwingen. Versprich mir, dass du dich selbst wie jemanden behandelst, den du lieb hast, wie ein Kind, für das du allein die Verantwortung trägst. So musst du dich selbst sehen. Würdest du diesem Kind nicht was Leckeres kochen?«

»Doch, natürlich.«

»Dann mach das!«

»Alles klar, werde ich tun, danke, du Riesenschatz!«

»Wofür, ich telefoniere ja gern. Aber nun muss ich mal, der Kleine ruft. Melde dich, wenn du einen Schlachtplan ausgeheckt hast. Rache ist süß!«

»Okay, ich ruf dich an, sobald der Schlachtplan steht. Oder wenn ich einen Nervenzusammenbruch habe.«

»Wann immer du willst, aber zwischen null Uhr und sechs Uhr dreißig musst du mit Beschimpfungen rechnen. Die sind nicht so gemeint, und wenn du lange genug dranbleibst, bis mein Geist vollständig da ist, ist alles easy.«

»Gut, dann geh mal zu dem kleinen Schreihals, wir hören uns«, sagte Mira. Im nächsten Moment hatte Eva das Gespräch beendet und Stille kehrte ein.

Kapitel 8

Nachdem Eva aufgelegt hatte, fühlte Mira sich mutterseelenallein. Alles, was ihr an der Wohnung zuerst so gut gefallen hatte, machte sie nun traurig. Jeden einzelnen Gegenstand hatte sie in der Erwartung betrachtet, hier eine schöne Zeit zu verbringen, einen Teil der gemeinsamen Geschichte mit Max.

War die denn wirklich zu Ende? Für immer? Nein, über so was konnte sie noch gar nicht nachdenken, das war alles viel zu unrealistisch und zu weit von ihrer gewohnten Wirklichkeit entfernt. Doch wem machte sie eigentlich etwas vor? Die gemütliche, einladende Wohnung schien sie zu verspotten. Für ihre Dummheit und Blauäugigkeit. Wie naiv sie gewesen war!

Mira spürte den starken Drang, sich im dunklen Zimmer ins Bett zu legen und sich ein kühlendes Kissen aufs Gesicht zu drücken. In ihrem Kopf wirbelte alles wild durcheinander. Der Staub musste sich zuerst setzen, bevor sie wieder eine etwas klarere Sicht bekäme.

Vielleicht hatte der Nachbar doch recht gehabt mit seiner unbequemen Bemerkung über die Liebe. Ein biochemischer Unfall. War Max so etwas hier in Sirmione zugestoßen? Botenstoffexplosion in seinem Hirn, war die Antwort so einfach und traurig? Und eine andere Frage gesellte sich zaghaft hinzu. Wenn es eine Art Unfall sein konnte, war er dann überhaupt zurechnungsfähig, war er in dem Fall überhaupt schuld? Eine Frage, die Eva klar mit einem »Ja, verdammt!« beantwortet hätte.

Was, wenn er es bereits bereute und genauso um sein gewohntes Leben fürchtete wie sie? Und falls es tatsächlich so war, durfte man, konnte man, sollte man seinem Verlobten diesen Fehltritt vergeben? Sie konnte sich das momentan nur sehr abstrakt vorstellen, in einer Zukunft, in der sich alles wie auf magische Weise in Luft aufgelöst hätte. Wie es zu dieser Zukunft kommen sollte, wusste sie nicht.

Mira ging von Fenster zu Fenster, ließ die Rollläden runter, um ihre Ferienwohnung in jene düstere Höhle zu verwandeln, die zu ihrer Stimmung passte. Die Läden der Terrassentür folgten ebenfalls, aber bevor sie gänzlich geschlossen waren, tauchte die Katze vom Vorabend in dem Spalt auf, der noch zu sehen war. Mira zog den Laden wieder nach oben. Der ratternde Krach erschreckte die Katze. Sie zuckte zusammen, blieb aber in Habachtstellung an Ort und Stelle sitzen, bis Mira die Hand ausstreckte.

»Alles gut, komm her, ich tu dir nichts Böses«, sagte sie schniefend und wischte sich mit dem Handrücken die Tränen vom Gesicht.

Die Katze verstand die freundschaftliche Geste sofort und kam mit erhobenem Schwanz auf Mira zu, um ihr auffordernd die Beine zu umschmeicheln. Das Fell des Tieres war sehr gepflegt und sauber. Am liebsten hätte Mira sie mit reingenommen, um nicht so alleine zu sein, doch sie wusste, dass man keine fremden Katzen zu sich in die Wohnung einlud, die kamen immer wieder und das verärgerte verständlicherweise ihre Besitzer. Sie ging also nach draußen, setzte sich im Schatten der Markise neben die Katze mit den maxgrünen Augen und streichelte sie. Die Katze war etwas größer als eine gewöhnliche Hauskatze und ihr Fell ein wenig länger. Mira schätzte, dass entweder eine Maine Coon oder eine norwegische Waldkatze am Genpool beteiligt war. Es beruhigte Mira auch, in dieser schlimmen, kränkenden Situation dem Schnurren der Katze zu lauschen, sie zu streicheln und anzuschauen. Es tat ihr selbst und der Katze gut.

Wenn Mira Katzen beobachtete, beruhigte sich jener Teil in ihrem Kopf, der sie ständig dazu antrieb, noch dieses oder jenes zu erledigen, sich mehr anzustrengen, mehr zu leisten. Höher, schneller, weiter und immer noch mehr, mehr, mehr! Wenn sie sah, wie zufrieden eine Katze es ohne den Hauch eines schlechten Gewissens ertrug, den ganzen Tag auf dem Sofa zu liegen und bloß aufzustehen, um zu fressen, nahm ihr das ein wenig Druck. Diese majestätischen, schönen, gesunden und stets ausgeglichenen Tiere machten offensichtlich nicht alles völlig falsch, denn sie verloren niemals ihre Würde.

Für wenige Sekunden lenkten diese Katzengedanken sie von Max ab, brachte das Tier etwas Licht in ihre innere Schwärze. So lange, bis Mira an Omas Kater Mikesch dachte und daran, dass er und Oma Hilde tot waren, was die düsteren Gedanken mit doppelter Wucht zurückholte.

Es war jetzt ein ganz ähnliches Gefühl, als wäre jemand gestorben. Der Schmerz fühlte sich fast so an wie damals bei Oma Hilde. Jemand wurde, damals wie auch heute, unvermittelt aus Miras Leben herausgerissen. Jemand, der einen festen Platz gehabt hatte, eine tragende Säule ihres Lebens war nicht mehr da. Oder? Wenn Max tatsächlich mit dieser anderen ins Bett gegangen war, würde sie ihn verlassen, dann wäre er für sie gestorben! Aber hatte er das überhaupt getan? Oder war sie vielleicht dabei, völlig überzureagieren? Bisher wusste sie schließlich nur, dass er seinen Arm um die andere Frau gelegt hatte und mit ihr in einen Aufzug gestiegen war. Nein, stimmt nicht! Er hat sie auf die gleiche Weise am Kopf berührt, wie er es normalerweise nur bei dir tut, fiel ihr schmerzhaft ein.

»Und du, was meinst du?«, wandte sie sich an die Katze.

»Mau!«, machte die Katze und kniff beschwichtigend die Augen zusammen.

KAPITEL 9

Als sie zurück in ihre Wohnung kam, zog sie in einem plötzlichen Gefühl der Einsamkeit ihr Handy aus der Hosentasche. Tatsächlich. Eine Nachricht von Max. Bevor sie darüber nachdenken konnte, ob sie es überhaupt wollte, hatte sie die Nachricht schon gelesen. Hey Schatz, na, alles gut bei dir? Sonst hatte er nichts geschrieben. Die Nachricht war nach dem Super-GAU im Hotel versendet worden. Mira versuchte, die harmlos wirkende Nachricht einzuordnen. Wollte er sie für dumm verkaufen? Was er geschrieben hatte, klang so wie immer, als wäre er sich keiner Schuld bewusst. Möglicherweise, weil er gar nichts getan hatte, wofür er sich schuldig fühlen müsste. Andererseits konnte das auch eine strategische Frage sein. Wollte er ihre Antwort aus taktischen Gründen abwarten, um daraus ihre Stimmung zu erahnen und herauszulesen, ob das, was seine Kumpels ihm erzählt hatten, tatsächlich stimmte? Mira war unsicher, sie tigerte nervös im Zimmer auf und ab, nicht sicher, wie sie antworten sollte. Sie putzte sich die Nase, atmete tief durch und beschloss, sich nicht direkt in die Karten schauen zu lassen.

Sie schrieb zurück: Klar, warum fragst du? Danach starrte sie auf ihr Display, es dauerte keine zehn Sekunden, bevor sie im Chatfenster die kleinen Punkte aufblinken sah. Max schrieb …

Ach, Georg hat schon am frühen Morgen zu viel gebechert, glaub ich. Er hat hier im Hotel jemanden gesehen, der angeblich genauso ausschaut wie du.

Georg hatte Max also gewarnt. Mira seufzte tief, es fiel ihr schwer, nicht direkt auf seine Frage zu antworten, denn eigentlich wollte sie bloß so schnell wie möglich hören, dass es sich um ein Missverständnis handelte und ihr Leben weitergehen konnte wie geplant. In dieser Phase, wo sie dabei war, der Wahrheit auf den Grund zu gehen, spürte sie neben der Angst, ihn für immer zu verlieren, dass tief in ihrem Herzen doch noch eine Menge Hoffnung lebte. Sie wünschte sich, dass alles bloß ein Irrtum wäre, dass es einen Weg zurück gäbe. Doch würde sie ihm überhaupt je wieder vertrauen können? Mira zwang sich, das Spiel der Ahnungslosen weiter mitzuspielen.

Gebechert, echt? Morgens? Ich dachte, ihr arbeitet da bis nachmittags, schrieb sie und fügte einen nachdenklichen Smiley an. Max antwortete sofort.

Tja, er hat das Sektfrühstück voll ausgekostet. Unsere Chefs sind da nicht so genau, aber ich frage mich echt, wie Georg drauf kommt, mir so was zu erzählen.

Sie überlegte sich eine schlagfertige Antwort, besann sich jedoch und legte das Telefon auf den Wohnzimmertisch. In emotional aufgewühlter Verfassung tat man meist gut daran, sich erst mal ein Stück zurückzunehmen und durchzuatmen, bevor man etwas von sich gab, was man in klarem Geisteszustand niemals ausgesprochen oder geschrieben hätte. Sie war wie ein aufgescheuchtes Huhn herumgestiefelt, seit sie die erste Nachricht von Max gelesen hatte. Nun setzte sie sich aufs Sofa, prüfte das rechteckige, unheilvolle Ding auf dem Glastisch, welches sie noch vor der Fahrt nach Italien viel zu oft in den Händen gehabt hatte. Sie würde gut nachdenken, was sie als Nächstes schreiben wollte. Sie wusste nicht mal, ob sie überhaupt schreiben sollte, ob sie schreiben würde. Sie fühlte sich absolut nicht unter Zugzwang, sondern klar in der Position, abwarten zu dürfen. Sie kannte Max Helmer einfach zu gut, auch von der Rückenansicht, sie hatte gesehen, was sie gesehen hatte. Und als sie den Chatverlauf noch einmal durchging, wurde ihr noch etwas bewusst. Der Max, den sie kannte, hätte ihr bestimmt mitgeteilt, wie schön er es fände, wenn Georg sie tatsächlich gesehen hätte. Aber das hatte er nicht; beim zweiten Lesen klang die Nachricht viel zu sachlich. Er will wissen, ob ich es weiß, er will mich aus der Reserve locken. Aber ich lasse mich nicht drängen; ich werde so ruhig bleiben wie möglich, entschied sie. Sie würde etwas ganz Sachliches schreiben. Zuerst brauchte sie allerdings ein warmes Getränk im Bauch, und für Kaffee, den sie geschmacklich lieber mochte, war ihre Gemütslage nicht stabil genug. Auch ohne Kaffee stiegen dauernd heiße Wellen voller Panik und Adrenalin in ihr auf. In einem der Küchenschränke hatte sie heute früh ein Holzkistchen mit verschiedenen Teesorten entdeckt. Sie ging in die Küche, öffnete die Tür, nahm das bunte Sammelsurium aus angebrochenen Teepäckchen heraus und entschied sich für eine Rooibos-Mischung ohne Koffein.

Während sie den Tee trank, sprangen Miras Gedanken zwischen möglichen Antworten an Max hin und her, doch plötzlich drängte sich ihr eine neue Option auf. Sie konnte das Antworten auch einfach bleiben lassen und das Handy ausschalten. Bei dieser Vorstellung kam sie sich trotz allem schlecht vor. Schließlich hasste sie selbst solche pubertären Spielchen. Also fasste sie sich ein Herz und nahm das Telefon zur Hand.

Ist das dein Ernst, fragte sie, sonst nichts. Das konnte Max zweideutig verstehen und ihn aus der Reserve locken.

Was soll mein Ernst sein, erkundigte sich Max keine Sekunde später.

Mira wurde sauer. Ich hab zu tun, verkauf mich bitte nicht für dumm, schrieb sie, und daraufhin dauerte es zwei ewige Minuten, bis Max antwortete: Wir müssen reden, aber von Angesicht zu Angesicht. Ein Satz, der für Mira in diesem Moment fast einem Geständnis gleichkam, obwohl noch kein Wort über die fremde Frau gefallen war.

Sie antwortete nicht, nahm einen Schluck Tee und wartete ab.

Was hast du denn alles zu tun, wollte er wissen.

Sie schrieb: Bergwandern.

Er fragte: Ganz allein?

Sie schaltete das Handy am Power-Knopf aus und warf es in die hinterste Ecke des Sofas. Das kannst du gerne selbst herausfinden, dachte sie. Aber nun bin ich allein, sagte sie sich gleich darauf und fiel in ein noch tieferes Loch als vor dem Texten mit Max. Sie legte sich aufs Bett und zog sich die Decke über den Kopf, bis sie in der Dunkelheit leise zu weinen begann.

Mira erwachte völlig desorientiert. Ihr Blick auf die Wanduhr verriet, dass es acht Uhr war. Abends? Oder hatte sie bis zum nächsten Morgen durchgeschlafen? Sie stand auf, zog den Rollladen ein Stück nach oben und linste durch die Schlitze in den Garten. Es war Abend, definitiv, es dämmerte längst. Mira erinnerte sich daran, dass sie mit Max geschrieben hatte, brauchte aber einen Moment, um den Verlauf der »Unterhaltung« im Kopf zu rekonstruieren. Was hatte sie da gesagt, was sie zu tun hätte? Bergwandern? Die Idee, das zu schreiben, war ihr ganz intuitiv gekommen. Eine traurige, völlig unerfahrene Frau, die gerade von ihrem Verlobten betrogen wurde, ging bergwandern. Das klang gefährlich und unberechenbar. Er machte sich nun sicherlich Sorgen. Aber konnte ihr der Gedanke an eine Bergwanderung nicht auch gekommen sein, weil es gar nicht so abwegig war, sich zum Erholen in die Natur zurückzuziehen? Wenn sie darüber nachdachte, etwas Zeit außerhalb der Zivilisation irgendwo in der Wildnis zu verbringen, atmete sie innerlich auf. Der Gedanke wirkte belebend. Aber ich kann doch nicht einfach losstapfen? Am Ende frage ich Mr Tatzenabdruck wirklich, ob er sein Angebot ernst gemeint hat … Eine Weile blieb sie an diesem positiven Gedanken hängen, kaute jedoch auf der Frage herum, ob sie tatsächlich mit einem fremden Mann alleine irgendwohin gehen wollte, wo keine anderen Menschen waren. Sie kannte ihn ja überhaupt nicht. Andererseits wäre das sicher schlimm für Max, wenn ich seinetwegen mit einem anderen Mann in die Berge flüchte und mir dort etwas zustößt. Dafür würde er sich ewig schuldig fühlen, dachte sie mit einer zweifelhaften Befriedigung. Dann fielen ihr Evas Worte ein. Nein, sagte sie sich, du bist wie ein Kind, für das du ganz alleine die Verantwortung trägst, Mira, gerade momentan musst du gut auf dich aufpassen.

Sie brauchte dringend etwas frische Luft. Mira schlüpfte in die Sandalen, ging zur Terrassentür und zog den Rollladen nach oben. Das gelbliche Licht der alten Laternen lag friedlich auf dem Garten. Die Zikaden hatten ihr Programm nicht verändert, sie interessierte es nicht, ob Mira traurig war oder so glücklich wie noch gestern Abend, als sie hier gesessen hatte, bis zum Bersten mit Vorfreude auf das Treffen mit Max und die kommende Woche angefüllt. Die Zikaden zogen ihr Ding durch und spielten immer das gleiche uralte Lied. Mira wusste, dass sie die Tonart nicht verändert hatten, und doch klang es heute trauriger als gestern.

Kapitel 10

Am nächsten Morgen tischte Signora Baresi bereits das Frühstück auf, als Mira nach draußen ging. Die Sonnenstrahlen wärmten die Haut ihrer Wangen, auch wenn Schleierwolken ihre Kraft noch ein wenig bremsten.

»Una buona giornata, Signora Steinhaus.«

»Das wünsche ich Ihnen auch, Signora Baresi.«

Die alte Dame wirkte blass, und ihr sonst so strahlendes Lächeln drang nur andeutungsweise durch fahle Haut, die von scharfen Furchen durchzogen war. Mira fand, sie sah aus, als hätte sie Schmerzen. Oder Kummer, dachte sie. Ja, sie wirkte nachdenklich.

»Haben Sie Ihre zweite Nacht in unserem altehrwürdigen Gemäuer gut verbracht? Wissen Sie, früher haben wir mehr als zwanzig Personen beherbergt.«

»Ja, alles ist hervorragend«, log Mira und wunderte sich, wie seltsam die Umgangsformen der Menschen doch waren. Zwei Frauen, denen es beiden offensichtlich nicht gut ging, behaupteten das Gegenteil. Lügen aus Höflichkeit. Als Kind hatte Mira diese Art von Unehrlichkeit wie die Pest gehasst. Aber heute verstand sie, weshalb man die Dinge so regelte. Niemand wollte in ein Restaurant gehen und sich die Beziehungsprobleme des

Kellners anhören. Von einem Polizisten erwartete man Schutz und nicht, dass er das Gericht des Tages erklären konnte, von einer Erzieherin Empathie und bis zum Bersten geschwollene Worthülsen, von einem Clown, dass er witzig war und dabei traurig guckte, und die Gastgeberin im Urlaubsort bezahlte man für ein freundliches Hallo, Kaffee und ein angenehm sauberes Gefühl in der Unterkunft. Dennoch spürte Mira, was Signora Baresi betraf, ein Interesse daran, herausfinden zu wollen, was mit ihr nicht stimmte. Wohl auch, weil etwas an ihr sie so an Oma Hilde erinnerte.

»Mehr als zwanzig Personen? Dann war der Rest des Hauses komplett auf Gäste zugeschnitten?«, fragte Mira, um das Gespräch nicht abreißen zu lassen.

»Ja, wir lebten im Dachgeschoss, was aber bei den Ausmaßen des Hauses mehr als genug Platz für die Familie war.«

»Ja, die Unterkunft ist supergut, wirklich.«

»Dann hoffe ich, das trifft auch auf mein Frühstück zu, und wünsche Ihnen einen guten Appetit. Kaffee und Eier kommen gleich«, verkündete sie und stieg die Treppenstufen zur Haustür so langsam hoch, dass es wirkte, als bereitete ihr jeder Schritt Schmerzen.

»Kaffee brauche ich heute nicht. Vielen Dank, Signora Baresi«, rief Mira ihr nach.

Das Ciabatta war noch warm und knusprig. Mira nahm einen Bissen, auch wenn sie kaum Appetit verspürte, doch das Essen tat ihr gut. Eva hatte recht gehabt, wie so oft.

Als sie fertig mit dem Frühstück war, stieg eine innere Unruhe in Mira auf. Unsicherheit. Sie hatte für den Rest des Tages keinen Plan, und alles, was sie sich zu tun überlegte, war sinnlos. Nichts ergab mehr irgendeinen Sinn. Wie der Schatten einer Gewitterwolke, der an einem Sommertag für plötzliche

Abkühlung sorgte, schoben sich die dunklen Gedanken zurück in ihr Bewusstsein.

Mit einem Quietschen öffnete sich die Tür der Nebenwohnung, und der Mann, der sie im Zug auf den Joghurtklecks auf ihrer Nase hingewiesen hatte, trat in kurzer Hose und T-Shirt ins Freie.

Zuerst glaubte er wohl, allein zu sein, denn er streckte die Arme weit von sich und gähnte laut und herzhaft. Dann bemerkte er Mira und zuckte regelrecht zusammen.

»Oh, tut mir leid«, bedauerte er.

»Was denn?«

»Ich wollte Sie nicht stören oder erschrecken.« Seine Stimme klang sanft und freundlich. Fast ein bisschen zu freundlich.

Mira dachte daran zurück, wie sie gestern ohne ein Wort davongestürmt war, als er sie im Garten angesprochen hatte. Sie hatte sich wie ein sensibles und verstörtes Kind verhalten. Kein Wunder, er musste sich seltsam vorkommen.

»Sie haben mich nicht erschreckt, alles gut, und sorry, dass ich gestern einfach abgehauen bin. Das war nicht unfreundlich gemeint. Es war nur ... ach, es ist einfach alles im Eimer, tut mir leid, ich bin momentan keine sehr gute Gesprächspartnerin«, seufzte sie, senkte den Kopf und betrachtete traurig die Reste ihres Frühstücks.

»Oha, das klingt nicht so gut. Alles im Eimer, wie kann alles im Eimer sein? Ist ... irgendwas mit Ihrer geplanten Überraschung schiefgelaufen?«

Mira nickte, dabei machte sie ein Gesicht, als hätte sie in eine Zitrone gebissen.

»Haben Sie sich verpasst?«

»Könnte man so sagen.« Mira holte Luft, um ein Schluchzen zu unterdrücken. Sie sammelte sich und sagte: »Gerade, als ich ankam, ist er mit einer anderen Frau im Aufzug verschwunden.«

Ihr Nachbar öffnete den Mund, als wollte er etwas entgegnen, doch Mira ließ ihm keine Chance. »Und nein, es war keine Kollegin, das war alles ziemlich eindeutig.«

»Ach so … tatsächlich?« Er wirkte sehr überrascht. »Ich kenne Ihren Verlobten natürlich nicht und kann mir auch kein echtes Urteil erlauben, aber das klingt nicht gerade cool. Hat er so was schon mal gemacht?«

Mira huschten ein paar Linien über die Stirn und verschwanden wieder, als wären sie bloß ein Spiel aus Licht und Schatten gewesen.

»Nein, so was hat Max bisher noch nie gemacht. Zumindest dachte ich das die ganze Zeit«, antwortete sie leise.

»Hatten Sie denn eine gewisse Ahnung? Sind Sie ihm vielleicht insgeheim deshalb nachgereist?«

Mira machte wieder ihr Zitronengesicht und schüttelte den Kopf.

»Naiv und bescheuert war ich«, schimpfte sie. »Aber eigentlich hatte er nie so einen Charakterzug, Max ist kein notorischer Fremdgeher, dafür würde ich meine Hand …« Sie brach ab.

»In der Liebe passieren oft unlogische und seltsame Dinge, die niemand erklären kann.«

»Aha, in der Liebe? Ist das so? Gibt es denn diese Liebe überhaupt wirklich?«, fragte sie bitter.

Er sah sie verwirrt an. Mira hörte förmlich, wie es hinter seiner Stirn ratterte. Es klang wie das Rattern der Räder auf den Schienen, das auf der Zugfahrt nach Süden als Hintergrundgeräusch gedient hatte.

»Seltsame Frage«, meinte er.

»Tja, es ist auch seltsam, dass ausgerechnet der Mann, der im Zug eine Reihe vor mir saß und einen Vortrag über die Liebe hielt, gleichzeitig der Nachbar in meiner Ferienunterkunft ist. Irgendwie schon, oder nicht? Bisher ist alles auf dieser Fahrt mehr als seltsam gelaufen.«

Das Rattern hörte auf, und seine Augen wurden groß und leuchteten wie die Scheinwerfer einer alten Diesellokomotive.

»Sie haben uns belauscht!«, staunte er. Auf seinem Gesicht war mehr echte Überraschung als gespielte Empörung zu sehen.

Mira neigte den Kopf zur Seite und lächelte ganz leicht. »Tut mir leid, ich hatte mir vorgenommen, im Urlaub nicht so oft mein Handy rauszuholen, und so eine Zugfahrt ist ja auch lang. Wenn dann vor einem jemand interessante Gespräche führt, was soll man da machen?«

Er lachte. »Sie konnten im Grunde kaum weghören. Ich musste die ganze Zeit schreien, weil die Frau nicht mehr so astrein hörte!«

Mira lachte kurz auf, bevor sich ihre Miene erneut mit dem Schatten der frischen Traurigkeit überzog.

»Ich mache mir schnell einen Kaffee. Dauert nur eine Minute! Wollen Sie auch einen?«, fragte er.

»Nein, vielen Dank, der macht mich momentan bloß noch nervöser. Ich habe mich nicht mal getraut, eine Tasse zum Frühstück zu trinken.«

»Okay, ich bin sofort wieder da«, sagte der Mann und verschwand in seiner Wohnung. Irgendetwas an diesem Gespräch mit dem Nachbarn erinnerte Mira an die wilden und amüsanten Tage, die sie im Kreise von Max' Familie erlebt hatten. Betrachtete man seine Familie, wirkte Max wie ein Fremdkörper. Es lag wohl daran, dass manche Kinder sich für das Gegenteil dessen entschieden, was sie im Elternhaus vorgelebt bekamen. Max war ordentlicher, gewissenhafter, strebsamer, künstlerisch weniger begabt und auch nicht so locker wie der Rest seiner Familie. Selbst seine Großeltern, am Ende des Zweiten Weltkrieges geboren, vertraten oft offenere Meinungen zu aktuellen Themen als Max. Vor allem sein Großvater Albert. Seinetwegen musste sie jetzt überhaupt an diese Treffen denken. Man hatte regelrecht schreien müssen, um Albert beim

Tischgespräch mit einzubeziehen, was fast immer lustig gewesen war. Vor allem, seit sie entdeckt hatte, dass Albert sich manchmal einen Spaß daraus machte und bloß die Sachen nicht verstand, die er nicht verstehen wollte, ansonsten aber vorzüglich an der Konversation teilnehmen konnte. Sie hatte Max von ihrer Beobachtung berichtet und er hatte kurz ein künstliches Lachgrunzen ausgestoßen, während er mit jemandem auf dem Smartphone textete. »Kann schon sein!«, hatte er nur geäußert und dabei ganz abwesend geklungen. Es war ihm offensichtlich egal gewesen.

Als der Nachbar zurückkam, setzte er sich mit seinem Kaffee an Miras Tisch. »So, da bin ich wieder.« Er sah sie freundlich und erwartungsvoll an. Mira brauchte dringend einen Themenwechsel, sie wollte nicht weiter über ihre Probleme sprechen, sonst würde sie gleich wieder in die Wohnung flüchten.

»Was machen denn Ihre Beobachtungen? Ich meine die Natur, ist da wenigstens noch alles in Ordnung?«

»Ehrlich gesagt, es bleibt selbst in der Natur nichts auf Dauer beim Alten. Alles entwickelt sich ständig zu etwas Neuem. Aber die Natur nimmt das eben nicht persönlich. Im Gegenteil. In der Natur ist nur dann alles in Ordnung, wenn die Dinge sich dauernd verändern. Ganz normale Evolution.« Er zog Schultern und Augenbrauen gleichzeitig nach oben.

Sie hob einen Mundwinkel zu einem schiefen Lächeln. »Na, das klingt ja beruhigend.«

Eine tiefe Falte bildete sich über seiner Nasenwurzel, während er sie ansah, und Mira konnte im dunklen, tiefen Blau seiner Augen genau jene Frage lesen, die er eine Sekunde später aussprach: »Meinen Sie das ernst?«

»Nein, natürlich nicht. Wir bekommen von klein auf immer erzählt, es hätte alles seinen Sinn, alles wird gut, wird schon seinen Grund haben, wer weiß, wofür es gut ist. Aber wenn es einen trifft, ist es einem schnurzegal, was irgendein schlauer Philosoph mal gesagt hat. Ganz ehrlich, diese Sprüche funktionieren doch nur, wenn man gerade nicht derjenige ist, der in der Tinte sitzt.«

Der Mann neigte den Kopf zur Seite und presste kurz die Lippen aufeinander, bevor er antwortete. »Meiner Meinung nach waren das alles ausgezeichnete Ratschläge.«

»Was für Ratschläge?«

»Na, daran zu glauben, dass alles seinen Sinn hat oder alles gut wird. Man kann auch nie wissen, wodurch sich ein Unglück später vielleicht als Glück entpuppt. Das ist okay, weil man eh nichts Besseres tun kann, als unveränderliche Fakten zu akzeptieren. Wenn ich mich über etwas so sehr aufrege, dass ich einen Herzinfarkt bekomme, habe ich nur mir selbst geschadet, doch wenn ich es als gegeben hinnehme, befreit mich das, weil ich ehrlich zu mir selbst bin.«

Mira nickte. »Genau darüber habe ich auch schon oft nachgedacht. Wenn ich die Wut oder die Gefühle aber nicht in andere Kanäle umleiten kann, fressen sie ständig an mir herum.«

Er sah sie gegen das schräg einfallende Sonnenlicht blinzelnd an. »Morgen starte ich eine Bergtour mit mehreren Übernachtungen. Zur Belohnung gibt's die ungeschminkte Natur und unbezahlbare Ausblicke auf den See und die anderen Gipfel.«

»Ich würde glatt mitkommen!«, schoss es aus Miras Mund. Sie konnte sich das gut vorstellen, eine Flucht aus der zivilisierten Welt, in der ihr ständig Verliebte mit Eiswaffeln entgegenkamen.

Sein Blick wirkte geradezu erschrocken oder zumindest überrascht.

»Es gibt allerdings keine Spazierwege da oben«, sagte er vorsichtig.

»Okay, und was genau heißt das? Muss man mit Seilen klettern und so? Dann bin ich nämlich raus, mit Felsklippen und Abgründen in unmittelbarer Nähe hab ich's nicht so«, gestand sie.

»Die Wege sind teilweise unbefestigt. Geröll, steile Hänge, Felsspalten. Man muss aber nicht so nah herangehen, wenn man weiß, wo die gefährlichen Stellen sind. Dazu die Geröllllawinengefahr und die Wetterumschwünge, absolut unberechenbar und …«

»Schon gut«, unterbrach ihn Mira. »Sie wollen im Grunde sagen, flennende Weicheier aus der Stadt haben da oben nichts verloren.«

»Das war überhaupt nicht das, was ich sagen wollte«, entgegnete er beinahe empört. »Mir ist nur gerade erst bewusst geworden, wie viel Verantwortung ich tragen würde.«

»Wieso Verantwortung? Ich bin eine erwachsene Frau, und mit vier Jahren war ich zum ersten Mal am Gipfelkreuz eines Viertausenders.«

»Hahaha, in einer Kraxe auf Papas Rücken.«

»Nein, in einem Buggy, aber immerhin.«

Wieder legte er den Kopf schief, als glaubte er nicht ganz, was er da hörte. »In einem Buggy?«

»Ja, meine Eltern waren nicht so die Alpenspezialisten. Wir sind bis zur höchsten Station mit der Gondel gefahren. Danach hat mich mein Vater über knirschenden Kies und mit knirschenden Zähnen so einen kleinen Weg hochgeschoben, die Reifen haben sich die ganze Zeit festgefahren. Ich glaube, dass ich die Erinnerung allerdings nur habe, weil die Geschichte so oft erzählt wurde.«

Sein Mund verzog sich zu einem Grinsen, das bis in die Augen reichte. »Also, wenn Sie sich das zutrauen, ich hab es Ihnen angeboten.«

»Ich glaube, ich würde das tatsächlich gerne machen!«, erwiderte sie nickend.

»Dann schlage ich Folgendes vor. Ich kläre Sie über mögliche Risiken auf, zeige Ihnen auf der Karte grob die Routen, die wir gehen würden, sage Ihnen, was für eine Ausrüstung Sie bräuchten, und falls Sie dann immer noch möchten, kommen Sie mit. Ich bin allerdings kein Bergführer, alles auf eigene Gefahr. Das müssen Sie wissen.«

Mira war leicht schwindelig. So, als bekäme sie Fieber. Sie wusste eigentlich gar nicht, ob sie die Kraft dazu hatte, und fühlte sich plötzlich viel zu klein und schwach, um einen Berg zu besteigen. Vor allem jetzt, nachdem sich alles so ernst und weniger nach Freiheit anhörte. Ihre psychische Verfassung konnte in der Nähe von Gletscher- oder Felsspalten eine gefährliche Sache sein. Manchmal wusste sie nicht mehr ganz genau, wie sie von einem Ort der Wohnung zum anderen gekommen war, wenn sie zwischen Erinnerungen mit Max und Zukunftsvisionen ohne ihn gefangen war. Sie wollte eigentlich bloß weg von den Leuten, die sie ständig anschauten und ihre Traurigkeit bemerkten.

»Ach, ich hab das nur so dahingesagt. Vermutlich fehlt mir schon die Kraft, um vom Bett zum Kühlschrank zu gehen. Manchmal bin ich fast wie gelähmt seit dieser Sache.«

»Also, dann weiß ich nicht, ob ich die Tour wirklich empfehlen kann«, sagte er offen und frei heraus. »Nur hab ich persönlich auch gelernt, dass es nicht besser wird, wenn man sich im eigenen Unglück suhlt, bloß rumliegt und grübelt.«

»Ich will mich aber vielleicht einfach schlecht fühlen!«, entgegnete Mira trotzig.

»Ach so, weshalb das denn?«, fragte er mit hochgezogenen Brauen.

»Damit es schneller vorbei ist.«

Er kaute eine Weile auf ihrer Antwort herum.

»Wie bei einem Getränk, das man lieber in einem Zug runterkippt, als es in vielen kleinen Schlucken zu trinken?«

»Ja, so hab ich das gemeint«, bestätigte Mira und blinzelte nachdenklich ins Sonnenlicht.

Er schien ernsthaft darüber nachzudenken, ob an ihrer Theorie etwas Wahres dran sein könnte. Mira meinte, den Wissenschaftler in seinen Gesichtszügen zu erkennen.

»Klingt wirklich logisch, was Sie da gesagt haben. Wenn Sie es sich doch noch anders überlegen, klingeln Sie einfach bei mir«, bot er an.

»Das ist nett, danke …«, erwiderte sie, da sprach er auch schon weiter. »Ich muss zugeben, es wäre auch für mich etwas Neues. In letzter Zeit war ich meistens alleine unterwegs, alle Kumpels haben Familie und so«, fügte er an.

»Danke, vielen Dank, ehrlich!« Mehr antwortete Mira nicht. Sie wusste nicht mehr, was richtig und was falsch war. »Ich melde mich, bin ja gleich nebenan«, verabschiedete sie sich und ging zurück in die Wohnung.

Zehn Minuten später klingelte Mira bei ihrem Nachbarn. Der wirkte verwirrt, jedoch erfreut. Er hatte sich wohl innerhalb kürzester Zeit in das Buch vertieft, das er in der Hand hielt, und nicht mit Mira gerechnet. »Die neue Gentechnik« stand auf dem Cover.

Mira lächelte etwas verlegen. »Entschuldigen Sie die Störung, ich frage mich wirklich, ob ich mit Ihnen kommen soll. Also, was meinten Sie denn genau mit Ausrüstung?«

»Das war durchaus ernst gemeint. Es wird kein Spaziergang für Touristen, wie gesagt.«

»Also, was brauche ich denn alles?«

»Feste Schuhe! Wanderschuhe! Mit Turnschuhen nehme ich Sie nicht mit.«

»Wanderschuhe sind notiert, was noch?«

»Warme Bekleidung, eine Windjacke, Pullover, Fleecejacken sind auch gut. Einen großen Rucksack für alles, was Sie sonst noch benötigen, und Ihre Verpflegung. Das wäre es so weit.«

»Haben Sie eigentlich etwas Bestimmtes im Sinn bei dieser Tour, also rein, äh … biologisch, meine ich?«

»Ich will dem Wasser zum Ursprung folgen, also gehe ich im Gebirge an der Sarca entlang in Richtung der Wasserfälle, aus denen sie gespeist wird. Man könnte den Weg des Wassers verfolgen bis hoch auf den Gletscher, aus dessen Schmelzwasser der Gardasee einst entstanden ist. Aber es soll mehr ein privater, meditativer Trip werden. Wobei mir da meistens die aufregendsten Dinge begegnen.«

»Das klingt spannend!«, befand Mira. Die Gedanken an eine Auszeit in der Natur brachten wie immer kleine Hoffnungsschimmer in ihre ansonsten so düstere Gedankenwelt. Ja, das könnte tatsächlich nicht schaden, sich eine Weile nur mit Bergen, Pflanzen und Tieren zu beschäftigen, dachte sie, wobei ihr Herz schneller zu schlagen begann.

»Ja, klar, in Ihrer Situation ist es wahrscheinlich weniger schön, als wenn Sie sowieso in einer fröhlichen Lebensphase wären, aber irgendetwas werden Sie sicherlich für sich mitnehmen können. Also, falls Sie wirklich Lust auf ein bisschen Abenteuer haben, ich würde mich echt freuen«, sagte er. »Ich heiße übrigens Alessandro.«

»Und ich bin Mira, hi!«

Kapitel 11

Um die Ausrüstung für die Bergtour zu kaufen, musste Mira in die Stadt. Auch der Kühlschrank war nach wie vor leer, und selbst wenn ihr der Kummer mit Max auf den Magen schlug, wusste sie, dass sie etwas essen musste, wollte sie nicht auf den ersten paar Höhenmetern schlappmachen. Vielleicht sollte sie sich etwas Gutes kochen. Für sich selbst sorgen, wie Eva ihr geraten hatte … Wann hatte sie das zum letzten Mal getan?

Sobald sie an den Ausflug in die Berge dachte, meinte sie, ein kleines Licht am Ende des Tunnels zu sehen. Sie würde es tun! Zwar hatte sie Alessandro noch nicht zu hundert Prozent zugesagt, aber ihr Entschluss stand fest. Warum zögerte sie also? An und für sich sprach nichts dagegen, in die Stadt zu gehen und etwas anderes zu sehen als die vier Wände ihrer Ferienwohnung. Mira fürchtete sich jedoch davor, auf Max zu treffen. Ja, sie mussten reden, von Angesicht zu Angesicht, wie Max es ausgedrückt hatte, nur zu diesem Zeitpunkt war sie einfach noch nicht so weit. Sie konnte ihm unmöglich in die Augen sehen, während er ihr von seinem Betrug erzählte. Und vernünftig bleiben könnte ich dabei schon ganz und gar nicht, dachte sie. Sie erinnerte sich daran, wie sie Max wegen eines scheinbar verpassten Jahrestages eine Szene mitsamt Tränen geliefert hatte, woraufhin er ihr gestanden hatte, eine Überraschung für den Abend geplant zu haben. Die Stimmung war dann trotzdem sehr gedrückt gewesen, und Max hatte ihr seitdem auch keine größeren Überraschungen mehr gemacht.

Mira gab sich einen Ruck und setzte ihre neue Sonnenbrille mit den riesigen Gläsern auf. Sie hatte sie für den Urlaub gekauft, genau wie die überteuerte Ausrüstung für Profiläufer. Max kannte weder die Brille noch den Anzug. Er würde hoffentlich an ihr vorbeischauen, falls sie einander zufällig über den Weg liefen. Um die Tarnung perfekt zu machen, zog Mira sich ihren Schlauchschal bis zu den Lippen hoch und band sich einen Pferdeschwanz, was sehr ungewöhnlich für sie war. Zufrieden schaute sie in den Ganzkörperspiegel im Flur und machte sich dann auf den Weg.

Unwillkürlich dachte sie daran, wie sie das erste Mal hier entlanggegangen war, den Bauch voller Vorfreude auf das überraschte Gesicht von Max und die Sehnsucht danach, in seinen Armen zu liegen. Das Sonnenlicht, die Geräusche, die Gerüche … Alles erinnerte sie an diesen tragischen Gang, und sie fragte sich, was wohl wäre, hätte sie sich nach dem Frühstück etwas mehr Zeit gelassen und das Café eine Viertelstunde später betreten. Max und die Frau wären längst verschwunden gewesen, sie hätte die beiden nicht gesehen. Nichts gewusst. Wäre dann nicht alles anders? Wäre alles besser?

Die Altstadt war nicht besonders voll an diesem Morgen. Der Himmel war mittlerweile wolkenlos. Vor dem noch etwas blassen Morgenblau segelten mehrere Möwen und kreischten scheinbar grundlos in die Ruhe der autofreien Gassen. Das Rufen einer Möwe gehörte genauso zu den tief verwurzelten Sehnsuchtsgeräuschen in Miras Seele wie die Brandung der Wellen und das Rauschen, wenn der Wind in einen Laubwald fuhr.

Mira betrachtete ihr Spiegelbild in einem Schaufenster und musste kurz lachen. Beim Betreten der Altstadt hatte sie den Schlauchschal bis über die Nase gezogen. Der Rest ihres Gesichts wurde fast vollständig von ihrer Riesensonnenbrille verdeckt. Sie sah aus wie eine Ninja-Kämpferin. Allerdings waren maskierte Menschen seit der Corona-Pandemie wahrhaftig kein seltenes Bild mehr.

Neben einem Souvenirladen entdeckte sie einen Shop für Outdoorbekleidung und entsprechende Ausrüstung. Hinter einem schmalen Schaufenster verbarg sich eine große Verkaufsfläche auf zwei Stockwerken. Das Wichtigste waren die Wanderschuhe, hatte Alessandro ihr klargemacht. Sie musterte die Wand, wo sämtliche Modelle zum Anschauen aufgereiht dastanden, und erkannte mit einem Blick, dass jener schicke Wanderschuh, den sie sich ausgemalt hatte, nicht existierte. Jedes einzelne Modell erschien ihr klobig, und farblich hielt sich die Auswahl ebenfalls in engen Grenzen. Verschiedene Brauntöne, dazu ein bisschen Olivgrün, ansonsten dominierten Schwarz und Dunkelgrau. Aber gut, sie wollte wandern gehen und nicht auf eine Party.

»Kann ich Ihnen helfen, Signora?«, sprach sie eine Verkäuferin an, die sich lautlos angeschlichen hatte wie die Katze an ihr Beutetier und plötzlich direkt neben ihr stand. Mira wunderte sich im Stillen, weil die Frau sie direkt auf Deutsch anredete. Sah man ihr so deutlich an, woher sie kam?

»Ich brauche Wanderschuhe für eine Bergwandertour, welche würden Sie denn empfehlen?«

Die Verkäuferin erkundigte sich nach Miras Größe, verschwand im Lager und kehrte nach zwei Minuten mit fünf aufeinandergestapelten Schuhkartons zurück, die sie gekonnt auf den Unterarmen balancierte wie eine Kellnerin die Teller.

»Hier sind meine Favoriten für die Dame«, sagte sie. Sie schnürte den ersten Schuh auf und gab ihn Mira. Die schlüpfte hinein, band ihn zu und ging ein paar Schritte.

»Und, wie ist er?«, fragte die Verkäuferin.

»Ganz ehrlich? Als wäre ich in Skischuhen unterwegs zur nächsten Gondel. Also, diese Sohlen …«

»Ja, ich weiß, was Sie meinen, aber so sind diese Schuhe nun mal eigentlich immer, leider. Die Sohlen müssen dick sein wegen der Steine und die Knöchel müssen versteift sein, um vor dem Umknicken zu schützen. Sie sollten es mit beiden Füßen versuchen, dann fühlt es sich besser an.«

»Na gut.« Mira zog den zweiten Schuh an, tat wieder ein paar Schritte und lachte. »Ein bisschen besser, aber elegant fühlt man sich damit nicht gerade.«

»Nein, keine Frau der Welt kann damit elegant aussehen. Sie laufen jedoch sehr gut darin, das kann ich beurteilen, ich sehe mehr Frauen in Wanderstiefeln als die meisten anderen Leute.«

»Danke.« Mira grinste. »Aber wenn ich etwas schneller gehe, komme ich mir vor wie RoboCop.«

In der Hoffnung auf ein bequemeres Modell probierte Mira den linken Schuh eines anderen Modells, bemerkte jedoch keinen großen Unterschied. Schnell verlor sie die Lust daran, durch den Laden zu donnern wie ein Elefant. Wenn sie ehrlich war, widerstrebte es ihr, für diese Treter Geld auszugeben. Doch sie hatte keine Wahl, sie brauchte diese hässlichen Schuhe nun mal, wenn sie die Tour mitmachen wollte. Im Grunde war es Max' Schuld, allein seinetwegen war sie gezwungen, in die Berge zu fliehen. Ihre gute Laune war plötzlich verflogen, sie hatte sich verdüstert, als hätte sich eine schwere, dunkle Wolke vor die Sonne geschoben. Unwillkürlich fröstelte sie. Hastig kaufte sie das erste Paar Schuhe, das sie anprobiert hatte, bedankte sich bei der Verkäuferin und besorgte in einem Lebensmittelladen eilig die Zutaten für ein Risotto.

Als sie das Geschäft verließ, regnete es. Mira hatte das schlechte Wetter nicht kommen sehen, hatte keine einzige Wolke wahrgenommen. Es schüttete inzwischen zunehmend und sah überhaupt nicht so aus, als würde sich das bald ändern. Lange irgendwo unterstellen wollte sie sich nicht, am Ende würde sie dann doch noch Max begegnen. Also lief Mira mit ihrem Einkauf kurzerhand durch den strömenden Regen, wobei sie froh war, dass die Papiertüte aus dem Lebensmittelladen hielt, bis sie die Wohnung erreichte. Sie war völlig durchnässt. Rasch zog sie sich um und begann direkt mit dem Schneiden von Zwiebeln und Knoblauch. Draußen tobte mittlerweile ein Wolkenbruch samt Gewitter. Der Donner hallte von den umliegenden Bergen wider und wurde dadurch noch lauter. Es war dunkel wie in der Nacht und im gelblichen Licht der Laternen beobachtete Mira, wie sich die Bäume im Garten im Sturm bogen. Das Schneiden der Zwiebeln trieb ihr Tränen in die Augen, und die Musik aus dem Radio, das Songs aus dem vergangenen Jahrzehnt spielte, hatte ihren Anteil daran, dass ihre Tränen bald wie das Schmelzwasser von den Bergen im Frühling flossen. Mit einem Mal fiel ihr auf, wie alles in ihren Leben mit Max verseucht war. Nicht mal ihr geliebtes, buntes Paprikarisotto konnte sie zubereiten, ohne an diverse Male denken zu müssen, in denen sie dieses Essen mit Max geteilt hatte. Niemals hätte sie gedacht, dass es so mit ihnen werden würde.

Sie schnitt bunte Paprika in dünne Streifen und schob die Würfel aus Knoblauch und Zwiebeln mit dem Messer vom Schneidebrett in eine Pfanne mit Olivenöl. Als die Zwiebeln glasig waren, gab sie eine Tasse Reis dazu, den sie eine knappe Minute anbriet, dann löschte sie das Ganze mit einer Tasse Gemüsebrühe und einem Glas Weißwein ab. Die Flüssigkeit begann schnell zu köcheln. Mira gab Oregano, Thymian und

Liebstöckel hinzu und stellte die Kochplatte aus. Sie fügte noch drei Esslöffel cremige Kokosmilch dazu, Salz, Pfeffer und die Paprikastreifen. Dann legte sie das Hähnchenbrustfilet auf das bunte Risotto und schloss den Deckel. Bei diesem Rezept garte das Hähnchen bloß durch den aufsteigenden Dampf aus dem Risotto und wurde dadurch unvergleichlich zart und lecker. Zum Quellen des Reises und Garen des Brustfilets verfrachtete Mira den Topf ins Bett. Sie wickelte den Topf in die Bettdecke ein und ließ das Risotto für dreißig Minuten im Bett stehen. Das war Oma Hildes Methode für Quellreis. Mira hatte nie wieder auf eine andere Art Reis zubereitet, seitdem ihre Oma ihr diesen Trick gezeigt hatte.

Während das Risotto unter der Bettdecke garte, brütete Mira darüber, wie es sein konnte, dass Max sich so schnell auf eine völlig Fremde eingelassen hatte. Woraus sich die Frage ergab, ob es nicht doch eine Arbeitskollegin sein konnte. Eine, die sie nicht kannte. Wenn sie genauer darüber nachdachte, hatte Max sich in den letzten Wochen manchmal seltsam benommen. Womöglich hatte er sich in dieser Zeit in die neue Kollegin verliebt und deshalb nichts von ihr berichtet. Doch hätte er sich dann gewünscht, dass sie mit an den Gardasee gekommen wäre? Oder war das nur ein Trick gewesen? Mira rieb sich die Schläfen. Wenn sie doch bloß diesem Gedankenkarussell entfliehen könnte!

Kapitel 12

Das schlechte Wetter hatte sich binnen Stunden verzogen. Als die Sonne früh am nächsten Morgen aufging, war alles trocken, die Bergtour mit Alessandro konnte also stattfinden.

Die erste Stunde folgte sie ihm noch dicht auf den Fersen. Er hatte ein ziemliches Tempo drauf, aber der Weg stieg lediglich leicht an und sie spürte Freude bei jedem ihrer Schritte, die sie weg von der Zivilisation und hinein in die Wildnis führten. Wäre der Rucksack nicht gewesen, hätte sie dieser erste Abschnitt an eine Runde Nordic Walking erinnert, nur ohne Stöcke. Besagter Rucksack war schwer, es fühlte sich an, als ob sie jemand nach hinten zöge, während sie marschierte. Ja, der Rucksack nervte, der Rucksack und die neuen, klobigen Schuhe, die jetzt innen drückten, obwohl sie im Laden gut gepasst hatten.

Mira richtete ihre Aufmerksamkeit auf die Umgebung, um die negativen Gedanken zu vertreiben. Den immer steiler werdenden Schotterweg säumten links und rechts hohe Sträucher, die mediterran und etwas vertrocknet wirkten. Eine Sorte ähnelte riesigem Rosmarin. Warum auch nicht? Basilikum und Minze wuchsen hier schließlich auch an jeder Ecke. Mira bückte sich und rieb die Nadeln zwischen den Fingern. Der würzige Duft ätherischer Öle stieg ihr in die Nase und zauberte ein

Lächeln auf ihr Gesicht. Neben dem Rosmarin gab es stachelige Disteln und zahlreiche bunte Wildblumen. Saftige Wiesen wechselten sich mit kargen Felswänden und Geröll ab, auf dem nichts wuchs außer Moos, und zwischendrin immer wieder geduckte, schiefe Kiefern und Olivenbäume. Mira mochte ihre Eigentümlichkeit. Sowohl Kiefern als auch Olivenbäume neigten dazu, in eine schräge, eigenwillige Richtung zu wachsen, selbst in Felsspalten, wo der Wind ihnen nicht zusetzte. Hier und da ragten Zypressen aus dem niedrigen Geflecht aus grünem Gestrüpp. Sie glichen riesigen Kerzen. Vermutlich brannten sie auch wie Kerzen, wenn es hier einen Waldbrand gab, dachte Mira. Der Schotter unter ihren Füßen staubte. Der gestrige Regen war für die Vegetation nichts anderes gewesen als der sprichwörtliche Tropfen auf dem heißen Stein.

»Hier biegen wir ab«, sagte Alessandro.

Mira schaute in die Richtung, in die er wies, und wunderte sich. »Das sieht wie das Ende der offiziellen Wanderwege aus, oder?«, bemerkte sie zögerlich. Der Trampelpfad, in den er abbiegen wollte, führte durch das Gestrüpp und war so schmal, dass er wie ein Tunnel aus niedrigem Geäst wirkte, auf dem sicherlich ekelhaft große Zecken lauerten. Zecken waren wirklich mies, Mira schüttelte es vor Abscheu, wenn sie nur daran dachte, wie sie sich auf der Haut festsogen.

Ihre Abneigung gegen die kleinen Blutsauger hatte sie bereits im Kindergartenalter erworben, an einem herrlichen Junitag. Auf dem Sportplatz war eine Feier anlässlich des Volkswandertages gewesen. Mira hatte einen Ball aus dem Gebüsch hinter dem Tor geholt. Als sie wieder herauskam, krabbelten auf ihren nackten Beinchen, an ihren Armen und auf ihrem rosa Lieblingskleid kleine schwarze Tierchen. Nichts ahnend streifte sie sie ab. Abends nach dem Baden fand ihre Mutter die Zecken.

Fünfzehn an der Zahl, die sich an Mira festgesaugt hatten. Hinter den Ohren, in den Kniekehlen, am Bauch und sogar in der Achselhöhle hatten Biester ihr Beißwerkzeug in ihre weiche Kinderhaut gebohrt. Ihre Mutter hatte eine nach der anderen mit der Pinzette herausziehen müssen, dabei hatte sie mächtig geschimpft und unentwegt davon gesprochen, dass auf keinen Fall der Kopf stecken bleiben dürfe. Mira hatte den Ekel ihrer Mutter beim Herausziehen der Zecken körperlich gespürt; auch ihre Sorge, die Zecken könnten Krankheiten übertragen, konnte sie vor Mira nicht geheim halten. Auf Geheiß ihrer Mutter hatte sie die Bissstellen an ihrem Körper genau beobachtet und auf rote Kreise und Entzündungen geachtet. Seitdem war Mira ein wenig traumatisiert, was diese Tierchen anging.

»Neue Wege entstehen dadurch, dass man sie geht«, sagte Alessandro in Miras Gedanken hinein. »Ist nicht mein Spruch, aber mein Weg. Der hier ist durch mich entstanden.«

»Ja, ich kenne den Spruch. Hauptsache, du weißt, wo der Weg hinführt.«

»Zu hundert Prozent!«

»Was ist mit Zecken?«, konnte sie sich nicht verkneifen zu fragen.

»Zecken gibt's hier in der Tat. Zieh dir die Kapuze auf, wenn es eine Engstelle gibt, sonst setzen sie sich direkt an die weichen Stellen hinterm Ohr oder am Hals.«

»Klingt ja einladend, dein Weg«, unkte sie.

»Keine Sorge, das ist nur für etwa hundert Meter so eng«, versprach Alessandro. »Danach kommt dann der Teil mit den ausgehungerten Wölfen.«

»Ich glaube, Wölfe fände ich besser als Zecken.«

»Warum das?«

»Weil Zecken mein Blut wollen.«

»Aber nur ein paar Tropfen«, wiegelte er ab. »Bei den Wölfen sieht es da schon ganz anders aus.«

»Die wollen mein Blut nicht. Wölfe sind schlau und scheu, Zecken sind dumm und respektlos.«

»Wenn du das sagst …«, betonte er und grinste. »Übrigens weiß ich, was du da gerade versuchst. Mit Diskutieren kommst du hier allerdings nicht weiter. Also, Kapuze auf und los.«

»Aber was, wenn mich eine Zecke beißt?«

»Dann entfernst du sie halt.«

»Aber so einfach geht das nicht. Was, wenn der Kopf stecken bleibt?«, wehrte sich Mira.

»Der wächst raus, wie alle anderen Fremdkörper auch«, entgegnete Alessandro trocken und wanderte ohne ein weiteres Wort voraus.

Mira fand jeden einzelnen Schritt auf dem stark ansteigenden Trampelpfad jetzt schon anstrengend, war jedoch nicht so naiv zu glauben, es käme keine Steigerung mehr. Schließlich ging es ins Gebirge.

»Ab hier wird's steiler«, sagte Alessandro ganz wie eine passende Antwort auf ihre Gedanken.

Der Weg verengte sich, steuerte auf einen Felsen zu, machte dahinter einen Knick und wurde steil wie eine Treppe. Bereits nach fünf Minuten brauchte Mira eine Pause. Jeder Schritt kostete Mühe, die zusätzliche Last des Rucksacks und Alessandros Tempo machten ihr stetig mehr zu schaffen. Der Weg war inzwischen etwa drei Meter breit, und an den Felsen wuchsen nun hauptsächlich Kiefern. Sie krallten sich schief und krumm an die Felswände und leisteten den widrigen Lebensumständen Widerstand. Genau das würde sie jetzt auch machen. Widerstand leisten. Dem Leben und dem Anstieg. Mira biss die Zähne zusammen. Zu lange ausruhen war für sie beim Sport nie eine dienliche Sache gewesen. Wenn ihr Körper erst mal in den Ruhemodus geschaltet hatte, fiel es ihr danach umso schwerer, erneut weiterzumachen. Beim Sport galt für Mira der Spruch: Wer rastet, der rostet, und das hier war nichts anderes als Sport. Schweiß tropfte von ihrer Stirn, ihre Haut begann zu jucken, und dort, wo die Riemen des Rucksacks sich in ihre Schultern gruben, scheuerten sie die Haut auf und hinterließen Druckstellen.

»Geht's wieder?«, erkundigte sich Alessandro, als Mira aufstand und losging.

»Denke schon«, grummelte sie.

»Ich will keinen unnötigen Druck machen … Bloß, wir liegen etwas hinter dem Zeitplan.«

»Was passiert, wenn wir den Zeitplan nicht einhalten?«, fragte Mira, die überhaupt nichts von einem Zeitplan wusste.

»Dann erreichen wir die Schutzhütte nicht vor Einbruch der Dunkelheit.«

»Und was machen wir in dem Fall?«

»Dann müssen wir im Freien übernachten.«

Je höher sie kamen, desto alpiner sah die Umgebung aus. Es wurde weniger steil, Mira konnte etwas verschnaufen. Das Gras wurde grüner, der Himmel war bewölkt und Mira schwitzte aus allen Poren. Wenn das die Geschwindigkeit war, in der sie dauerhaft gehen mussten, um rechtzeitig die Schutzhütte zu erreichen, dann gute Nacht. Und zwar unter freiem Himmel. Außerdem schmerzten inzwischen beide Fersen.

»Die Schuhe sind Mist. Und ich hab auch nicht gewusst, dass es eine Art Wettrennen wird«, knurrte sie.

»Das tut mir leid. Wenn du willst, dann gehen wir langsamer.« Alessandro drosselte das Tempo dabei kaum merklich. Er wusste wohl gar nicht, wie schnell er marschierte. Sie fand es auch etwas unhöflich von ihm. Es ist seine Begeisterung, vermutlich merkt er das gar nicht, dachte sie. Und der Zeitplan ist in seinem Kopf.

»Man könnte glauben, du legst es drauf an, nicht rechtzeitig anzukommen, wenn du einen Zeitplan machst, den bloß ein Olympiasieger einhalten könnte. Geht das nur so? Dass man rennen muss wie ein Bekloppter, oder könnte man das theoretisch auch anders planen?«

Alessandro hatte ursprünglich eine andere Tour im Auge gehabt und dem Weg des Wassers hin zum Gardasee folgen wollen. Nun hatte er umdisponiert und würde nach ihrer gemeinsamen Tour alleine weitergehen, um dorthin zu gelangen, wo die Sarca entsprang. Auf den Gletscher. Dort sei es für Anfänger viel zu gefährlich, hatte er gemeint. Gletscherspalten, Eiswände, Lawinengefahr und Klettern – davon musste sie nicht groß abgehalten werden. Wenn sie Alessandros Marschgeschwindigkeit als Maßstab für dessen Sportlichkeit nahm, hätte sie wohl eine fünfzigprozentige Chance zu überleben. Wobei … was die Schuhe betraf, würde sie über kurz oder lang sowieso freiwillig in eine Gletscherspalte hüpfen.

»Natürlich gibt es auch andere Schutzhütten auf dem Weg, aber bei dieser Etappe ist es eben schwierig. Weil wir unten im Tal gestartet sind, dauert es eine ganze Weile, bis man die ersten Hütten erreicht. Aber es ist absolut kein Problem, hier in der Wildnis zu übernachten. Ich hab das schon hundertmal gemacht, alles gut. Das ist zwar nicht so komfortabel wie eine Hütte, dafür aber viel …« Er stockte.

»Viel – was?«

»Na ja, ich möchte nicht, dass du das falsch verstehst und dich dadurch irgendwie in eine unangenehme Situation gebracht fühlst …«, stammelte er.

»Ich kapiere gerade kein Wort«, erklärte Mira wahrheitsgemäß.

Alessandro zog die Schultern hoch. »Ich wollte sagen, es ist zwar nicht so komfortabel, dafür aber viel romantischer als ein Hüttenzimmer.« Er räusperte sich und schob eilig hinterher: »Romantisch in Bezug auf das Übernachten in der Natur. Das meinte ich.«

»Ah, ja, das kann ich mir vorstellen«, erwiderte Mira, der bewusst war, dass ihr angesichts ihrer körperlichen Verfassung alles andere als romantisch zumute sein würde, wenn es in dem Tempo bis zum Abend weiterging.

»Jetzt wird's gleich ein bisschen heikel«, warnte Alessandro. Er drosselte die Geschwindigkeit.

»Was meinst du mit heikel?«, fragte sie alarmiert.

»Eine Geröllfeldquerung, da muss man vorsichtig gehen. Für so was sind die Schuhe«, sagte er und drehte sich um. »Wenn man da stürzt, kann man schnell eine Lawine lostreten.« Er deutete nach vorn, wo mehrere einander zugeneigte Kiefern ein Tor zu einem Geröllfeld bildeten. Mira warf einen skeptischen Blick voraus. Der Hang war recht steil, befand sie.

Das Geröll war tückisch. Ständig rutschte sie aus, schlug sich die Füße an, wenn einer der Steine nicht den Halt gab, den er versprochen hatte. Hier waren die Schuhe tatsächlich mehr als sinnvoll, das musste sie zugeben. Man hatte einen festeren Stand und gestützte Knöchel, die nicht direkt beim ersten falschen Schritt umknickten. Ein Stein, auf den sie trat, löste sich, kullerte den Abhang hinunter und riss andere mit. Zu einer größeren Lawine kam es nicht, doch sie verstand das Prinzip sehr schnell.

Hintereinander überquerten sie die gefährliche Stelle und fanden sich unversehrt an einem der schönsten Orte wieder, an denen Mira je gewesen war. Am liebsten hätte Mira hier ausgeharrt und den Blick schweifen lassen, doch Alessandro eilte bereits voran.

Hinter dem Geröllfeld ging der Weg weiter. Sie bogen um eine Ecke mit duftenden Fichten. Mit einem Mal begriff Mira, wie hoch sie waren. Was sie bereits geschafft hatten!

»Wow!«, kommentierte sie nur.

Der Weg führte an einer Felswand entlang, war aber breit genug, dass sie darauf ohne Panik gehen konnte. Der Anblick war fabelhaft. Über den Abgrund hatte sie einen Blick ins Tal und auf die verbrüderten Berge weit hinten am Horizont. Hellgrau und zackig ragten sie in den klaren blauen Himmel und trugen Halsbänder aus Schnee. Der Schnee verschwamm an manchen Stellen mit den weißen Quellwolken. Die Farben strahlten intensiv grün, blau, weiß und grau. Es war ein Meisterwerk der Natur. Dieser Hintergrund wäre perfekt für ein Selfie gewesen. Aber Miras Widerwille, sich mit dem Internet und überhaupt dem Rest der Welt zu beschäftigen, machte die Entscheidung leicht, das Smartphone ausgeschaltet zu lassen.

»Für diesen Anblick hat es sich schon gelohnt«, stellte sie überwältigt fest.

Alessandro nickte und lächelte ihr zu.

»Ich liebe diesen Ort!«

Der Wind strich durch Miras Gesicht, kühler als unten am See.

»Wollen wir eine Pause machen?«, schlug er vor.

»Was ist mit dem Zeitplan? Einbruch der Dunkelheit und so«, gab sie zu bedenken.

»Ach, das schaffen wir sowieso nicht mehr.«

»Wieso nicht?«

»Wir müssten ab jetzt deutlich schneller gehen«, antwortete Alessandro.

»Aber wieso hetzen wir dann überhaupt so, wenn wir es eh nicht mehr schaffen?«, wandte Mira ein.

»Gute Frage!« Alessandro rieb sich das Gesicht. »Entschuldige bitte, ich bemerke das manchmal gar nicht.«

»Dass du anderen wegrennst?«

»Ja, genau!« Er lachte. »Tut mir leid, ich werde mich wirklich bemühen, in Zukunft langsamer zu gehen.«

»Das heißt, du hast mich sportlicher eingeschätzt, als ich tatsächlich bin. Ich weiß nicht, ob das ein Kompliment ist oder eine Beleidigung.«

»Weder noch. Ich habe zu Hause die Zeit dummerweise nach meinem normalen Tempo berechnet. Tut mir leid. Wir bauen uns einen schönen Survival-Unterstand, das wird schon. Ich denke nicht, dass es nachts sehr kalt wird. Mit Feuer und Schlafsack ist das kein Problem im September.«

»Grundsätzlich wollte ich so was schon immer mal machen, und wenn du weißt, wie man einen Unterstand baut und Feuer entzündet, ohne den Wald abzufackeln und all das, dann hört sich das gar nicht so schlecht an. Aber falls der Schlafsack ebenso ein Reinfall ist wie die Schuhe, bin ich morgen früh vermutlich erfroren.«

»Das liegt daran, dass die Schuhe neu sind, du musst sie einlaufen.«

»Tue ich ja gerade, und dabei bekomme ich Blasen.«

»Das ist Mist. Warte kurz …« Er zog seinen Rucksack ab. »Ich habe Pflaster dabei, die machst du drauf, bevor es richtige Blasen werden. Und du reibst deine Füße mit Hirschtalg ein«, sagte Alessandro.

»Was?«

»Hab ich auch dabei.«

Nachdem Miras Füße verpflastert und eingeschmiert waren, marschierten sie weiter, was ihr, so verarztet, gleich viel mehr Freude machte.

»Wie viele Höhenmeter haben wir bisher ungefähr geschafft?«, wollte sie wissen.

Er warf einen Blick auf den Höhenmesser an seinem Handgelenk. »Tausendeinhundert! Jetzt sind wir auf einer kleinen Hochebene angekommen.«

»Ist das schön hier«, freute sich Mira.

»Ja, ich liebe die Landschaft hier oben.« Er holte seine Trinkflasche aus dem Rucksack. Dann ging er ein paar Schritte auf einen großen Felsen zu; Wasser sprudelte wie ein Springbrunnen zwischen zwei größeren Steinbrocken hervor. Dort füllte er seinen Wasservorrat auf.

Mira kippte den warmen Rest aus ihrer Flasche, füllte sie ebenfalls auf und nahm direkt ein paar Schlucke. Das Wasser schmeckte richtig gut, so kalt und rein.

»Herrlich!«

»Das beste Wasser!«, bestätigte er.

In der Hochebene standen nur sporadisch ein paar Tannen oder Fichten. Ansonsten war die Landschaft ein grün-grauer Mix aus Gräsern, Felsbrocken und Steinen aller Größen. Auf einer Alm erkannte Mira ein paar Kühe als braune Kleckse in der Gegend. Die drolligen Murmeltiere, die sie bisher bloß im Fernsehen und nicht in freier Wildbahn gesehen hatte, tauchten immer wieder zwischen den Steinen auf.

»Die sind ja zu witzig.«

»Ich mag Murmeltiere. Sie sind witzig, das stimmt. Aber nicht nur das. Sie sind auch sehr sozial. Sie kümmern sich sogar um Waisenkinder«, wusste Alessandro.

»Wie meinst du das?«

»Wenn ein Jungtier keine Familie mehr hat, nehmen andere Murmeltiere es bei sich auf und versorgen es wie ein eigenes.«

»Wie schön!« Mira dachte an ihre Gruppe, an die Kinder im Kinderdorf. Da hatte Mira etwas mit den Murmeltieren gemeinsam. Sie war gern für andere da, vor allem für Kinder, die Hilfe brauchten. Und das tat sie täglich in allen möglichen Situationen, ob beim Lernen für die nächste Klassenarbeit, beim Wäschefalten oder beim Zimmeraufräumen.

»Wie weit hinter der Zeit liegen wir eigentlich?«, fragte Mira. Einerseits fand sie die Vorstellung eines Lagers unter freiem Himmel wirklich spannend, auf der anderen Seite stellte sie sich es himmlisch vor, nach den Strapazen der Wanderung in einem weichen Bett zu liegen. Wobei sie nicht wusste, wie weich ein Bett in einer solchen Berghütte überhaupt war.

»Wir werden kein Risiko eingehen und es erst gar nicht versuchen. Wenn wir auf der letzten Etappe von der Dunkelheit eingeholt werden, finden wir keinen sicheren Platz mehr. Die Gegend dort ist vom Gelände her auch überhaupt nicht zum Lagern geeignet. Man hat keinen Schutz, alles nur offenes Gelände«, erklärte er. »Lass uns noch ein Stück weitergehen. Bestimmt finden wir ganz in der Nähe einen Unterschlupf.«

Kapitel 13

»Hier könnte ich mir ein gutes Lager vorstellen«, meinte Mira, nachdem sie eine weitere halbe Stunde gelaufen waren.

Sie befanden sich auf einem Weg zwischen zwei Fichtenwäldern. Hier schienen die Nadelbäume noch gesund zu sein. Es roch intensiv nach frischem Harz, das, vom Sonnenlicht gewärmt, sein Aroma verströmte. Mira musste bei dem Geruch unwillkürlich an Walderdbeeren denken. Jahrelang hatte sie als Kind vergeblich zwischen duftenden Fichten nach den kleinen roten Früchten gesucht. Bis sie begriffen hatte, dass es die Bäume selbst waren, die so gut rochen. Überzeugt war sie noch immer nicht, obwohl sie niemals eine Beere irgendwo gefunden hatte.

»Ja, wieso nicht«, sagte Alessandro mit Blick auf das Waldstück. »Ich wäre noch etwas weiter gegangen, aber könnte nicht sagen, ob noch etwas Besseres auf dem Weg liegt.«

»Was wäre denn noch besser?«, wollte Mira wissen.

»Eine Höhle.«

Mira riss die Augen auf. »Puh!«

Er legte den Kopf schräg. »Was ist falsch an Höhlen?«

Mira musste nicht lange überlegen. »Zu dunkel und erdrückend. Vor allem niedrige Höhlen. Ich würde nicht schlafen, aus

Angst, sie stürzt ein. Das ist doch ein schrecklicher Gedanke, wenn Tonnen von Gestein über einem hängen, die niemand gesichert hat.«

Alessandro lachte. »Gesichert … der war gut!«

»Ich bin eben kein Höhlenmensch.« Sie zog die Schultern hoch.

»Alles gut. Dann gehen wir mal tiefer rein und suchen uns ein Plätzchen«, schlug Alessandro vor und spähte mit zusammengekniffenen Brauen in den Wald.

Die Fichten standen recht weit auseinander. Es existierte fast kein Gestrüpp auf dem Boden, dort lagen bloß die alten Nadeln und tote Äste, die von Moos überwuchert waren. Was es noch gab? Lautes Vogelgezwitscher, viel Überblick über das umliegende Terrain, und, was Mira am wichtigsten war, es befand sich im Umkreis von mindestens 200 Metern kein Abgrund. Ihre Horrorvorstellung war nämlich, in der Nähe eines Abgrunds zu übernachten und im Schlaf in den Tod zu fallen. Bisschen herumkullern im Schlafsack, und schon war alles vorbei. Dieser Albtraum verfolgte Mira seit ihrer Kindheit. Häufig war sie schweißgebadet in ihrem Bett aufgewacht, weil sie geträumt hatte, über die Kante eines Abhangs in die Tiefe zu stürzen.

»Lass uns noch ein kleines bisschen weitergehen, das hier ist mir zu sehr auf dem Präsentierteller. Man könnte uns vom Weg aus noch gut sehen. Es gibt immer mal wieder solche Wichtigtuer, die einen am liebsten sofort anzeigen möchten, sobald man mal ein klitzekleines Feuer macht«, entschied Alessandro.

Seine Worte hallten im stillen Wald nach. In Mira kam nun doch wieder der Gedanke auf, wie gefährlich es sein mochte, einen fast fremden Mann in irgendwelche abgelegenen Winkel des Gebirges zu begleiten. Und dabei noch das Handy auszuschalten, damit du bloß keine Hilfe rufen kannst, falls Alessandro in Wirklichkeit nicht so harmlos ist, wie er erscheint. Bei diesen Gedanken verlangsamten sich ihre Schritte ein wenig.

»Was ist los, die Füße wieder?«, fragte Alessandro kurz darauf.

»Nein, nein, ich habe nur nachgedacht.«

Er deutete in Richtung eines Felsbrockens, der wie vom Himmel gefallen mitten im Wald lag. »Da hinten sieht es doch ganz gut aus.« Er fügte hinzu: »Es ist keine Höhle, aber so haben wir von einer Seite eine ordentlich dicke Wand, um uns vor Wind und Wetter zu schützen. Hast du auch Angst, *vor* einem Felsen zu schlafen? Die rollen wirklich so gut wie nie weg«, sagte er grinsend.

Mira lachte. »Ich sehe mir die Lage vor Ort genau an und entscheide dann nach meinem Bauchgefühl.«

»Eine sehr gute Sache ist das, wenn man so was wie ein Bauchgefühl hat.«

Alessandro sammelte bereits lange Äste und Stöcke vom Waldboden auf und trug sie unter dem Arm in Richtung des Felsens.

»Ja, sieht ganz nett aus«, urteilte sie, nachdem sie die Stelle umrundet hatte. Aber das war untertrieben. In Wirklichkeit fand sie es richtig, richtig toll. Sie hatten zwei Wände, denn ein weiterer Felsbrocken lag an dem ersten, und gemeinsam bildeten sie eine Art L. Auch Alessandro war begeistert von ihrem Unterschlupf für die kommende Nacht.

»Das passt ja perfekt, da wird es ganz einfach sein, Äste draufzulegen, um es auf alle Fälle trocken zu haben, falls nachts das Wetter umschlägt«, frohlockte er, kletterte mit einem der Äste auf den Hauptfelsen und nahm Maß. »Sehr gut! Von denen hier brauchen wir noch ein paar. Außerdem jede Menge Brennholz. Ich schlage vor, wir fangen direkt an, damit wir alles parat haben, sobald es dunkel wird. Um Kälte brauchen wir uns aber wohl kaum Sorgen zu machen, hier ist es gut geschützt, und sehr mild ist es heute Abend außerdem.«

»Wie genau erkenne ich denn gutes Brennholz?«, erkundigte sich Mira.

»Bäume fällen darfst du jedenfalls nicht.«

Mira musste kichern. »Gut, dass du es erwähnst. Ich wollte eigentlich den da vorne als Ersten umschubsen«, sagte sie und deutete auf den mächtigen Stamm einer alten Lärche, für den man mit einer großen Kettensäge schon seine Zeit gebraucht hätte.

»Guck einfach, was du an möglichst trockenem Totholz findest. Von Bäumen, die auf dem Boden liegen, kannst du ruhig Äste absägen. Kannst du mit einer Säge umgehen?«

Mira besah sich das Werkzeug, das er ihr reichte. Es war definitiv kleiner als die Säge, die in der Garage ihres Vaters vor sich hin gerostet hatte. »Hierfür wird es reichen. Sag nur, du hast zwei Sägen für die Tour mitgeschleppt?«

»Ich habe mein Buschmesser mit. Damit kann ich alles kurz und klein schlagen.« Er zeigte ihr die Klinge an seinem Gürtel, die sie ein wenig an den Krummsäbel eines Piraten erinnerte.

»Okay, dann werde ich dich lieber nicht verärgern und mal auf die Suche gehen, bevor du mich am Ende auch noch kurz und klein schlägst«, sagte sie.

»Aber geh nie so weit, dass du das Lager aus den Augen lassen musst, hier verliert man schnell die Orientierung.«

»Keine Sorge. So langsam, wie ich mit den Astronautenschuhen vorwärtskomme, dauert es eine Ewigkeit, bis ich aus dem Sichtfeld verschwinde.«

Sein Lachen hallte durch den Wald. Er hatte etwas durchweg Positives an sich. Mit Max wäre das alles hier gar nicht möglich gewesen – oder zumindest tausendmal komplizierter. Es gibt wirklich keinen Grund, Angst vor ihm zu haben, beruhigte sie sich. Doch gelegentlich spürte sie, wie der Betrug von Max auch in dieser Situation an ihrem Vertrauen zu diesem durchaus vertrauenswürdigen Menschen kratzte. Sie redete mit den Argumenten der Logik gegen die ängstliche innere Stimme an. Willst du niemandem mehr vertrauen, all deine Menschenkenntnis auf den Müll werfen, weil du ein einziges Mal enttäuscht wurdest? Das würde sicherlich zu einem tristen Leben ohne Liebe und Spaß führen. Sie musste diesem neuen Misstrauen der ganzen Welt gegenüber so schnell wie möglich etwas entgegensetzen. Ja, sagte sie sich, und genau das tue ich, wenn ich hier mit Alessandro eine Abenteuerübernachtung in den Bergen mache und sie genieße.

Die Säge war eher hinderlich. Die Äste lagen herum wie Kamellen nach einem Karnevalsumzug. Man brauchte sie bloß aufzusammeln. Bald hatte Mira den Arm voll mit toten Ästen und wegen der Säge keinen anderen Arm mehr frei.

Alessandro hatte seine erste – deutlich größere – Ladung bereits abgelegt und war erneut losgegangen, weshalb Mira einfach das Gleiche tat, nur bei ihrem zweiten Durchgang ohne die Säge.

Als Mira das nächste Mal zurückkam, war Alessandro dabei, aus Ästen, Seilen und einem Tarp ein Dach über dem Lagerplatz zu bauen. Es wird funktionieren, das erkennt man jetzt schon, dachte sie zufrieden, auch wenn Alessandro vor sich hin schimpfte, als bekäme er nichts hin. Ihr kam der Gedanke, wie es wohl wäre, mit Max in der Wildnis zu stranden. Er würde sich so lange einen perfekten Plan für unseren Unterstand ausdenken, bis die Nacht vorbei und ich erfroren wäre, dachte sie nicht ganz unberechtigterweise, denn Max Helmer hatte Probleme, wie er selbst einmal zugegeben hatte, sich ohne WLAN in der Welt zurechtzufinden. Das konnte man von Alessandro jedenfalls nicht behaupten. Irgendwie tat es ihrer Seele gut, eine so einfache, aber notwendige Tätigkeit zu verrichten wie das Bauen eines Schlafplatzes für die kommende Nacht.

»Noch mehr Feuerholz, oder reicht es?« Mira sah zu Alessandro hoch, der gerade das Tarp am Stamm einer Fichte festknotete.

»Hier hinter dem Felsen liegt noch ein ganzer Stamm, den kann ich zur Not auch nachts noch zerteilen, falls uns das Holz ausgeht, aber eigentlich sollte es ausreichen. Ein großes Stück habe ich schon hierhin gerollt, den säge ich gleich, wenn ich fertig bin«, erwiderte er, und Mira spürte, wie seine Worte sie beruhigten. Er kümmerte sich um alles, in seiner Nähe brauchte sie keine Angst zu haben, frieren zu müssen. Im Gegenteil. In dieser Nacht würde sie es wohlig warm haben.

Kapitel 14

Nachdem er die Äste, die das Dach bildeten, mit reichlich Moos und Zweigen abgedeckt hatte, entzündete Alessandro das Feuer mit einem Stück Stahl, das er um den Hals an einer Kette trug. Er rieb mit einem Stein daran herum, es sprühten Funken, die nach wenigen Wiederholungen die dünne Birkenrinde zum Brennen brachten. Obendrauf packte Alessandro ein paar dürre Äste und irgendein vertrocknetes Kraut, das sofort in Flammen aufging. Als das Holz brannte, legte er etwas dickere Holzstücke nach. Ein paar Minuten später flackerte der Schein des Lagerfeuers durch den Wald. Die Dunkelheit war plötzlich gekommen, zumindest war Mira überrascht, wie schwarz es zwischen den Bäumen ringsum geworden war. Die Schatten der Bäume tanzten im Rhythmus der Flammen. Mira dachte an Mittelalterromane, in denen die Menschen auf Reisen ähnliche Lagerstätten genutzt hatten. Sie fühlte sich auf angenehme Weise verbunden mit einem älteren Teil ihrer menschlichen Natur, weit entfernt von Digitalisierung, Überwachung und ständiger Erreichbarkeit. Das Feuer knisterte, und wenn Mira ein Tannenästchen hineinwarf, prasselte es sofort in einem heller werdenden Schein, bis es zu Asche verglühte. Das Feuer hatte mittlerweile eine ordentliche Hitze. Die Wärme strahlte aus und wurde von den großen Felsen zurückgeworfen, was eine fast heimelige Wohnzimmerwärme in ihrem Lager erzeugte. Die Äste des Daches reichten gerade weit genug, um zwei Schlafplätze vor etwaigem Regen zu schützen. Das Dach endete dort, wo die Feuerstelle begann. So hatten sie die Wärme, aber nicht den Qualm in ihrem Unterschlupf. Denn das war absolut tückisch: Offenes Feuer in Räumen mit zu wenig Abluft wurde wegen geruchloser Gase schnell zu einer tödlichen Falle. Mira hatte nie den Vorfall vergessen, bei dem drei ihrer Mitschüler ihr Unwissen mit dem Leben bezahlt hatten, weil sie aufgrund von Regen in einer Gartenhütte gegrillt hatten. Seit Jahren hatte sie nicht mehr daran gedacht, und dennoch schrillten nun direkt ihre Alarmglocken. Aber Alessandro dachte an alles; er kannte sich hier draußen in der Wildnis aus, wie man an jedem seiner Handgriffe bemerkte, weshalb Mira sich wieder beruhigte. Nein, in seiner Gegenwart brauchte sie sich keine Sorgen zu machen, nachts zu ersticken. Außerdem lagen zwischen einer geschlossenen Gartenhütte und einem Felsen mit Dach ja noch ganze Welten aus frischer Luft.

Kurz darauf saßen sie am Feuer und schwiegen, bloß das Knacken des Holzes und die regelmäßigen Rufe eine Eule waren zu hören, als ein Ton wie aus einer anderen Welt Mira aus dem hypnotischen Zustand riss, in den sie das Feuer versetzt hatte. Es waren mehrere Töne, eine Melodie. Irgendein bekannter Film, dessen Name ihr nicht einfallen wollte.

»Wer ist denn das jetzt?«

Alessandro zog sein blinkendes Handy hervor und nahm, nachdem er auf das Display geschaut hatte, den Anruf entgegen, ohne zu zögern. »Nonna, du bist es selbst. Gott sei Dank, ich dachte für einen Moment, es wäre etwas passiert, als ich deine Nummer gesehen habe.«

Während Signora Baresi antwortete, senkten sich Alessandros Mundwinkel wie in Zeitlupe herab. Er legte auf und sah Mira mit einem durchdringenden Blick an, der nichts Gutes bedeuten konnte.

»Was?« Mit einem Mal bekam sie es mit der Angst zu tun.

»Dein Verlobter … er scheint wohl auf der Suche nach dir zu sein. Meine Großmutter ist sich nicht sicher, er kam ihr sonderbar aufgeregt vor. Es könnte sein, dass er uns ins Gebirge gefolgt ist. Oder was meinst du?«

»Wie bitte? Hat deine Großmutter ihm etwa von unserer Tour erzählt?«

»Ja, leider.« Alessandro seufzte.

»Aber woher weiß er überhaupt die Adresse meiner Unterkunft?«, fragte Mira, eher an sich selbst gerichtet.

»Vielleicht habt ihr eine gemeinsame E-Mail-Adresse, wo er die Buchung gefunden hat.«

Mira schüttelte den Kopf. »Nein, aber er kennt mein Passwort, und im E-Mail-Eingang ist natürlich noch die Buchungsbestätigung, sogar ziemlich weit oben im Verlauf. Ich hätte allerdings nie gedacht …« Sie brach ab. Was wusste sie schon, was er noch alles tat? Offenbar lag doch einiges in Max verborgen, von dem sie nichts ahnte. »Was sollen wir denn jetzt machen?«, überlegte sie genervt.

»Wir können im Grunde nichts tun.« Alessandro schüttelte den Kopf.

»Nicht mal hier hat man seine Ruhe vor diesem Typen und dieser verrückten Welt«, schimpfte sie.

»Entschuldige bitte. Ich hätte einfach nicht drangehen sollen, aber bei Anrufen von Oma habe ich jedes Mal Angst, dass irgendetwas sein könnte und sie Hilfe braucht.«

»Ich mache dir doch keinen Vorwurf. Nur, wie dreist muss man sein, um zuerst fremdzugehen und mir dann auch noch die Ablenkung zu versauen, die ich dringend brauche.«

»Das ist echt eine blöde Situation«, gab er ihr recht.

Mira stand auf und schritt im flackernden Schein des Feuers auf und ab. »Er zwingt mich im Grunde, dass ich ihn anrufe. Sicher hat er das genauso geplant.«

Alessandro wirkte überrascht. »Ist er so jemand?«

»Ich weiß es nicht. Ich weiß gar nichts mehr.«

Seine Lippen wurden zu einem Strich, und seine Miene verdüsterte sich. »Ich verstehe, was du meinst. Du weißt gar nicht mehr, wo oben und unten ist, ich kenne diese Phase sehr gut.«

»Und wie lange dauert diese *Phase*, wenn ich fragen darf?«, wollte Mira wissen.

Er kniff die Augen zusammen, als spürte er einen altbekannten Schmerz. »Ein paar Jahre. Also zumindest bei mir war das so.«

»Na, das klingt ja prima.«

»Du musst ihn anrufen, weil du dir Sorgen machst, ihm könnte etwas passieren, oder?«

»Genau, ja! Ich mache mir Sorgen um ihn, aber nicht freiwillig«, gab sie unwirsch zu.

»Dann ruf ihn an. Es ist doch ziemlich normal, sich Sorgen um einen Menschen zu machen, der einem so nahesteht. Auch wenn er gerade vieles kaputt gemacht hat. Das hat nichts damit zu tun, dass oder ob du ihm vergibst. Du würdest menschlich sogar noch ziemlich stark dastehen, finde ich«, redete Alessandro ihr zu.

Mira dachte über seine Worte nach. »Du hast recht. Es ist völlig normal, dass ich mir Sorgen um ihn mache, und sobald ich ihm gesagt habe, dass er mich nicht suchen soll, ist die Sache für mich abgehakt. Dann kann ich endlich den Augenblick genießen, ohne an diesen Idioten zu denken.«

Zögerlich kramte sie ihr Handy aus dem Rucksack. Sie schaltete es ein und las von dreizehn Anrufen in Abwesenheit. Allesamt von Max. Sie scrollte zu seinem Kontakt und drückte auf »Anrufen«. Augenblicklich beschleunigte sich ihr

Herzschlag. Sie atmete tief durch und zwang sich zur Ruhe. Nach dem zweiten Tuten ging er ran.

»Hey«, sagte er, seine Stimme klang freudig und überrascht zugleich.

»Wo bist du gerade?«, fragte sie.

»Auf meinem Zimmer«, antwortete Max.

»Alleine?«, rutschte es ihr heraus. Augenblicklich biss sie sich auf die Zunge vor Ärger. Sie wollte doch einen abgeklärten Eindruck machen.

»Ja«, sagte er bloß.

Sie lauschte, ob im Hintergrund Geräusche zu hören waren, doch alles war mucksmäuschenstill. Es klang nicht so, als ob er draußen unterwegs wäre. Keine Windgeräusche, absolut nichts. Doch das hieß gar nichts! Er konnte hier ganz in der Nähe stehen und lediglich einen geschützten Platz gefunden haben.

»Woher hast du die Adresse meiner Unterkunft?« Sie konnte die aufbrodelnden Emotionen in ihrer Stimme kaum verbergen.

»Ich hab im E-Mail-Eingang nachgesehen, tut mir leid. Ich wollte dich unbedingt sprechen!«

»Das tust du ja gerade.« Sie schnaufte schwer durch die Nase, um die Worte zu verdrängen, die mit dieser Luft ansonsten herausgekommen wären.

»Ja, aber ich will dir dabei in die Augen sehen, so darf das mit uns nicht enden. Das wäre unwürdig.«

So darf das mit uns nicht enden. Ein Stich fuhr ihr ins Herz, als sie seine Worte begriff.

»Übermorgen hätte ich Zeit«, sagte sie harsch.

»Erst übermorgen?«

»Notfalls morgen, dann aber erst abends.«

»Prima, dann morgen um achtzehn Uhr am Eingang der Wasserburg in der Altstadt?«

»In Ordnung.« Sie wollte gerade auflegen, als ihr noch etwas einfiel. »Falls du auf die Idee kommen solltest, mich vorher zu suchen, kannst du das Gespräch morgen knicken. Ich will dich frühestens dann sehen. Ich brauche meine Ruhe!«

»Mit dem Enkelsohn deiner Gastgeberin?«

»Ja, aber er ist bloß mein professioneller Guide und sonst nichts. Und jetzt muss ich mich ums Feuer kümmern«, sagte sie und drückte auf das Hörersymbol, um das Gespräch zu beenden.

»Respekt!«, lobte Alessandro sie.

»Respekt? Wofür?«

»Na, gut gemacht mit dem Gespräch.«

Mira stutzte. Also hatte er mitgehört. Nun, kein Wunder bei der kurzen Entfernung. »Findest du?«

»Ja, auf jeden Fall! Du hast dich teuer verkauft, du bist ruhig geblieben.«

»Danke!«

Es tat gut, diese Bestätigung zu hören, denn in ihrem Inneren hatte sie sich bei dem Telefonat alles andere als ruhig gefühlt.

»Ich hab jetzt richtig Hunger«, bemerkte Alessandro.

»O ja, ich auch!«

»Hast du irgendwas dabei, was man braten kann? Oder kochen? Einen Topf habe ich!«

»Äh … nein«, gestand sie.

»Ich habe eine Dosensuppe, die würde ich mit dir teilen.«

»Okay. Du kannst was von meinem Couscoussalat haben, und Nüsse habe ich auch eingepackt!«, bot Mira an.

»Prima!«, frohlockte er und griff in seinen riesigen Rucksack. Der Topf war gerade groß genug, um den Inhalt einer Dose aufzuwärmen. Serbische Bohnensuppe.

Sie aßen – Mira hatte dieses Mal einen Löffel eingepackt – direkt aus dem Topf, wie es sich für Survival gehörte. Es tat gut, nach einem solchen Tag etwas Warmes in den Bauch zu bekommen.

»War das lecker.« Sie bot Alessandro ihre Tüte mit Cashewkernen an.

Das Feuer knackte und Funken stoben hinauf in die düsteren Baumwipfel. Alessandro warf den Ast eines Nadelbaums ins Feuer. Sofort knisterten und knackten Hunderte kleiner Explosionen, als die ätherischen Öle in den Nadeln verbrannten.

»Kiefer, ich liebe Kiefern«, sagte Alessandro.

»Ich auch!« Mira hatte sich gar nicht sattsehen können an den Bäumen, die sie auf ihrem Weg passiert hatten. »Ja, ich auch. Besonders, wenn sie sich irgendwo krumm und schief an einem Felsen festkrallen und bei den widrigsten Umständen trotzdem noch so toll aussehen.«

Alessandro nickte. »Vielleicht werden sie erst dadurch so schön, weil sie sich immer durchsetzen mussten, egal wie schlecht der Boden oder wie steil der Hang ist.«

»Sie verbiegen sich in alle Richtungen, um irgendwie ans Licht zu kommen. Sie tun immer das Richtige«, meinte Mira.

»Schön gesagt!«

»Danke!« Mira hielt einen Moment inne und spann den Gedanken weiter. »Aber für uns Menschen ist es leider etwas komplizierter.«

»Was meinst du?«, fragte er.

»Wir müssen zuerst überhaupt rausfinden, wohin wir wachsen wollen, was unser Licht ist. Und zudem brauchen wir einiges mehr als die Sonne.«

»Ja, absolut, da stimme ich dir zu!«

Er sah nach oben, wo zwischen den Wipfeln der Bäume die Sterne leuchteten. »Du musst auf dein Herz hören, schätze ich.«

»Aber wie geht das? Nicht jede Stimme, die mir einredet, dass ich dies oder jenes brauche, ist die Stimme meines Herzens.«

»Oh, tut mir leid, mit Leuten, die unterschiedliche Stimmen hören, kenne ich mich nicht gut genug aus, um eine qualifizierte Antwort zu geben«, witzelte er.

Mira musste lachen. »Ich denke, man möchte ja auch manchmal Dinge, die nicht unbedingt gut sind. Auf lange Sicht gesehen, meine ich.«

»Was zum Beispiel?«

»Rauchen, zu viele Süßigkeiten. Eine Beziehung beginnen, die zum Scheitern verurteilt ist, oder eine am Leben halten, obwohl man längst weiß, sie ist am Ende.«

»Verstehe. Also in meiner Vorstellung ist es genau diese stille Stimme, die dir längst gesagt hat, dass deine Beziehung nicht mehr zu retten ist … Das ist dein Herz, glaube ich. Auf diese Stimme solltest du hören und nicht auf die andere Stimme, die nur oberflächlich Gutes für dich will. Konsum, eine rasche Belohnung per Netflix oder eine Pizza. Die Belohnung ist schneller, aber wenn du oft genug aus Willensstärke auf die Pizza verzichtet hast, bekommst du eine viel bessere Belohnung … Eine nachhaltige, sinnvolle Freude.«

»Sehr interessant, wie du das erklärst«, fand Mira.

»Es gibt natürlich auch den Fall, dass das Ziel von Herz und Verstand dasselbe ist.«

»Was für ein Ziel?«

»Zum Beispiel die Liebe einer bestimmten Person.«

»Und arme, alte Damen machst du auf Zugfahrten traurig, weil du ihnen erzählst, dass du nicht an die Liebe glaubst …«

»An das Gefühl glaube ich schon, aber nicht als eine magische Sache oder so. Also nicht vorherbestimmt, nicht die eine große Liebe und so … Mit diesen Konzepten kann ich nichts anfangen, aber das Gefühl kenne ich natürlich selbst.«

»Hm … ich weiß gar nicht mehr, was ich darüber denken soll«, sagte Mira düster, und so verhielt es sich tatsächlich seit dieser alles verändernden Fahrstuhlszene. Sie spürte große Verunsicherung, auch in Bereichen, die überhaupt nichts mit ihrer Beziehung oder der Liebe im weitesten Sinne zu tun hatten. Sie zweifelte an ihrer eigenen Wahrnehmung und an der ganzen Welt. Und das nicht ohne Grund. Schließlich hatte sie sich zehn Jahre sehr grundlegend in jenem Menschen getäuscht, mit dem sie zusammenlebte. Woher sollte sie wissen, ob auch andere sie hintergingen? Viel zu lange hatte sie es geschafft, nur die guten Seiten von Max zu sehen. Ganz bestimmt gab es irgendwelche Anzeichen, vor denen sie die Augen verschlossen hatte. Von der engsten Vertrauensperson auf diese Weise belogen zu werden, das konnte der Psyche einen Knacks verpassen.

»Du brauchst momentan einfach Zeit, um dich in Ruhe zu sortieren und neue Kräfte zu sammeln.«

»Ja, glaube ich auch.«

»Ich gehe in solchen Phasen etwas nachsichtiger mit mir selbst um und gehe nicht so hart mit mir ins Gericht, falls mal etwas nicht so klappt, wie ich es mir vornehme.«

»Okay, ich versuche, nett zu mir zu sein«, entschied Mira.

»Spitze, aber vielleicht fängst du erst nach unserer Tour damit an, damit wir morgen gut vorankommen«, frotzelte er, und sie brauchte einen Moment, um zu verstehen, dass er es humorvoll gemeint hatte.

»Hey …«

»War doch bloß Spaß.«

»Ja, ich weiß. Es wirbelt nur alles so durcheinander. Ständig tausend verschiedenste Gedanken. Einmal denke ich so über eine Sache und fünf Minuten später vollkommen anders. Mal bin ich wütend auf Max, mal weine ich, weil der Gedanke an seinen Geruch und daran, nicht in seinen Armen zu liegen, mir das Herz zerreißt. Mal verwünsche ich ihn, dann wünsche ich mir, bei ihm zu sein. Ich komme mir … verrückt vor.«

»Das ist aber Quatsch, so geht es jedem in solch einer Situation. Versuch mal, deine Gedanken nicht so ernst zu nehmen. Als wären es Bilder aus einem Traum. Und beim Träumen sollte man gewiss auch nicht alles wörtlich nehmen. Genau auf diese Weise solltest du auch diese Gedanken betrachten.«

»Meinst du?«

»Dein Kopf reagiert auf die Veränderungen, indem er versucht, schnell wieder eine Ordnung herzustellen. Dieser ganze Wirbel in deinem Denken entsteht genau deshalb. Weil dieser Kopf wie verrückt daran arbeitet, dass du schnell in ein Gleichgewicht kommst und dich wieder gut fühlst.«

»Danke, das ist echt lieb.«

»Musste mir das auch mal in einer solchen Phase angewöhnen.«

Mira schaute in die gelb-rot züngelnden Flammen und dachte nach. Dann sah sie Alessandro an: »Darf ich was zu deiner Phase fragen?«

»Natürlich, fragen darfst du, was du willst.«

»Kann es sein, dass du deshalb eine so … sagen wir, eher sachliche Einstellung zum Thema Liebe entwickelt hast?«

Alessandro blickte ebenfalls in die Flammen, dachte kurz nach und nickte.

»Ja, da könnte was dran sein. Gebranntes Kind scheut das Feuer.« Er warf mit trübsinniger Miene ein Stück Baumrinde in die Flammen. »Apropos Feuer, wir sollten was nachlegen.«

»Ja, richtig«, erwiderte sie.

Mira fürchtete, ihm die Laune verdorben zu haben. Wahrscheinlich hatte sie ihn an etwas erinnert, das noch nicht verwunden war. Sie wechselte schnell das Thema. Der Blick nach oben ließ auch direkt eine Frage in ihr aufkommen.

»Sag mal, wenn du in die Sterne siehst … Kannst du dir dann vorstellen, dass das Weltall unendlich groß ist? Ich habe damit sehr große Probleme, das zu begreifen.«

»Klar habe ich damit auch Probleme. Die Unendlichkeit kann man sich nicht vorstellen. Schon allein, weil es ja ewig dauern würde, sich die gesamte Ewigkeit vorzustellen«, sagte Alessandro, woraufhin er kurz über seinen eigenen Satz nachdachte.

Mira zuckte mit den Schultern. »Ich kann mir einfach nichts vorstellen, was unendlich ist, dass es immer weitergeht, immer weiter, ohne jemals an ein Ende zu gelangen …«

»Ja, genau! Aber wie das Ende des Universums aussehen sollte, wenn es doch endlich wäre, kann ich mir auch nicht vorstellen. Was soll da sein? Eine Mauer? Eine Wand? Wer hat die gebaut? Ein großes gelbes Schild auf dieser Wand, ›Universum‹, rot durchgestrichen? Und dann, was sollte hinter der Mauer sein?«

Mira zuckte erneut mit den Schultern. »Nichts …«

»Und was ist dieses Nichts? Wie sieht das aus?«

»Ein schwarzes Loch, aber ich weiß, was du gleich sagen wirst. Materie kann aus einem schwarzen Loch offenbar auch verschwinden. Aber wohin, wenn irgendwann nichts mehr ist? Das ist alles viel zu kompliziert.«

»Schon, aber … ach, ich liebe es, über solche Dinge zu sprechen.«

»Ich auch.« Mira fiel auf, für wie viele Dinge Alessandro Liebe übrighatte. Er glaubte vielleicht nicht an die Liebe, trug davon aber wohl mehr in sich als manch anderer.

Mit Max hatte man keine Chance, über das Wesen der Unendlichkeit zu philosophieren, und das war auch in Ordnung so. Die Menschen waren verschieden, und jeder hatte seine Vorlieben und Abneigungen. Mira hatte ihn ja so kennen- und lieben gelernt. Aber hin und wieder, wenn sie gerade etwas

Neues, Faszinierendes gelesen hatte, spürte sie den sehnlichen Drang, sich mit jemandem darüber auszutauschen. In solchen Augenblicken hatten ihr bei Max die Begeisterung und häufig auch das Interesse gefehlt. Dieses freie und offene Reden und gemeinsame Nachdenken. Als Mädchen hatte sie oft mit ihrem Papa über die großen Themen philosophiert. Diese Gespräche fehlten ihr im Erwachsenenleben sehr. Wenn sie ihn heute traf, dann meistens auf Geburtstagsfeiern oder größeren Familientreffen. Das war nicht vergleichbar mit früher, wenn sie vor dem Einschlafen manchmal eine ganze Stunde lang über alle möglichen Dinge geredet hatten, die ihr auf dem Herzen lasteten, und sie selbst so nah bei ihm an seiner starken Schulter gelegen und seinen langsamen Herzschlag gespürt hatte. Sie dachte daran, wie sich der Geruch seines Rasierwassers mit seinem ganz eigenen Duft vermischt hatte. Und dieser einzigartige Papa-Geruch hatte Mira beruhigt, während sie über aufregende Dinge diskutierten. In diesem Augenblick, hier am Lagerfeuer, bei diesem besonnenen, tiefsinnigen Gespräch unter freiem Himmel, fühlte sie eine ähnliche Geborgenheit wie damals, bloß waren es dieses Mal die Düfte von Nadelbäumen, Waldboden und Holzfeuer, die auf sie beruhigend wirkten.

»Das war echt eine gute Idee, mit dir mitzukommen«, sagte sie.

Alessandros Gesicht flackerte in der Dunkelheit auf und verschwand gänzlich, wenn der Wind das Feuer dazu brachte, einen anderen Teil der Welt zu beleuchten. »Ja, finde ich auch. Ist zur Abwechslung für mich spannender, als ständig nur Selbstgespräche zu führen.«

»Hin und wieder ist das bestimmt nicht ungesund. Aber längere Zeit könnte ich das nicht. Ich bin nicht so gern allein«, gestand sie.

Eine Eule rief in der Dunkelheit und irgendwas rührte sich im Laub.

»Was ist das?«

»Vielleicht ein Wildschwein, jedenfalls ist es kein Eichhörnchen. Dafür ist es zu groß. Egal, solange das Feuer brennt, kommt uns kein Tier zu nahe.«

Er stand auf, hob einen großen Holzklotz von ihrem Vorrat und warf ihn ins Feuer. Als der Klotz auf das glühende Holz traf, wirbelten feuerrote Funken nach einem lauten Knacken auf und stiegen in die Luft wie ein Schwarm Glühwürmchen, um kurz darauf im Nichts zu erlöschen. Das Tier verschwand raschelnd im Dickicht.

»Das war bestimmt ein Reh, es ist eher weggesprungen. Wildschweine machen deutlich mehr Krach, und wenn sie in Panik sind, pflügen sie alles um, was ihnen in den Weg kommt.«

»Okay … Aber wenn sie in Panik geraten, dann rennen sie immer von dort weg, wo das Feuer ist. Stimmt doch, oder?«

»Doch, doch, das stimmt schon«, bestätigte Alessandro und lachte leise, während das Auflodern des Feuers sein Gesicht erhellte und die Wärme in seinen Augen widerspiegelte.

Kapitel 15

Schweigen hatte sich über sie gelegt, lediglich unterbrochen vom Knistern und Knacken des Feuers und einem gelegentlichen Rascheln im Geäst.

»Darf ich dich etwas wegen deiner Großmutter fragen?«, erkundigte sich Mira schließlich.

»Na klar, was willst du denn wissen?«

»Sie ist ja ziemlich fit für ihr Alter, jedenfalls kommt es mir so vor. Aber mir ist aufgefallen, dass sie an meinem zweiten Tag ziemlich fertig und zerknirscht gewirkt hat. Anders als bei meiner Ankunft.«

»Da hast du recht. Meine Nonna fühlt sich in letzter Zeit immer mal wieder unwohl. Sie meint, sie werde alt und dement, und seit ein paar Tagen hat sie andauernd das Gefühl, etwas ganz Wichtiges vergessen zu haben.«

»Mhm, aber du meinst, es wäre eher nur Einbildung oder die Angst davor, dement zu werden?«, vermutete Mira.

»Ja, genau, denn eigentlich ist ihr Gedächtnis immer noch besser als meins. Sie vergisst kaum etwas und regelt fast alles allein, was die Villa betrifft.«

»Dann hat sie vielleicht wirklich etwas Wichtiges vergessen, könnte doch sein.«

»Theoretisch könnte das natürlich sein, aber ich habe nicht die geringste Ahnung, worum es dabei gehen soll.«

»Na ja, ich wollte es einfach mal ansprechen, ob du es auch bemerkt hast, damit ich mir später keine Gedanken machen muss«, erklärte Mira.

Mira und Alessandro unterhielten sich noch eine gute halbe Stunde, dann meinte er: »Wir sollten jetzt besser schlafen. Morgen haben wir eine ordentliche Strecke vor uns bis zur Station.«

»Müssen wir dann auch so rennen wie heute?« Mira brach mitten in der Frage in ein Gähnen aus.

»Nein, morgen können wir uns deutlich mehr Zeit lassen«, versprach Alessandro und klang dabei leicht belustigt. Er zog die Schuhe aus und kroch in seinen Schlafsack. »Ah, herrlich. Schön warm eingepackt, aber die frischeste Waldluft um die Nase«, seufzte er und streckte sich wohlig.

Mira schnürte die dicken, klobigen Schuhe auf und schlüpfte heraus. Sie stöhnte erleichtert auf. Ihre Füße brannten an den Sohlen, doch nun waren sie wenigstens nicht mehr eingezwängt. Sie krabbelte in ihren Schlafsack und fühlte eine einfache, pure Freude, als ihre Körperwärme sich staute und mit der Wärme eine bleierne, wohlverdiente Müdigkeit in ihre Knochen sank. Eine Müdigkeit, die sie sonst bloß erlebte, wenn sie sich viele Stunden körperlich an der frischen Luft betätigt hatte. So ähnlich wie nach einem langen Tag am Strand oder nach dem ersten großen Frühlingseinsatz im Garten. Während sie einschlief, lauschte sie dem Knacken und Knistern des Feuers. Die frische, vom Sauerstoff der Bäume angefüllte Luft und die Erlebnisse des Tages sorgten dafür, dass sie innerhalb von Minuten ins Reich der Träume sank.

Das Tageslicht nahm gleichzeitig mit dem Geschrei der Vögel zu, und es war schon fast hell, als sie die Augen aufschlug. Alessandro hockte bereits am Feuer. Mira zog ihr Handy hervor, es zeigte 7:35 Uhr. Alessandro hatte den Topf auf einem Stein in der Glut stehen, und Mira meinte, ein bekanntes Aroma in all den anderen Gerüchen zu erkennen. Es roch nach nassem Laub, Fichtenharz, Holzfeuer und … ja, Kaffee.

»Guten Morgen! Kochst du wirklich Kaffee?«, staunte Mira.

»Natürlich, ein italienischer Morgen ohne Kaffee ist kein guter Morgen. Und, hast du gut geschlafen?«

»Richtig gut, ja! Dafür, dass ich normalerweise recht empfindlich bin, was Matratzen angeht, habe ich dann doch erstaunlich gut auf dem Waldboden geschlafen.« Mira fuhr sich durchs Haar und bemerkte, wie frisch und ausgeruht sich ihr Geist nach dieser Nacht im Freien fühlte.

»Gefroren habe ich kein bisschen. Ich bin nicht mal aufgewacht.«

»Super. Wo ist denn deine Tasse?«

Mira kramte in ihrem Rucksack. »Hier, einmal volltanken bitte!« Sie streckte ihm ihre Tasse entgegen.

Er füllte die Tasse bis zum Rand. »Wie sieht's mit Frühstück aus?«, wollte er wissen.

»Ich habe ein paar Müsliriegel dabei und auch noch ein Sandwich. Und was frühstückst du da so?«

Alessandro kaute auf irgendetwas herum, das aussah wie ein Stück Leder.

»Beef. Trockenfleisch wird nicht schlecht und ist super für den kleinen Hunger zwischendurch. Möchtest du probieren?«

»Bah, nein, danke, aber guten Appetit!«

Er lachte. »›Alles Geschmacksache‹, sagte der Affe und biss in die Seife!« Mira fiel in sein Lachen ein. So unbeschwert hatte sie sich lange nicht mehr gefühlt.

Der Weg zur Gondelstation führte fast nur über freie Flächen. Die Sonne schien ungehindert in Miras Gesicht. Hier oben wirkte sie zwar nicht ganz so heiß wie unten im Tal, aber man durfte sie deshalb nicht unterschätzen. Einen Sonnenbrand bekam man trotzdem sehr leicht in dieser Höhensonne, das wusste Mira spätestens, seit ihre Mutter die weißen Umrisse der Brille tagelang auf ihrem knallroten Gesicht behalten hatte, nachdem sie vom Skifahren gekommen war.

»Jetzt kommt wieder ein kleines Geröllfeld«, sagte Alessandro.

Mira hatte es bereits aus der Entfernung wahrgenommen. Es wirkte weniger steil als das erste, und momentan machte ihr die immer stärker werdende Sonneneinstrahlung mehr Sorgen als diese Handvoll Kieselsteine.

»Hast du vielleicht Sonnencreme dabei?«, fragte sie.

»Leider nicht, die vergesse ich jedes Mal!«

Das Geröllfeld war tatsächlich einfacher zu durchqueren als dessen Vorgänger.

»Guck mal da oben, ein Adler«, rief Alessandro, der stehen geblieben war und mit dem Finger auf einen majestätischen Raubvogel deutete, der über ihnen seine Kreise zog. Seine Spannweite beeindruckte Mira. Ohne die Flügel zu bewegen, segelte er vor einem hellblauen Septemberhimmel, der nirgends endete und unzählige Wunder versprach wie eben diesen Adler, dessen scharfer Blick hinunter in die grünen Wiesen zu den Murmeltieren und Kaninchen ging.

»Ist das ein Riese! Der schwebt über den Dingen, dem ist es piepegal, was wir hier unten auf der Erde treiben.« Mira ließ den Mund vor Staunen offen stehen.

»Na ja, aber auch nur, solange wir ihm nicht seine Lebensgrundlage rauben. Das ist ein Steinadler, die haben eine Spannweite von bis zu zwei Meter dreißig. Sie fliegen über dreihundert Stundenkilometer schnell, wenn sie sich auf ihre Beute stürzen.«

Mira beobachtete das herrliche Tier, wie es durch die Luft glitt. Mit seinen scharfen Augen suchte der Raubvogel den Boden ab. Sicherlich standen die sympathischen Murmeltiere, die ein Stück entfernt ahnungslos vor sich hin mümmelten, ziemlich weit oben auf seiner Speisekarte. Mira machte einen Schritt nach vorne. Sie wollte die Nager mit einem kleinen Schrei warnen. Den Blick auf die Tiere geheftet bemerkte sie nicht, wo sie hintrat, nämlich auf einen lockeren Stein von der Größe eines Fußballes, der sich löste, sodass sie mit voller Wucht umknickte.

»Aua! Ah!«, schrie sie auf.

Alessandro drehte sich zu ihr um, und auf seinem Gesicht schmolz die Freude über den Adler, als er Mira in den Steinen liegen sah.

»Bist du umgeknickt?« Er eilte an ihre Seite.

»Aber so dermaßen, das tut gerade ziemlich weh«, keuchte sie mit schmerzverzerrtem Gesicht.

»O nein, das ist aber wirklich blöd gelaufen.«

Mira versuchte, sich aufzurappeln, und hielt sich an Alessandros Schulter fest.

Als sie auf den verletzten Fuß trat, wiederholte sich der stechende Schmerz in ähnlicher Weise wie beim Umknicken.

»Mist, das ist so ärgerlich und tut echt weh!«, fluchte sie.

»Geht es gar nicht?« In seiner Stimme hörte Mira eine warme, fürsorgliche Note, die ihr in diesem Moment sehr guttat.

Sie schüttelte den Kopf, zuckte aber gleichzeitig mit den Schultern. Es musste ja irgendwie gehen. Hier auf dem Geröllfeld konnten sie jedenfalls nicht übernachten.

»Wir sollten hier nicht allzu lange bleiben. Wegen der Steinschlaggefahr«, erklärte Alessandro besorgt.

»Das Stückchen bis zum Rand des Geröllfelds schaffe ich schon. Vielleicht kannst du mich irgendwie stützen«, sagte sie.

»Ja, natürlich.« Alessandro bot Mira an, seinen Arm und die Schulter wie eine Krücke zu benutzen, um ihr Gewicht von dem schmerzenden Knöchel zu nehmen. Mira akzeptierte dankbar sein Angebot.

Auf Alessandros Schulter gestützt, humpelte sie durch die Steinwüste, deren Ende noch etwa fünfzig Schritte entfernt war. Dort wartete eine große, weiche Bergwiese mit duftenden Kräutern, bunten Alpenblumen und schwirrenden Insekten auf die beiden. Mira ließ sich ins Gras sinken.

»So ein Pech!«, ächzte sie und zog unter Schmerzen den Schuh aus. »Diese bescheuerten Dinger! Wofür habe ich mir denn stundenlang die Füße kaputt gemacht und bin mit diesen Klötzen durchs Gebirge gestolpert, wenn ich dann umknicke?«, schimpfte sie vor sich hin.

Alessandro lächelte, wenn auch vorsichtig. »Wie ist das denn eigentlich passiert?«

»Ach, ich habe eben nicht auf meine Füße geschaut beim Laufen, sondern nach dem blöden Adler.«

»Oh, das war wohl ein bisschen dumm von mir, dich aus deiner Konzentration zu holen«, sagte Alessandro.

»Von mir auch«, meinte sie und zog vorsichtig die Socke aus. Der Knöchel war etwas geschwollen, jedoch noch nicht verfärbt.

»Sieht nicht ganz so gut aus, wenn ich ehrlich bin«, diagnostizierte Alessandro und untersuchte behutsam ihren Knöchel, indem er ihren Fuß in beide Hände nahm und vorsichtig bewegte.

»Fühlt sich auch nicht so gut an«, grummelte sie.

Alessandro wischte einige Male auf seinem Handy hin und her und schüttelte den Kopf. »Absolut null Empfang, das ist hier in den Bergen natürlich oft so.«

»Du bist doch häufig allein unterwegs. Was würdest du denn tun, wenn dir so was passierte, während du allein hier oben bist?«, wollte sie wissen und prüfte, ob ihr Handy vielleicht Empfang hätte, aber auch ihr Gerät war nicht mit dem Rest der Welt verbunden. Ein erholsamer Zustand eigentlich, aber nicht ausgerechnet jetzt.

»Wenn ich alleine wäre und niemanden erreichen könnte? Ich würde den Knöchel mit einem Verband stützen, zwei Schmerztabletten einwerfen und den Schmerz rauslaufen. Solange man nicht noch mal umknickt, gewöhnt man sich an den Schmerz, und manchmal verschwindet er auch. Zumindest beim Fußball. Da habe ich mal siebzig Minuten lang mit einem Bänderriss gespielt.«

»Wirklich? Geht das?«

»Klar. Man muss nur den Schmerz akzeptieren, auf die Zähne beißen und dann loslaufen.«

»Hast du einen Verband dabei, damit wir den Knöchel stützen können?«

Alessandro hatte die Erste-Hilfe-Box bereits in der Hand. Er wickelte das Band ab, half Mira beim Anlegen des Verbandes und war zum Glück sehr vorsichtig dabei. Das erneute Anziehen des unnachgiebigen Wanderschuhs tat höllisch weh. Genauso wie der erste Schritt und der zweite, doch mit jedem weiteren Schritt blieb der Schmerz konstant auf gleichem Niveau und nahm in Miras Wahrnehmung nach einer Weile sogar ab. Nur nicht noch mal umknicken, beschwor sie sich selbst, nur nicht noch mal umknicken!

»Wie weit ist es noch bis zur Gondelstation?«

Alessandro legte den Kopf zur Seite, als rechnete er die verbleibende Strecke zusammen.

»Noch ungefähr sechs Kilometer«, antwortete er.

»O mein Gott!«, stöhnte Mira.

»Nimm eine Schmerztablette und bleib in Bewegung. Sobald wir anhalten, wird es danach umso schlimmer sein, wenn wir wieder losgehen wollen.« Er warf ihr einen besorgten

Blick zu. »Ich trage deinen Rucksack und du kannst dich an mir abstützen, wenn du magst.«

Mira hörte auf seinen Rat. Sie nahm eine Tablette und biss sich Schritt für Schritt durch. Nach einiger Zeit war der Schmerz weniger geworden und tatsächlich zu ertragen. Nach etwa zwei Stunden, die sie zum Glück auf ebenerdigen Wanderwegen zurücklegten, erreichten sie die Gondelstation.

»Wahnsinn! Du hast es geschafft!«, rief er strahlend und riss die Arme hoch, um mit Mira die bestandene Herausforderung abzuklatschen.

Mira war fix und fertig, sie war so erleichtert, dass sie Alessandro direkt in die Arme fiel. Ganz wie von selbst, ohne Hemmungen vor diesem Menschen, der nun kein Fremder mehr war. Sie hatten zusammen eine schwierige Situation gemeistert und nun eine besondere Verbindung zueinander. Es fühlte sich richtig an, als sie in seinen Armen lag. Fürs Erste gerettet.

Er drückte sie herzlich an sich. Sie trat ein Stück zurück und blickte ihm in die Augen.

»Danke!«, sagte sie.

»Immer wieder gerne. Kommst du denn wirklich allein zurecht? Oder soll ich dich besser begleiten und dir unten in ein Taxi helfen?«

»Das schaff ich schon«, versicherte ihm Mira. Wenn vor der Talstation keine Fahrgelegenheit zu finden war, dann würde sie eben mit dem Handy eine suchen. Auf keinen Fall wollte sie Alessandro seine restliche Tour verderben. Er hatte bereits genug Rücksicht auf sie genommen.

»Vielleicht sehen wir uns ja noch mal im Garten?«, fragte er.

»Das hoffe ich!«, erwiderte Mira.

Kapitel 16

Sie näherten sich der großen Halle, in der die Gondeln losfuhren. Mira und Alessandro begegneten einem Pulk von schnatternden Ausflüglern, die auf der Mittelstation ausgestiegen waren, frisch und ohne einen Tropfen Schweiß zu vergießen. Die Truppe wirkte befremdlich auf Mira. Erstens die Menschen überhaupt, sie hatten auf dem Weg niemand anderen gesehen. Zweitens diese frisch gewaschenen, ausgeruhten Gesichter, neben denen Mira sich dreckig und schlapp fühlte. Gondel fahren kann jeder, sagte sie sich und humpelte auf eines der Kassenstübchen zu. Jetzt, nachdem sie kurz gestanden hatte, tat der Knöchel gleich wieder deutlich mehr weh.

»Einmal ins Tal, bitte«, sagte Mira.

Der Ticketverkäufer war braun gebrannt, über sechzig, mit Lachfalten und gegerbter Haut, genauso, wie Mira sich einen Mann aus den Bergen vorstellte. Sogar einen Tirolerhut und einen langen grauen Bart trug er, und sein Blick wirkte etwas gelangweilt, so, als sei das Verkaufen von Fahrscheinen nicht gerade seine Lieblingsbeschäftigung.

»Bitte schön und gute Fahrt Ihnen«, sagte er auf Deutsch.

»Danke, Ihnen auch«, entgegnete Mira reflexhaft. Der Mann lachte. Doch Mira bemerkte gar nicht, dass sie etwas Unsinniges geantwortet hatte.

»Hoffentlich bald.« Er zwinkerte ihr kumpelhaft zu.

»Dann wünsche ich doch schon im Vorhinein einen schönen Feierabend«, antwortete sie, als sie zeitlich verzögert begriff, dass der Verkäufer vorläufig nirgends hinfuhr.

Die Verabschiedung von Alessandro fiel sehr herzlich aus. Bevor er Mira in eine leere Gondel half, umarmten sie sich noch einmal fest.

»Viel Erfolg bei deinem Gespräch heute Abend. Verkauf dich nicht unter Wert«, sagte er, drehte sich um und schritt weiter bergauf.

Es tat ihr gut, in der Gondel zu sitzen. Sich nicht zu bewegen. Einfach zu sitzen und durch die Scheibe in alle Himmelsrichtungen zu schauen. Die Bergwelt rund um den Gardasee war mindestens ebenso spektakulär wie der Uferbereich, wo das typische Wasservergnügen in den warmen Monaten stattfand. Eine Welt über der Welt.

Aber jetzt heißt es erst mal Talfahrt, liebe Mira, erklang eine Stimme in ihrem Kopf, und Mira rollte bei ihrem Klang die Augen. Es war eine Stimme, die das Wort »Talfahrt« so betonte, als sollte sie das Gefühl bekommen, unweigerlich ins Unglück zu fahren.

Sie hatte gelernt, dieser Stimme etwas entgegenzusetzen. Ansonsten gewann sie zu schnell die Oberhand. Wenn man es positiv betrachtet, könnte man auch sagen, ich komme erst mal runter, anstatt gleich von Abstieg und Talfahrt zu reden, sagte sie sich.

Der Ausstieg aus der Gondel und die ersten mühsamen Schritte in Richtung Ausgang waren ziemlich beschwerlich. Wie eine

Hundertjährige kam sie sich vor. Es tat weh. Noch schlechter wurde ihre Laune beim Blick in eine verspiegelte Scheibe, in die sie beim Verlassen des Gebäudes sah. Ihr Gesicht war rot, sie hatte sich einen Sonnenbrand geholt. Und sie wirkte drei Jahre älter als vor ihrem Aufbruch in Frankfurt.

Ich sehe absolut furchtbar aus, dachte sie und verzog verbittert das Gesicht. Das Bild der blonden Unbekannten leuchtete vor ihrem inneren Auge auf.

Wer war die nun eigentlich, grübelte sie, wie so oft in den vergangenen Tagen. Ohne es zu wollen, ging sie in Gedanken die Gesichter der Frauen auf den Betriebsfeiern durch, die sie abgespeichert hatte und die zum Hinterkopf der Fahrstuhlfrau und zu dieser schlanken Figur passen könnten. Mit welcher dieser Büroschnallen hast du rumgemacht, Max Helmer, fragte sie ihn und sich selbst in Gedanken, und mit einem Mal war alles wieder da. Die Wanderung in den Bergen mit Alessandro, die sie gerade erst beendet hatte, war plötzlich nicht mehr als eine Erinnerung. Jetzt befand sich Mira im Tal, und dort würde sie wohl eine ganze Weile bleiben.

Andererseits … Machte man die Augen auf, konnte man hier in Limone sul Garda, wo sich die Talstation der Gondel befand, gar nicht anders als hingerissen sein, so hübsch und pittoresk schlängelte sich das Städtchen auf einer Linie zwischen Wasser und senkrecht emporschießenden Bergwänden dahin. Mira hatte sich bisher im Leben erst einmal zuvor an einem ähnlich surrealen Ort befunden. Das war in Makarska in Kroatien gewesen, wo es ebenfalls diesen Kontrast zwischen steil aufragenden Felswänden, filigranen Bauwerken und hellblauem Wasser gab. Damals hatte sie mit Max eine Inseltour gemacht und viele Inseln mit schwierig auszusprechenden Namen wie Krk und Hvar besucht.

Ihr Blick schweifte zum Wasser. Auf dem Gardasee sah man heute allerhand Schiffe und Boote. Auch im Hafen schaukelten kleine Motorboote und Segeljachten bei leichtem Wellengang vor sich hin. Der Wellengang hier konnte nicht mit dem des Meeres mithalten, aber je nach Wind rollten doch regelmäßige, beruhigende Wogen an Land und verursachten beim Auftreffen das herrliche Brandungsgeräusch, das für Mira pure Entspannung bedeutete.

Im mediterranen Baustil gehalten schmiegte sich die Stadt Limone sul Garda an das massige Gestein der Berge. Häuserfronten, Fensterläden und Mauern waren überwuchert von blühenden Gewächsen. Auch hier wirkten manche der uralten Reste des Stadtkerns wie Mauern von Burgen und Befestigungsanlagen aus dem Mittelalter. Ihre Farbe verschmolz mit dem Granitgrau der schroffen Felsen im Hintergrund. Mira fand, sie sahen aus, als hätte man sie direkt aus dem Berg herausgeschlagen, wie es Steinmetze bei Statuen taten. Dann gab es wieder schattige Gässchen, die an Venedig, die Toskana oder die Emilia-Romagna erinnerten, jedenfalls machten die warme Luft und die überall blühende, mediterrane Pflanzenpracht Mira deutlich, dass es sich hier doch ziemlich italienisch anfühlte. Sie war noch nie an einem ähnlichen See gewesen und hatte das nur von Bildern und der Doku gekannt. Mediterranes Flair im Schatten der Alpengipfel … doch es waren tatsächlich keine »Winter im Gewächshaus«-Olivenbäume an den Ufern, sondern die standen hier das ganze Jahr. Auch ansonsten wuchs hier vieles, das zu Hause in Hessen nicht gedieh. Für Mira war das Betrachten der farbenfrohen und teilweise fremden Pflanzen eine willkommene Ablenkung.

Die Strecke nach Sirmione fuhr sie mit dem Taxi. In ihrer Wohnung zog sie die Wanderschuhe aus und ließ sich aufs

Bett fallen, genau wie an dem Tag, als sie angekommen war. Sie merkte jedoch sofort, wie schlecht diese Idee war. Trotz der Aufregung vor dem Treffen mit Max war die Müdigkeit in ihren Knochen dermaßen stark, dass sie innerhalb von fünf Minuten eingeschlafen wäre. Also raffte sie sich auf, entledigte sich der verschwitzten Klamotten und stieg in die Dusche.

Das Duschen war herrlich, bloß die Stellen ihres Körpers, die bei der Wanderung nicht mit Stoff bedeckt gewesen waren, nämlich Gesicht und Unterarme, brannten im warmen Duschwasser. Sie würde beim nächsten Mal Sonnencreme mitnehmen, so viel stand fest.

Bis sie sich fertig angezogen, eingecremt und geschminkt hatte, war es bereits 16 Uhr, noch zwei Stunden bis zum Treffen mit Max. Sie beschloss, vorher schon rauszugehen. Es war besser, unten am See zu warten als alleine in der Wohnung. Da könnte sie vielleicht noch etwas Kraft tanken, und bis sie da wäre, brauchte sie mit ihrem lädierten Knöchel mindestens eine halbe Stunde.

Das Warten fiel Mira trotz des gleichmäßigen Plätscherns der Wellen schwer. Je näher 18 Uhr rückte, desto nervöser wurde sie.

Was, wenn ich mich nicht gut verkaufen kann? Wenn ich genauso einknicke wie mein blöder Knöchel, sobald Max mit seinen langen Wimpern blinzelt, fragte sie sich in einem Augenblick des Zweifels. Würde sie ihm denn überhaupt verzeihen können? Aber was, wenn sie es nicht tat – war dann ihre Beziehung zu Ende? Einfach so, binnen weniger Tage? Die Frage war vielleicht eher, ob sie ihm wieder vertrauen könnte. Doch hatte nicht jeder eine zweite Chance verdient?

Mira fühlte sich nicht nur seelisch, sondern auch körperlich erschöpft. Sie konnte kaum auftreten, hatte deshalb von hohen Absätzen auf Turnschuhe umplanen müssen, was sie etwas kleiner und weniger elegant wirken ließ. Doch es ging ja nicht darum, Max zu betören oder ihn von sich zu überzeugen. Er musste ihr etwas erklären, ihr etwas beweisen, nicht umgekehrt. Ich hätte auch im Schlafanzug kommen können – wenn man jemanden liebt, ist das völlig egal, dachte sie bitter, weil sie nicht wusste, wie es überhaupt um seine Gefühle stand. Möwen kreischten verächtlich, auf dem Wasser glitzerte das Sonnenlicht in Millionen kleinen Lichtern. Mira saß etwas abseits des großen Tores, wo der Treffpunkt war, gut versteckt hinter dem Strom der Touristen, die zwischen ihr und dem Tor entlangpromenierten.

Max kam schon eine Viertelstunde früher als verabredet. Er sah sich ständig um, drehte sich nach links und rechts und schaute die Leute an, als gehörte er zum Sicherheitspersonal einer hier laufenden Veranstaltung. Mira beschloss, bis kurz nach 18 Uhr zu warten, ehe sie aus ihrer Deckung kam, um einen cooleren Eindruck zu erwecken. So, als hätte sie vorher auch etwas zu tun gehabt und das Treffen fast vergessen. O Mann, als ob er das denkt, Mira, rief sie sich zur Vernunft. Aber sie würde ihm auf keinen Fall sagen, dass sie bereits über eine Stunde hier draußen wartete. Siehst du, dachte sie, da fängt es schon an. Wenn einmal der Wurm drin ist, wird's kompliziert. Eigentlich war sie immer ehrlich zu Max gewesen. Nie hatte sie ihm etwas verheimlichen oder ihn anlügen müssen. Aber etwas Grundlegendes hatte sich zwischen ihnen verändert. Vielleicht unwiderruflich. So unwiderruflich, wie ein einzelnes ernst gemeintes Wort alles verändern konnte. Es machte sie traurig. Um 18:03 Uhr stand sie auf und schlenderte schließlich zu ihm hin. Sie hatte ihn noch nie so nervös gesehen. Höchstens vielleicht, als es um das Gespräch wegen seiner Beförderung gegangen war.

Sie näherte sich und versuchte, dabei so wenig wie möglich zu hinken. Für den Catwalk hätte es aber nicht gereicht.

»Hi!«, grüßte sie und lächelte ihn blitzschnell an, bevor ihr Gesicht einen ernsten Ausdruck annahm.

»Hey«, sagte er, und sein Lächeln wirkte, als kämpfte er gegen schwere Gewichte an seinen Mundwinkeln. »Na, wie geht's?«

Mira tat, als müsste sie überlegen, zuckte kurz die Achseln und sagte: »Ich bin ziemlich fertig vom Wandern und so … Ich glaube auch, ich habe eine schlimmere Verletzung an den Bändern.«

Max zog die dunklen Brauen hoch und riss die grünen Augen auf.

»Oh, verdammt! Wie ist das denn passiert?«

Mira machte eine wegwerfende Handbewegung und ließ ein kurzes, geheimnisvolles Lächeln aufblitzen. Er sollte denken, sie dächte an eine amüsante Begebenheit zurück. »Ach, egal, lass uns reden. Du wolltest von Angesicht zu Angesicht mit mir sprechen. Hier bin ich. Etwas angeschlagen, aber ich höre dir zu. Nur habe ich keine Lust, mich vorher stundenlang über umgeknickte Füße und andere Nebensächlichkeiten zu unterhalten, also kommen wir doch gleich zum Thema, oder?«

Max sah Mira mit einem verkniffenen Augenausdruck an, den sie von ihm kannte, wenn er Schmerzen hatte. Er presste die Lippen aufeinander, bevor er schließlich vorschlug: »Wollen wir irgendwo essen gehen?«

Mira schüttelte den Kopf. »Ich bin zum Reden gekommen, nicht zum Essen, wie ich gerade eben erklärt habe.« Sie hatte absolut keine Lust, um den heißen Brei herumzureden oder länger gute Miene zum bösen Spiel zu machen. Sie wollte sich auch nicht von Musik, Wein und Essen einlullen lassen und am Ende noch in eine sanftmütige Stimmung kommen. Reden, jetzt, nüchtern, samt Sonnenbrand, Hunger und Schmerzen im Knöchel, so, wie die Realität eben gerade aussah.

»Also gut, gleich zum Thema«, sagte er und seufzte mit seinem Schmerzgesicht. »Was genau willst du wissen?«

»Wie kam es dazu? Wer ist sie? Was hast du dir dabei gedacht?«, fragte sie.

Sie gingen in sehr langsamem Tempo an der Kaimauer entlang. Nebeneinander, aber mit einem neuen, schmerzhaften Abstand. Möwen kreischten, Wasser plätscherte, die Abendsonne schien und die Pärchen aßen Eis. Was auch sonst?

»Veronika heißt sie, und sie ist nicht aus der Firma«, antwortete Max. Es klang wie unter großem Druck hervorgepresst.

»Also nicht aus der Firma, okay …«

»Wir haben uns am ersten Abend, als ich hier ankam, kennengelernt«, fuhr er fort.

»Na, wäre ich doch mal lieber gleich mit dir gefahren, statt dich zu überraschen«, sagte sie in sarkastischem Tonfall.

»Haha, das konnte doch keiner ahnen«, entgegnete Max.

»Und sie hat dich so verrückt gemacht, dass du alles, was wir gemeinsam geplant haben, einfach aufs Spiel setzt?«, wollte Mira wissen.

Er druckste herum, antwortete nicht.

Ein eiskalter Schwall aus Furcht durchflutete Miras Körper, der darauf mit Hitze reagierte. Oder wollte sie es lieber doch nicht wissen?

»Weshalb sagst du nichts?«, fragte sie, ohne es zu wollen.

»Ich weiß nicht, was ich sagen soll.«

Sie spürte, wie der Schweiß ihr zuerst an den Schläfen und dann aus allen Poren gleichzeitig ausbrach. Ihre Stimme klang dünner, als sie dieses Mal sprach: »Was denkst du, wie es jetzt weitergehen soll?« Mira spürte, wie ihre Souveränität sich auflöste, wie wenig sie bereit für eine möglicherweise eiskalte Wahrheit wäre. Max war vielleicht gar nicht so aufgeregt, weil er Angst hatte, sie könnte ihm nicht vergeben, dämmerte ihr. Es war etwas völlig anderes, wovor er Angst hatte. Er will dir etwas sagen, du dummes Huhn, er will es für immer beenden! »Was willst du mir sagen, Max? Verkauf mich nicht für blöd, behandle mich nicht so … nicht so! Das hab ich nicht verdient, ich war immer ehrlich zu dir«, blaffte sie.

»Okay, ich … Ich hab mich verliebt, Mira. In Veronika. Einfach so«, gestand er.

»Wow, das ist ja … wow!« Miras Knie begannen zu schlottern, doch sie unterdrückte es so gut wie irgend möglich.

»Nun, dann weiß ich Bescheid«, erwiderte sie bloß und drehte sich reflexhaft von ihm weg, wandte ihr glühendes Gesicht ab, wollte ihre Verletzung vor ihm verbergen. Die Furcht vor dem Alleinsein vermischte sich mit anderen dunklen Gefühlen wie Eifersucht, Wut und der plötzlichen Entfremdung jenes Menschen, mit dem sie seit Jahren alles teilte. Alles stürzte nun auf sie ein.

»Warte, Mira!«, rief er hinter ihr her.

Sie drehte sich nicht um, hinkte davon, hörte genau hin. Keine eiligen Schritte, er ging ihr nicht nach. Es wäre kein Problem gewesen, sie einzuholen, und er rief auch nicht erneut: »Warte, Mira!« Nur einmal, dann nicht mehr. Sicher war er froh und erleichtert. Daher war also seine Nervosität gekommen! Mira fühlte sich tief gedemütigt. Sie humpelte immer schneller Richtung Park, die Schmerzen am Knöchel waren nun fast eine Wohltat, weil sie von dem ungleich schlimmeren Schmerz in ihrer Brust ablenkten, der sie einschnürte wie ein Korsett aus Eisen. Sie konnte nicht richtig atmen. Sie wusste nicht, was sie tun sollte. Wie konnte sie je zurück zu ihrem Gleichgewicht finden? Sie hatte das Gefühl gehabt, die Sache würde erst ertragbarer werden, wenn sie alles mit Max geklärt hätte, so wie bei jedem Streit. Aber hier gab es gar nichts zu klären. Für Max. Er wollte ja überhaupt nichts klären! Er hatte sich verliebt, Punkt.

Mira merkte, wie machtlos sie gegenüber jemandem war, der mit seinem Herzen an einer anderen hing. Da würde alles nichts helfen. Das war vorbei. Er war nicht mehr ihr Verlobter. Er war jetzt mit Veronika zusammen, so wie sich die Sache deuten ließ.

Sie musste also mehr haben als einen blonden Hinterkopf und hohe Absätze. Wer war die Frau? Wie sah sie aus? Wie alt war sie? Tausende Fragen, jede garniert mit einer kleinen, fiesen Hitzewelle in Miras Gesicht, schossen ihr durch den Kopf. Zeitweise kam ihr alles wie ein böser Traum vor, denn was hier passierte, war so weit von dem entfernt, was letzte Woche noch ihre Welt bedeutet hatte. Und Max … *Wie* er es gesagt hatte. *Ich hab mich verliebt. In Veronika.*

Der Wind fuhr durch den Park und Mira bekam eine Gänsehaut, ihr war kalt.

Kapitel 17

Am Esszimmertisch machte Mira sich daran, die Flasche Custoza zu entkorken, die sie als Begrüßungsgeschenk bekommen hatte. Signora Baresi hatte ihr stolz versichert, dass die Anbaugebiete der Reben bis fast an die südliche Spitze des Sees reichten. Mira trank einen Schluck, doch sie nahm den fruchtigen Geschmack des Weißweins kaum wahr. Irgendwann nach zwei Gläsern taumelte sie in Richtung Bett. Die Nacht war die Hölle. Der Sonnenbrand verschlimmerte sich. Es gab nur eine Position, in der ihr Knöchel nicht schmerzte, nämlich auf dem Rücken, aber so konnte sie nicht einschlafen. Das hatte sie noch nie gekonnt, weil sie meinte, so nicht genug Luft zu bekommen. Aber auch ohne Schmerzen wäre ihr das Einschlafen nicht leichtgefallen, da sich ihre Gedanken unablässig um die zerstörte Zukunft drehten. Schwindel erfasste sie und sie presste verzweifelt die Augen zu.

Dieser eine Satz, der alles zerstört hatte, hallte unaufhörlich durch ihr Bewusstsein. *Ich hab mich verliebt, Mira.* Wie eine Schallplatte mit Sprung spielte ihr Gehirn ständig diesen Satz ab, so sehr sie auch versuchte, sich auf etwas anderes zu konzentrieren. Und als die Schallplatte einmal kurz anhielt, versuchte ihr Verstand, die Bedeutung von all dem zu erfassen, was in den letzten Tagen geschehen war. Obwohl ihr die

Fakten im Einzelnen klar und unumstößlich vorkamen, schaffte sie es nicht, daraus ein Bild für die eigene Zukunft zu entwerfen. Etwas in ihr sträubte sich dagegen, eine Zukunft ohne Max als endgültig zu akzeptieren. Es war ähnlich wie bei ihren Problemen mit dem Universum. Sie wusste, dass es unendlich war, konnte jedoch nicht fassen, was das bedeutete.

Letztendlich bekam sie nicht mehr als ein oder zwei Stunden Schlaf in dieser Nacht. Dementsprechend blickte ihr Spiegelbild ihr am nächsten Morgen entgegen. Sie betrachtete sich und schüttelte ungläubig den Kopf. Alles war innerhalb von kürzester Zeit vor die Hunde gegangen. Augenringe, ein verquollenes Gesicht vom Weinen, und teilweise sah man die weißen Abdrücke der Sonnenbrille auf ihrem geröteten Gesicht. Hinzu kam, dass ihr gefühlt jeder einzelne Knochen von der ungewohnten Belastung der Wanderung wehtat. Eigentlich war alles, was sie an einem solchen Tag tun konnte, sich im Bett zu verkriechen. Aber dort hatte sie die letzten Stunden gelegen und geweint und sich schrecklich gefühlt. Sie musste raus. An die Luft! Sie wusch sich und ging in den Garten. Doch sobald sie draußen war, fühlte sie sich unwohl im viel zu grellen Licht des frühen Morgens und verschwand augenblicklich wieder in der schattigen Wohnung. Mira legte sich aufs Bett, weinte, dachte darüber nach, ob sie je wieder vertrauen könnte, nachdem die Seifenblase, in der sie zehn Jahre lang gelebt hatte, mit einem unerwartet lauten Knall geplatzt war. Sie dachte über den Sinn dieser zehn Jahre nach, über das Schicksal, und sah dabei unentwegt Max' Gesicht vor ihrem inneren Auge, wie er sie angeschaut hatte, mit seiner Liebe, die nun einer anderen galt. Irgendwann fand sie in einen unruhigen Schlaf.

Die Grillen zirpten. Mira vernahm es durch das gekippte Schlafzimmerfenster. Aber dieses Geräusch, das ihr ganzes

Leben lang nach unbeschwerten Sommerabenden geklungen hatte, hörte sich jetzt nach Einsamkeit und quälender Stille an. Sie drehte den Kopf, ohne den Rest ihres Körpers zu bewegen, und spähte nach draußen.

Es schien völlig windstill zu sein, die Luft schwirrte vor Hitze. Ein Blick auf die Uhr verriet ihr, dass es bereits Nachmittag war. Mira schmerzte der Kopf. Vielleicht war es ja der Wein? Früher hätte sie zwei Gläser am nächsten Tag nicht mal bemerkt. Sie wurde älter! Zugegeben, es waren zwei gute Gläser gewesen, gestand sie sich ein, denn die Flasche, wie sie mit einem kritischen Blick bemerkte, war weniger als halb voll. Und weil sie recht schnell getrunken hatte, erklärte das auch die Kopfschmerzen.

Der einsamste Mensch auf der Welt und dazu noch Kopfschmerzen … Sie hielt es fast nicht aus, einfach nur wach zu sein. Wenn sie wach war, musste sie an die Dinge denken, die geschehen waren. An ihr neues Leben, das nun auf sie wartete. Ohne Max.

Mira rollte sich auf die Seite und zog sich die Decke über den Kopf. Wieder schlief sie ein und wieder wachte sie auf, dasselbe Spiel gleich mehrere Male und jedes Aufwachen mit rasendem Herzen und wie vom Fieber schwitzend, den Bauch voller Panik, die zuerst unbestimmt war wie die Panik eines Babys, das noch keine Worte hat. Bis diese Worte ihr wieder zu Bewusstsein kamen und sie nach und nach begriff, woher die Angst stammte. Bis sie registrierte, dass es kein Albtraum war, aus dem sie erwachte, sondern einer, in dem sie aufwachte. Max hatte die Beziehung beendet. Sie war allein. Sie waren kein Paar mehr. Das waren die Fakten. Es war ihr gutes Recht, in Panik zu geraten.

Gegen sechs Uhr abends hielt sie es nicht länger im Bett aus. Mira duschte, zog sich recht schick an und beschloss, in die Altstadt zu gehen, um dort in einem Restaurant zu Abend zu essen. Das durfte sie sich weiß Gott an diesem Abend gönnen.

Ob das junge Glück dort irgendwo anzutreffen ist, fragte sie sich, und beim Gedanken an Max, der mit einer anderen in der Altstadt flanierte, packte sie mit einem Mal die Wut. Die sollen mir bloß nicht über den Weg laufen, dachte sie, denn sie konnte nicht garantieren, die Beherrschung zu bewahren. Andererseits wollte sie endlich wissen, wer die Frau war. Sie wollte ihr Gesicht betrachten, wollte sehen, wie sie aussah, was sie so toll machte.

Eine Stunde später verließ sie endlich die Wohnung. Mittlerweile war sie in einer etwas besseren Stimmung. Sie durfte sich mit den quälenden Sorgen nicht alleine im düsteren Zimmer vergraben, das zog sie nur noch mehr runter. Sie brauchte etwas Leben um sich herum. Menschen, die sie zwar nicht kannte, die sie aber ablenkten und die sie beobachten konnte. Menschen, die ihr das Gefühl gaben, nicht allein zu sein, sondern Teil des bunten Treibens in der Altstadt von Sirmione an diesem Abend. Selbst wenn viele der Menschen dort glückliche Pärchen waren.

Die Temperatur lag bei angenehmen 25 Grad, die Bewegung an der frischen Luft tat ihrem Gemüt augenblicklich gut, und die Schmerzen im Knöchel hatten glücklicherweise so sehr nachgelassen, dass sie vorankam, ohne sich zu quälen. Sie würde morgen vielleicht zu einem Arzt gehen, um sich untersuchen zu lassen. Heute hatte sie es einfach nicht geschafft, sich aufzuraffen, war bei dem Gedanken, allein in einem überfüllten Wartezimmer zu sitzen, innerlich zusammengebrochen. Aber eigentlich musste es sein. Man gewöhnte sich an den Schmerz, aber wer wusste schon, was für Folgeschäden es haben konnte, wenn sie sich tatsächlich ein Band angerissen hatte und weiterhin damit herumlief?

Mira hatte kaum die Altstadt betreten und einen ersten Blick auf die umliegenden Restaurants geworfen, da entdeckte sie tatsächlich Max und Veronika. Das durfte doch alles nicht wahr sein! Wie dreist konnte man noch werden? Hatte er vollkommen den Verstand verloren? Obwohl er wusste, dass sie jeden Moment um die nächste Ecke biegen konnte, trat er mit seiner neuen Flamme in der Öffentlichkeit auf. Ohne jegliche Rücksicht auf ihre Gefühle.

Sie hatten auch noch ausgerechnet einen Ecktisch ganz außen in Beschlag genommen, direkt an der Gasse, an einem Tisch, wo jeder Passant, der auf der Uferpromenade flanieren wollte, vorbeimusste. Dort saßen sie sich gegenüber, und ihre unverschämten Blicke klebten aneinander, festgehalten vom schlechten Kitsch einer billigen Romanze. Er würde schon noch merken, was er mit ihr verloren hatte! Es war ein verdammt unangenehmes Gefühl, ein unbekömmliches Gemisch aus Befremden, Ekel, Trauer, Wut und Hilflosigkeit, welches sich in Mira ausbreitete wie lähmendes Gift. Sie verschwand in eine Nebengasse, wo sie nicht länger von Max gesehen werden konnte, um sich von dem Schock dieses Anblicks zu erholen. Es war zwar sowieso unwahrscheinlich, dass er seinen Blick heute noch von der blonden Frau lösen würde, von der Mira wieder bloß den Hinterkopf gesehen hatte, aber diese Demütigung wollte sie nicht erleben. Doch die Neugier trieb sie an. Also beschloss sie, sich von der anderen Seite des Gebäudes zu nähern, um endlich ihr Gesicht zu sehen. Die Frau würde sie schließlich nicht erkennen, und Max säße dann ja mit seinem Rücken zu ihr.

Mira musste das gesamte Gässchen an der Rückseite des Restaurants entlanggehen und getarnt in einer Menschentraube rechts abbiegen, um in eine günstige Position zu gelangen.

Warum tue ich mir das an, fragte sie sich kopfschüttelnd. Doch im nächsten Moment kannte sie die Antwort. Sie musste sich der Realität stellen. Um neu anfangen zu können. Eines Tages, irgendwann.

Kapitel 18

Sie wusste nicht, was sie erwartet hatte, aber der Anblick tat unfassbar weh. Die blonde Frau war hübsch. Und trotz allem, was Mira über sie dachte, sah sie kein bisschen unsympathisch aus. Sie wirkte auch nicht eingebildet. Was Mira einen zusätzlichen Schlag versetzte, war der Blick, mit dem sie Max fixierte. Denn dieser Blick wirkte wie der einer Frischverliebten. Insgeheim hatte sie wohl gehofft, Max sei einer charakterlosen Frau auf den Leim gegangen, die ihn für den einen oder anderen Zweck hatte ausnutzen wollen. Aber das hier schaute ganz nach rosaroter Brille aus. »Tu dir das nicht länger an, Mira!«, murmelte sie halblaut und konnte doch den Blick nicht von der blonden, hübschen Frau lösen, die mindestens fünf Jahre jünger war als sie und dort strahlend mit Max zu Abend aß.

Nach einer schmerzhaften Ewigkeit, die sich mit Nachhaltigkeit in ihre Seele brennen würde, wandte sie sich endlich ab und spürte, wie sich ihre Augen mit Tränen füllten. Doch sie begann nicht zu weinen. Es waren bloß zwei ehrliche Tränen des Bedauerns, die ihre Wangen hinunterkullerten, und nach einem Augenblick fühlte sich die kühle Spur, die sie hinterlassen hatten, sogar angenehm auf der sonnenverbrannten Haut an.

Du musst trotz allem was essen, hätte Eva zu ihr gesagt, und sie musste ein wenig schmunzeln. Dann atmete sie durch. Eva hatte ja recht. Nahrung war die Grundlage jeglicher Hoffnung auf Verbesserung. Nährstoffe brauchte der Körper für alles, was er verbessern wollte, und mit Hunger und nichts als Wut im Bauch würde gar nichts besser werden. Neben dem schwarzen Loch, das aus ihrer beruflichen Zukunft und dem Ende der Beziehung mit Max entstanden war, gab es das gähnende, murrende Loch in ihrem Magen. Es grummelte verärgert. Der Gedanke an eine Pizza oder an leckere Pasta verpasste Mira zwischen all den düsteren Gefühlen hindurch einen kleinen Stoß Freude. Sie freute sich tatsächlich aufs Essen. Trotz allem. Das war doch ein gutes Zeichen, oder? Müsste sie nicht wochenlang jegliches Essen verweigern, wenn die Liebe zu Max wirklich so groß und echt gewesen war? Konnte man sich einen Tag nach einer solchen Katastrophe denn wirklich aufs Essen freuen, wenn man ein fühlendes Herz in der Brust hatte? Was war nur mit ihr los? Sie hatte Hunger! Eindeutig. Und sie bekam Appetit, Lust, sich hinzusetzen, zu essen und Leute zu beobachten. So wie früher, als sie noch jung und ihr Leben nicht verplant gewesen war. Sie fand einen schönen Tisch in einem gemütlichen Restaurant, nachdem sie eine Weile am Seeufer entlanggeschlendert war. Der Tisch war draußen, jedoch wind- und sichtgeschützt, bot ihr wiederum aber freien Blick auf die Wasserfläche des Gardasees. Es gefiel ihr. Sie stutzte erneut. Aber warum gefiel es ihr? Eigentlich hätte es ihr doch eher unangenehm sein müssen. Gerade jetzt, in ihrer Situation. Sie saß allein am Tisch, als hätte Gott und die Welt sie verlassen, als hätte sie nicht mal Freunde, die mit ihr essen gehen wollten. Aber ein anderes Gefühl in Mira war stärker. Nun machte sich jene Sache bemerkbar, die ihr Vater ihr immer wieder eingebläut hatte. Man darf bloß nicht in der Opferrolle bleiben, wenn mal was Unfaires und Verletzendes passiert. Da hilft nur, sich aus der machtlosen

Haltung zu befreien und die eigene Welt wieder zum Positiven zu drehen. Und genau das tat sie gerade.

Die Speisekarte des Restaurants war sehr übersichtlich. Mira fand das durchaus gut. Ihrer Erfahrung nach gab es in Restaurants mit weniger Auswahl nämlich das bessere Essen. Nach Oma Hildes Theorie war es einfacher, frische Zutaten für zwölf Gerichte vorrätig zu haben als für einhundertzwanzig. Außerdem konnte man davon ausgehen, dass man beim Zubereiten der immer gleichen Gerichte automatisch zu einem Spezialisten auf seinem Gebiet wurde, hatte sie Mira erklärt, und das leuchtete ihr bis heute ein. Es gab ein Tagesgericht mit dem frischen Fang aus dem See, frischem, saisonalem Gemüse und selbst gemachten Pasta-Spezialitäten. Diese Pasta-Spezialitäten wurden auch ohne den Fang des Tages und dafür mit diversen Soßen angeboten. Natürlich hatte das Restaurant die typischen Pizzen im Repertoire sowie einige Vorspeisen, Nachspeisen und Salate, die allesamt verheißungsvoll beschrieben waren.

Mira entschied sich für Tagliatelle salmone – hausgemachte Bandnudeln in einer Spinat-Sahne-Soße und feinen Stückchen von gegrilltem Lachsfilet. Und weil ihr Magen mittlerweile unablässig murrte und ihr schon etwas Übelkeit bereitete, bestellte sie als Vorspeise einen Salat aus gebratenen Pilzen, Rucola, Tomaten, groben Parmesanstückchen und lila Zwiebeln mit Balsamico-Dressing. Dazu reichte der freundliche Kellner einen Korb mit warmem, duftendem Pizzabrot und einen Limonenschnaps, der aufs Haus ging. Mira meinte, den Schnaps heute gut gebrauchen zu können, bedankte sich und kippte ihn runter. Der Limoncello schien es in sich zu haben, da musste man vorsichtig sein. Geschmacklich fand sie ihn ausgezeichnet, genau wie den Salat. Mira machte sich darüber her und bestellte noch ein Glas Weißwein dazu. Weiter hinten in der Straße klimperte jemand auf einer Ukulele. Die Melodien, die er spielte, klangen in Miras Ohren sehr italienisch. Dazu kam wie als Bassgeräusch im Hintergrund das beruhigende, gleichmäßige Schwappen der Wogen, die mit einem guten Gefühl für Rhythmus am Land brachen. Sie konnte das Wasser des Gardasees riechen, frisch, eine Quelle des Lebens. Sie nahm einen kräftigen Schluck Wein. Der erste Hunger war gestillt, und sie atmete auf. Erleichtert? Wie konnte sie so locker sein, es war eine traurige Sache mit Max, ganz ohne Zweifel. Und wenn sie die Gedanken zuließ, wurde ihr sehr schwer ums Herz. Aber sie schaffte es dennoch überraschend gut, die Gedanken daran vorübergehend auszublenden und im Hier und Jetzt zu sein, das zu schätzen, was sie in diesem wertvollen Augenblick ihres Lebens umgab. Das tat sie, indem sie sich unentwegt einredete, es sei ihre moralische Pflicht sich selbst gegenüber. Das Leben war nach wie vor ein Geschenk, welches man zu achten hatte, wenn man sich selbst einen Gefallen tun wollte. Also filterte sie die warme Luft ganz bewusst nach Gerüchen, beobachtete die Menschen ringsum; sie hörte klirrende Gläser und klapperndes Besteck und ein Durcheinander aus angeregten Gesprächen in verschiedenen Sprachen. Mira sog das südliche Flair am Ufer des Gardasees tief in sich auf, als wäre es eine Wundermedizin. Und eine alte, fast schon fremde Flamme der Hoffnung züngelte irgendwo tief in ihr, um vorsichtig auszuleuchten, was es trotzdem noch zu erleben gab. Zunächst kamen die Tagliatelle, und die konnte man ohne Übertreibung als Erlebnis beschreiben. Vor allem, wenn man derart hungrig war wie Mira. Sie waren herrlich bissfest und teigig. Keine der Nudeln sah aus wie die andere. Ein deutlicher Hinweis darauf, dass die Pasta nicht aus der Fabrikmaschine kam. Die Soße war sahnig und mit Dill und Zitrone abgeschmeckt. Der halbtrockene Hauswein harmonierte ausgezeichnet mit der Pasta.

Zwischen Miras Stuhl und dem Ufer des Sees schienen die Leute nun gemächlicher zu gehen. Vermutlich machten viele ihren Abendspaziergang nach dem Essen. Und Mira fühlte sich gar nicht so mies, nein, wirklich nicht. Es ging ihr doch gut.

Zumindest jetzt gerade, an diesem wunderbaren Ort. An diesem Ort, den Max vermutlich gar nicht so großartig fand wie sie. Das war ihr oft negativ aufgefallen. Max begeisterte sich schwer für die schönen Dinge des Lebens, und wenn, dann fand er eben nicht dieselben Dinge schön wie Mira. Am Anfang ihrer Beziehung war ihr das überhaupt nicht bewusst geworden. Mira hatte stundenlang mit Max gemeinsam Sendungen anschauen können, die hauptsächlich nach seinem Geschmack waren. Und umgekehrt hatte es sich genauso verhalten. Wichtig war bloß gewesen, die Dinge gemeinsam zu tun. Doch irgendwann hatte das nicht mehr ausgereicht und sie sich immer häufiger gefragt, welche Interessen sie eigentlich teilten. Mira war manchmal bei dem Gedanken daran erschrocken, ihr restliches Leben mit einem Menschen zu verbringen, der die Welt um sich herum so völlig anders wahrnahm als sie selbst. Na klar, Gegensätze zogen sich an und das alles, ja, aber vielleicht stimmte das nur in Bezug auf die erste Zeit der Faszination und Verliebtheit. Was, wenn das Fremde aber immer genauso fremd und unverständlich bliebe? Tatsächlich hatte sie des Öfteren gedacht, dass das keine allzu schöne Situation für den Rest ihres Lebens wäre. Man konnte Glück besser mit Menschen teilen, die sich über ähnliche Dinge freuten. Oder? Vielleicht war die Anziehung der Gegensätze bloß einer dieser biologischen Tricks des Körpers. Dazu würde sie Alessandro fragen, nahm sie sich vor.

Sie trank noch einen Schluck Wein und spürte ihm nach. Er schmeckte fruchtig, nach Stachelbeeren und ein wenig nach Holunder, fand Mira, auch wenn jeder Weinkenner sie wahrscheinlich dafür ausgelacht hätte. Die goldene Flüssigkeit lief kühl und frisch durch ihre Kehle und breitete sich dann mit einer angenehmen Wärme in ihrem Inneren aus. Sie spürte den Alkohol bereits. Die Musik, die einige Meter weiter von einem Straßenmusiker herüberwehte, klang nun noch ansprechender. Sie traf mit ihrer wehmütigen Art, in der sie gespielt wurde, einen melancholischen Nerv bei Mira. Eine Emotion, die ihr allzu vertraut war. Sie neigte dazu, sich für bestimmte Momente in dieses Gefühl hineinsinken zu lassen und dessen Ehrlichkeit zu genießen. Melancholie war Traurigkeit und Liebe in einem Gefühl vereint. Die Welt war bitter und süß. Deshalb schätzte sie melancholische Filme oder Songs. Genau so fühlte sich das Leben an. Mit diesem bekannten Weltschmerz ging nun jedoch eine neue, helle Energie einher. Sie stieg in ihrem Bauch nach oben und in all ihre Glieder wie ein erfrischendes Tonikum. Diese Stimme, die sagte: Ja, die Welt kann traurig sein, und irgendwann geht alles einmal zu Ende, aber jetzt bist du gerade noch mittendrin, Mira, dies hier ist dein Leben. Du bist am Leben. Hör nicht auf, die hoffnungsvolle Mira zu sein, die du immer gewesen bist. Nicht für alles in der Welt!

Sie sah sich um, und die glücklichen Paare wirkten nun wieder ganz erträglich. Sie konnten nichts dafür, dass Max Helmer sein Versprechen gebrochen hatte.

Im nächsten Augenblick klingelte Miras Handy.

Sie wollte sich nicht eingestehen, dass in ihrem Unterbewusstsein sofort die Hoffnung erwachte, Max könne anrufen und alles zurücknehmen, was er gesagt hatte. Aber es war nicht Max, sondern Alessandro. Mira freute sich, als sie seinen Namen auf dem Display las. Sie freute sich wirklich.

»Hey, schön, dass du anrufst, was gibt's?«, fragte sie.

»Hallo, Mira, prima, dass ich dich erwische. Mit dir und deinem Handy ist das ja nie so klar, ob ihr erreichbar seid.«

Als er sprach, hörte Mira Musik und Stimmen im Hintergrund. Sie war überrascht, denn ihrer Vermutung nach hätte er auf dem Berg sein müssen oder irgendwo gemeinsam mit dem Wasser auf dem Rückweg zum Gardasee. Aber so klang das ganz und gar nicht!

»Du bist offensichtlich nicht mehr auf dem Berg, oder veranstaltet der Alm-Öhi da oben eine Gletscherparty?«

Er lachte. »Nein, nicht ganz. Party ist aber richtig, allerdings in Limone sul Garda und nicht auf dem Gletscher. Mein bester Freund Francesco gibt bei sich eine Party.«

»Aber bist du in der kurzen Zeit schon die gesamte Strecke bis zum Gletscher nach oben gelaufen und so weiter?«, erkundigte sich Mira ungläubig, wobei sie spürte, dass ihre Zunge bereits etwas schwerfällig war. Der Limoncello hatte es wirklich in sich gehabt.

»Musste früher zurück, weil da oben nur Nebel war, dann macht das keinen Spaß! Aber was ich fragen wollte … Also, Francesco, mein Kumpel mit der Party, der ist ein bekannter Koch hier in der Gegend. Der betreibt ein Spitzenrestaurant, und in einer guten Stunde wird hier das Essen aufgetischt. Wenn du magst, kannst du sehr gerne vorbeikommen. Ich schicke dir ein Taxi.«

»Ich sitze gerade im Restaurant und hab leider bereits gegessen. Eben gerade …«

»Egal, dann kommst du halt bloß, um mit uns zu feiern«, unterbrach Alessandro sie. Mira glaubte, auch bei ihm einen kleinen Schwips zu bemerken, jedenfalls klang er euphorischer als sonst.

»Weiß denn der Gastgeber überhaupt Bescheid, dass du fremde Leute zu ihm einlädst?«

»Den Gastgeber brauche ich nicht mal zu fragen. Francesco ist sozusagen mein Bruder. Du bist herzlich willkommen, glaub mir.«

»Nun ja, das klingt verlockend und zu gut, um wahr zu sein, muss ich sagen«, antwortete Mira und freute sich über die willkommene Ablenkung.

Alessandro bestellte ein Taxi und beschrieb ihr einen Treffpunkt außerhalb der Fußgängerzone der Altstadt. Mira spürte eine angenehme Aufregung, als sie das Essen bezahlt hatte und sich auf den Weg machte.

Die Luft stand, sie war angefüllt mit den Essensgerüchen der umliegenden Restaurants. Gegrillter Fisch und Kräuterknoblauchsoßen dominierten das Geruchsbild; dazwischen zog hin und wieder der Duft einer knusprigen Pizza oder ein Hauch nach Tomaten und Rosmarin vorbei. Die Geräusche des Abends waren heute allesamt freundlich. Klirrende Gläser, fröhliche Stimmen, die unbeschwerte Anekdoten austauschten. Mira war froh, dass ihr Knöchel kaum noch wehtat. Sie blieb stehen, betastete ihr Bein und stellte erstaunt fest, wie weit die Schwellung bereits abgeklungen war. Glück gehabt, dachte sie. Das hell erleuchtete Ende der langen Gasse, wo die Hauptstraße sie kreuzte, wirkte in dieser Stimmung auf sie wie ein Symbol. Das Licht am Ende des Tunnels. Mira ging weiter, auch innerlich, so wie es auch Max und seine Neue taten. Sie würde immer weitergehen, um selbst eine schöne Zeit zu erleben auf dieser seltsamen Erdkugel, wo alles sich unvorhersehbar änderte, während man gerade seinen Koffer packte. Mira lächelte, denn sie verstand in diesem Moment, dass sie nicht zu Francescos Party wollte, weil sie ein schlechter Mensch war, der nun ansonsten hätte traurig sein müssen. Sie tat es, weil sie es verdient hatte und weil sie es durfte. Sie hatte nichts Falsches getan, und es war die Liebe zu sich selbst, die es ihr gönnte, fröhlich zu dieser Party zu gehen. Die Liebe und der Schnaps und der Wein, den sie vor dem Zahlen etwas zu schnell ausgetrunken hatte. Das durfte jedenfalls keine Angewohnheit werden.

Doch wem würde sie schon helfen, wenn sie die Rolle der leidenden Frau übernehmen und sich dafür verkriechen würde, wie man es erwartete? Der einzige Mensch, der ihr diesen Abend nicht gönnen würde, wäre vielleicht Max, zumindest hoffte sie das insgeheim. Ansonsten konnte sie sich bloß noch selbst im Weg stehen, und das würde sie nicht tun. Und sie steuerte fröhlich weiter auf das Ende der Gasse zu.

Kapitel 19

Das Taxi parkte vor einem großen Haus, dessen Form – würfelartig und mit flachem Dach – sehr modern wirkte. Der gesamte vordere Teil des Daches fungierte gleichzeitig als Terrasse. Dort oben tummelten sich mindestens dreißig Leute, wie Mira auf den ersten Blick schätzte. Sie hörte Lounge-Musik, eine Mischung aus House und Jazz. Die Art von Musik, die an den Hotelbars am Pool aus den Boxen tropfte, während die Tage stressfrei vor sich hin dümpelten.

Mira schritt zu der großen weißen Tür und klingelte. Sie sah die Kamera und sprach direkt hinein, als die Stimme aus der Sprechanlage erklang. Mira erkannte sie sofort, es war die von Alessandro.

»Hey, du Bergsteigerin, komm hoch«, sagte er, und der Türöffner summte. Sie ging hinein. Im Innern war es kühl. Der Boden und die Treppen bestanden aus Marmor oder etwas, das zumindest so aussah.

Alessandro wartete oben an der pompösen Treppe. Mira musste seltsamerweise an die Szene in »Titanic« denken, wo Leonardo DiCaprio an der Treppe auf Kate Winslet wartete, um sie zum Dinner zu begleiten. Da konnte man sehen, wie sich solche Filmerlebnisse in den Köpfen einnisteten und sich unters echte Leben mischten wie eigene Erinnerungen.

Mira stieg die Stufen nach oben und Alessandro wunderte sich.

»Ist der Fuß schon wieder in Ordnung, oder war das alles nur Schauspielerei?« Er zwinkerte, und sie musste unwillkürlich lachen.

Sie bewegte den Fuß hin und her. »Eigentlich hatte ich gehofft, dass ein hübscher Bergdoktor mich retten würde«, gab sie zurück.

Alessandro grinste und machte eine Geste zu der riesigen Glasfront. Draußen war die Party in vollem Gange.

Jetzt erkannte Mira, dass das Haus architektonisch einige Überraschungen bereithielt. Das Gebäude war verschachtelt wie ein Kaninchenbau und verschmolz mit den ansteigenden Felsen des Gebirges dahinter. Mira musste sich erst mal einen Überblick verschaffen, sie war ziemlich beeindruckt. In einem derart faszinierenden Haus war sie noch nie gewesen.

Alessandro stellte ihr jeden einzelnen Gast auf der Party persönlich vor. Mit jedem musste sie anstoßen, und es waren viel zu viele Namen. Mira merkte sich einen Marco, weil er wie Max aussah, Lorenzo und Laura, ein nettes Paar in ihrem Alter. Dann war da noch Maria, die erinnerte sie mit ihrer offenen und wärmenden Art an Steffi. Ich muss mich unbedingt bei ihr melden, schoss es Mira durch den Kopf. Als Nächstem begegnete sie Francesco, und ein etwas älterer Mann mit langem grauem Bart hieß Giorgio. Das merkte sie sich, weil er der Mann mit der besten Pizza war, wie Alessandro sagte. Alle anderen Namen hatte sie Sekunden nach der Vorstellung bereits wieder vergessen.

»Was für ein Ausblick auf den See«, sagte sie zu Francesco, der an einem riesigen Grill stand und köstlich duftende Meeresfrüchte und knuspriges Fleisch brutzelte.

»Ich könnte nicht glücklicher sein, also mit meinem Wohnort, meine ich«, erwiderte Francesco. Mira kannte sich mit den Immobilienpreisen am Gardasee nicht aus, aber eine Villa dieser Kategorie kostete auch außerhalb eines touristischen Hotspots sicherlich Millionen. Sie erinnerte sich daran, dass Alessandro erzählt hatte, Francesco sei so etwas wie ein Starkoch. Ob er all das hier allein mit Kochen verdient hatte?

Im Laufe des Gespräches erzählte Francesco ihr, dass er zwei sehr gut laufende Restaurants habe. Frei heraus erklärte er ihr, wie er die Idee gehabt hatte, ein Erlebnisgrillen samt Bootsfahrt und Fischfang mit allem Drum und Dran für gut betuchte Touristen anzubieten, und dadurch zu einem, wie er sagte, »relativen Reichtum« gekommen sei. Sie redeten und tranken Wein, und Mira musste ungefähr hundertmal das verlockende Angebot ablehnen, doch etwas von den Meeresfrüchten zu probieren. Aber sie blieb eisern. Ihr Magen war bei zu viel Essen mindestens genauso streng, wie wenn sie zu lange gar nichts aß.

»Da muss man doch mehr als nur ein guter Koch sein, um das alles entsprechend zu organisieren«, bemerkte sie noch, doch Alessandro zog sie von Francesco weg und dirigierte sie weiter zur nächsten Vorstellung und gleich darauf zur übernächsten.

Mira schmeckte der regionale Wein, mit dem sie mit den Gästen anstieß, ganz ausgezeichnet. Er war kalt, sehr fruchtig und hatte für einen Weißwein einen kräftigen Nachgeschmack, der fast schon ein wenig an Gras erinnerte. Die Musik gefiel ihr, zwischen der Lounge- und House-Musik kamen auch hin und wieder italienische oder deutsche Lieder, selbst die neue Popmusik war vertreten, alles bunt gemischt, genau wie die Leute. Mira fand, die meisten Partygäste wirkten sehr sympathisch, auch wenn Marco es schwer hatte, weil er Max ähnlich sah. Doch nach einem kurzen Gespräch war die Ähnlichkeit verflogen, die vielleicht auch nur in einer Geste oder einem Blick gelegen hatte. Sie setzten sich neben ihn auf eine Bank, und als Alessandro kurz darauf verschwand, zauberte Marco einen Flasche Rosé hervor. Mira zögerte, sie kannte ihn nicht, wusste nicht, was für ein Mensch er war, und eigentlich nahm sie keine Getränke von fremden Männern an.

Marco schien es zu spüren.

»Scusi, ich wollte Sie nicht in Verlegenheit bringen. Aber sehen Sie, das hier ist mein eigener Wein, mein Name steht auf der Flasche … fragen Sie Alessandro, ob ich ein Lügner bin … aber wie dumm wäre es, jemanden mit dem eigenen Wein zu vergiften«, flötete Marco, der offenbar schon ein paar Schlückchen zu viel von seinem Rosé intus hatte. »Bitte, ich möchte Ihre Meinung hören«, sagte er, sah sich um und rief plötzlich laut: »Alessandro!« Und noch einmal: »Ale!«

Mira lachte. »Schon gut, ich probiere gern, allerdings wirklich nur einen Schluck. Ich musste nämlich schon ziemlich viel probieren, seit ich angekommen bin.«

»Baresi« stand auf dem Weinetikett. Das las sie erst jetzt.

»Ein schöner Name, aber heißt Alessandro nicht auch so?«, fragte sie mit einem Stirnrunzeln.

»Das ist ein recht geläufiger Name hier, aber der Wein, der ist trotzdem von mir.«

Mira nahm einen Schluck von dem angepriesenen Rosé, und ja, der schmeckte tatsächlich noch köstlicher als die Weißweine, die sie zuvor probiert hatte.

»Da könnte ich mich glatt dran gewöhnen«, lobte Mira den Wein.

»So war mein Plan, auf die Weise kurble ich den Verkauf an«, entgegnete Marco Baresi augenzwinkernd.

»So viel trinke ich nicht, dass Sie davon reich würden«, konterte Mira.

Marco schmunzelte nur. Vermutlich war er schon reich.

»Weshalb sind Sie eigentlich in Italien, wenn ich fragen darf? Beruflich oder nur zum Urlaubmachen?«, erkundigte er sich.

»Nichts davon.«

Er sah sie erwartungsvoll an.

»Ach, na ja, mein Verlobter hatte mich eingeladen. Er ist auf Dienstreise hier. Ich wollte ihn überraschen.«

»Oh, das klingt ja romantisch, fantastico.«

»In der Theorie hört sich das toll an, ja.«

Alessandro setzte sich wieder neben sie. Die letzten Worte ihrer Unterhaltung hatte er wohl noch mitbekommen.

»Eins ist aber klar«, sagte er leise. »Wenn er dich eingeladen hat, um mit ihm Zeit zu verbringen, war diese Sache zumindest nicht so von ihm geplant.«

»Ein biochemischer Unfall, ich weiß, aber was bringt mir das?«

»Na ja, ein Unfall ist nun mal etwas, das niemand absichtlich macht.«

»Es ist ja schön, wenn du ihn in Schutz nimmst, ohne ihn zu kennen, aber die Sache ist aus und vorbei«, sagte sie. Mira hatte den Satz noch nicht richtig beendet, da bemerkte sie, wie ihr die Tränen kamen und sie die Fassung zu verlieren drohte. Was war denn plötzlich los? Hatte sie sich bloß vorgemacht, mit der Trennung klarzukommen? Holte die Wirklichkeit sie ausgerechnet in diesem Augenblick ein, hier auf dieser Party, umgeben von neuen Leuten, die allesamt nett zu ihr waren? Was soll das denn jetzt, dachte sie. Doch auch der Funken Zorn auf sich selbst konnte ihre Stimmung nicht retten.

Mit einem Schlag, wie durch einen Schock verursacht, war alles wieder da. Das Gefühl des Verlusts. Des Betrogenwordenseins. Der Ausweglosigkeit. Es musste von dem Gespräch über Max kommen, aber so heftig? Es war nicht nur seelisch, sondern auch körperlich, ein bedrohliches Gefühl. Es war fast wie eine sich anbahnende Panikattacke, und vielleicht hatte es damit zu tun, dass sie die Worte selbst ausgesprochen hatte. Dass es »aus und vorbei« war, hatte sie gesagt. War es das denn wirklich? Aus und vorbei? Hatte Alessandro nicht recht, dass es ein Unfall gewesen war? Aber von einem Unfall konnte man sich in den meisten Fällen erholen. Vielleicht war das Ganze ja eine Charakterprobe für sie, vielleicht musste sie ihm verzeihen, ihm noch eine Chance geben, auch wenn er sie momentan zurückwies. Vielleicht musste sie ihn zurückerobern, um ihn aus seiner geistigen Verwirrung aufzuwecken, ihn mit nach Hause nehmen und die Sache gemeinsam aufarbeiten …

Sie atmete tief ein. Ganz bewusst, bis in den Bauch. Bist du eigentlich dumm, Mira? Du weißt doch genau, er will gar nichts klären, es gibt gar nichts zu klären, er liebt diese andere!

Schließlich redete sie sich ein, dass sie wohl zu schnell getrunken hatte, dass sie selbst es war, die hier verwirrt war. Normalerweise trank sie mal ein Glas Wein, höchstens zwei, und nun hatte sie in kürzester Zeit recht viele Gläser getrunken. Ja, sie war die Verwirrte, sie war betrunken, sie fühlte sich unwohl und wollte nur noch nach Hause.

»Was hast du vor?«, wunderte sich Alessandro, als sie aufgestanden war.

»Ich möchte nach Hause, mir geht's nicht so gut«, antwortete Mira.

»Wollen wir vielleicht zuerst noch mal ein bisschen aus dem Getümmel gehen und schauen, ob es dir dann besser geht? Oder bist du sicher, dass du direkt nach Hause möchtest?«

»Ja, ich möchte, ich bin betrunken, glaube ich.«

»Oh, ist dir übel?«

»Nein, bloß etwas schwindelig, und mir ist alles zu viel, was sich vor meinen Augen bewegt. Und alles, was jemand sagt.«

»Das kenne ich, komm, ich begleite dich und ruf dir ein Taxi«, entschied Alessandro.

»Das ist lieb, danke.«

Mira verabschiedete sich nicht mal bei halb so vielen Leuten, wie sie begrüßt hatte, und schlüpfte mit Alessandro durch die Terrassentür ins Haus. Sie musste sich am Geländer der Marmortreppe festhalten, während sie nach unten gingen.

»Ich dachte schon, dir wäre Francescos Essen nicht bekommen.«

»Das Essen hab ich gar nicht probiert, aber der Wein …«

»Wie viele Gläser hast du denn getrunken?«

»Keine Ahnung, und ich will auch nicht drüber nachdenken, es war gar nicht so viel, ich habe einfach zu schnell getrunken.«

»O ja, wenn er so kalt ist, geht dieser Rosé besonders gut runter.«

Der Rosé … Mira spürte, wie Übelkeit in ihr aufstieg. »Bitte hör auf, dieses Wort zu sagen.«

»Entschuldige.«

Sie verließen das Haus und gingen eine Weile schweigend nebeneinanderher. Es dauerte nicht lange, und Mira fühlte sich deutlich besser. Fast war es, als wäre sie wieder vollkommen nüchtern.

»Seltsam, der Schwindel ist weg, und ich fühle mich ziemlich klar im Kopf.«

»Das ist doch wunderbar, dann können wir direkt umdrehen und wieder zu Francesco zurück.«

»Nein, ich möchte keinen Rummel, ich glaube, das hat mir nicht gutgetan.«

»Schade«, meinte er zerknirscht. »Ich dachte, ein bisschen Ablenkung wäre genau das Richtige für dich.«

»Dachte ich auch, aber plötzlich habe ich mich total überfordert gefühlt mit den vielen Leuten und meinen Gefühlen.« Knapp berichtete sie ihm, was Max zu ihr gesagt hatte. »Ich fühle mich so hilflos, klein, verlassen. Ich kann nichts tun. Und nun jammere ich dir damit auch noch die Ohren voll.«

»Was meinst du damit, du kannst nichts tun?«

»Na ja, nichts, das mir mein Selbstwertgefühl wiedergibt.«

»Das ist völlig normal, das denkt jeder in einer solchen Krise. Zumal sich das Ganze wirklich nach einem … na ja, Unfall anhört. Aber eine Idee, was du tun könntest, um dein Selbstwertgefühl zu stärken, hätte ich durchaus.«

»Was denn?«

»Wir könnten herausfinden, wo er sich abends so aufhält mit dieser Frau. Wenn sie essen gehen oder was trinken.«

»Und dann?«

»Machen wir uns todschick und treten dort als frisch verliebtes Paar auf. Was hältst du davon?«

Mira kicherte. Mit Alessandro könnte sie das wirklich hinbekommen.

Kapitel 20

Am Morgen nach Francescos Party brannte die Sonne bereits um 10 Uhr deutlich heißer als an den vergangenen Tagen. Der Gardasee schimmerte in der Mitte, dort, wo das Wasser Tiefen von mehreren Hundert Metern erreichte, in einem dunklen Blau, das versunkene Geheimnisse versprach. Zu den Ufern hin hellte der See sich auf, und in den seichten Badebuchten wirkte er bisweilen türkis.

Mira stand im Garten der Villa Baresi. Das Frühstück der Gastgeberin würde sie vermissen, wenn sie wieder zu Hause in Frankfurt wäre. Eben hatte sie Lachs und ein geräuchertes Saiblingfilet anstatt der Wurst bekommen. Der Saibling stammte aus dem Gardasee, er hatte Mira an Forelle erinnert und ausgezeichnet geschmeckt.

Heute war es ihre feste Absicht, einen Strandtag einzulegen. Alles, was sie sich für die Zeit in Italien vorgenommen hatte, geriet wegen Max in den Hintergrund, aber sie würde nicht nach Hause fahren, ohne ein einziges Mal im Gardasee geschwommen zu sein. So weit durfte es nicht kommen. Zu ihrer Vorstellung vom Leben gehörte es, den Geist jener Orte, die man von der Welt zu sehen bekam, so gut wie möglich in sich aufzusaugen, um in der Fantasie immer wieder dorthin zurückzukehren, wenn einem die graue Stadt mit ihren Wolkenkratzern ringsum wieder einmal die Sicht auf alles Natürliche nahm. War sie zu lange im Schatten dieser Häuserschluchten gefangen, breitete sich zunehmend Unruhe in ihr aus. Obwohl es stets das gleiche Gefühl war, dauerte es oft eine Weile, bis Mira registrierte, woher die Unruhe stammte, denn es gab unterschiedliche Dinge, die das bewirken konnten. Aber die Sehnsucht nach Natur fühlte sich irgendwann an wie das Vermissen einer geliebten Person. So ähnlich ging es ihr auch, wenn sie ihre Eltern mehrere Monate nicht gesehen hatte. Es entstand ein Druck im Herzen, den bloß die Natur oder eben ein Wiedersehen verschwinden ließ.

Jamaica Beach besaß laut Reiseführer eine einzigartige, natürliche Kulisse, sei deshalb jedoch oft überlaufen. Überfüllte Natur war natürlich wieder eine andere Sache. Aber wenn es an Orten war, wo der Mensch sich gegenüber den Naturgewalten klein und nichtig vorkam, kam sie damit gut klar. In den Bergen oder am Strand war es in Ordnung, nicht allein zu sein. Klar, man musste nicht Bein an Bein auf der Wiese liegen, aber im Grunde mochte Mira es, Menschen am Strand und in den Bergen zu beobachten. Dabei entstand nämlich das versöhnliche Gefühl, dass doch noch ein paar vernünftige Leute auf dieser Erdkugel wandelten. Man sah es ihren Gesichtern an, wie zufrieden und entspannt sie plötzlich wurden, wenn sie vor der Unendlichkeit eines Meeres standen oder zum Gipfel eines hohen Berges hinaufschauten. Das war so eine herrliche Umgebung; und sie dachte daran, wie sie glückliche Arbeitstage in ähnlicher Weise verbracht hatte, damals, als Eva es unterstützt hatte, wenn sie den ganzen Nachmittag mit den Kindern im Waldschwimmbad unterwegs gewesen waren.

Einmal waren sie nach Butzbach gefahren und hatten dort einen richtigen Urlaubstag in der unmittelbaren Umgebung erlebt. Vor allem durch Steffi war dieser Tag so besonders und schön geworden, weil sie mit ihrer ausgelassenen Art dafür sorgte, dass man sich um nichts anderes kümmerte als Espresso zu trinken, Pommes zu essen, sich zu bräunen und baden zu gehen – und das alles, obwohl sie dabei sieben Minderjährige betreuten. Aber das geschah fast wie nebenbei, weil sie damals mit den Kindern so eine gute Vertrauensbasis hatten. Sie konnten sich darauf verlassen, dass die Größeren auf die Kleineren aufpassten und sofort Alarm schlugen, falls etwas nicht stimmte.

Mira machte sich gedanklich darauf gefasst, einen Badestrand zu betreten, der von kreischenden und rennenden Kindern und von fröhlich schnatternden Urlaubern bevölkert war. Und selbst wenn es dir am Anfang zu viel ist und du am liebsten direkt wieder umdrehen würdest, du gehst heute im Gardasee baden, Mira! Daran führt kein Weg vorbei! Manchmal war es besser, sich zu etwas zu zwingen, solange es sich um das Richtige handelte.

Jamaica Beach war an diesem späten Morgen glücklicherweise nicht überfüllt. Mira überblickte das Gelände und war begeistert. Türkisfarbenes Wasser plätscherte an die Ufer. Dieses Ufer bestand aus flachen, großen Steinen in Sandfarbe, was von Weitem den Eindruck eines Sandstrandes vermittelte. Es erinnerte tatsächlich ein wenig an diverse Fotos, die Mira von der Karibik gesehen hatte, wodurch der Name Jamaica Beach seine Rechtfertigung erhielt. Hier und da lagen Leute mit knallbunten Badesachen in der Sonne und bräunten sich, aber es existierten auch noch genügend Schattenplätze, denn einige Meter vom Ufer entfernt standen vereinzelte Bäume und Büsche. Mira suchte sich einen kleinen Baum, dessen Blätter im leichten Wind raschelten. Sie würde einen erholsamen Tag hier verbringen, den ersten richtigen Urlaubstag, wie sie ihn sich ausgemalt hatte. Zum Glück musste sie nicht befürchten, Max hier zu begegnen, denn bis zum Nachmittag würden er und seine Firmenkollegen damit beschäftigt sein, den Fortbildungsinhalt zu beackern. Sie war etwas nervös, als sie das Gelände betrat. Es kam ihr ein wenig so vor wie eine Prüfungssituation. Und das Prüfungsthema war: Wird Mira es schaffen, den Aufenthalt hier zu genießen? Sie befürchtete, der Bruch mit Max könnte irgendein kleines Teil in ihr beschädigt haben, was dazu benötigt wurde, Freude zu empfinden. Freude an der Natur, ganz ohne Limoncello und Wein. Und wenn du es an einem solchen Ort nicht mehr schaffst, dein Leben zu genießen, wirst du für immer ein freudloses, verbittertes Dasein führen, dachte sie, sagte sich aber gleich darauf, dass die Verletzung ihrer Seele ja noch sehr frisch war. Niemand schüttelte zehn Jahre Beziehung einfach so ab, das wäre mindestens genauso besorgniserregend.

Sie breitete ihr Badetuch im Schatten des Baumes aus, als sie plötzlich eine Frauenstimme hörte.

»Signora Steinhaus! Ein schönes Plätzchen haben Sie sich ausgesucht.«

Mira drehte den Kopf, linste über die Schulter und wunderte sich, Signora Baresi ins Gesicht zu schauen. In das, was von ihrem Gesicht zu erkennen war, denn wie Mira trug Alessandros Großmutter einen großen Sonnenhut und eine riesige Sonnenbrille. Bekleidet mit einem seidigen bunten Kleid, das leicht wie Luft wirkte, und braunen Sandalen sah sie um Jahre jünger aus als in ihrer Kittelschürze.

»Signora Baresi, schön, Sie zu sehen. Sind Sie auch zum Baden hier?«

»Ach was, baden tue ich zu Hause. Zum Schwimmen bin ich hergekommen.« Während Signora Baresi sprach, bemerkte Mira wieder das Zittern im linken Arm der alten Dame. Diese deutete Miras Blick goldrichtig. »Das ist sicher nichts Wildes, nur die Nerven, denke ich, aber sobald ich im Wasser bin, fühle ich mich gesund wie ein Fisch«, erklärte sie.

»Ja, Bewegung kann wohl nicht schaden. Trotzdem sollten Sie es vielleicht von einem Arzt abklären lassen. Möglicherweise ist es ganz einfach zu kurieren.«

»Ach, damit fange ich erst gar nicht an«, lehnte Signora Baresi ab und wechselte sofort das Thema. »Sagen Sie, hat mein Alessandro Ihnen in den Bergen ein paar schöne Orte gezeigt?«

»Unglaublich schöne Orte, ja, das war eine ganz tolle Erfahrung. Ich bin ihm wirklich sehr dankbar. Diese Tour werde ich nie vergessen.«

»Ja, er ist schon ein guter Kerl, mein Alessandro. Schade, dass er keine große Lust hat, wieder etwas aus unserem Haus zu machen. In dieser Lage! Er ist doch so ein kluger Kopf und hätte bestimmt Ideen, aber das schöne Leben für Touristen vorzubereiten erscheint ihm nicht sinnvoll genug. Jaja, schade ist das, ich kann ihn jedoch verstehen, er ist eben ein Idealist«, sagte sie nickend und lächelte Mira dabei verschmitzt an.

»Auf jeden Fall!«

Plötzlich drehte Signora Baresi sich um und winkte. Eine Gruppe älterer Leute näherte sich den beiden.

»Das ist meine Truppe, wir gehen einmal in der Woche gemeinsam schwimmen. Danach machen wir Picknick und spielen Karten, das ist jedes Mal der Höhepunkt meines gesellschaftlichen Lebens. Sie müssen mich also entschuldigen.«

»Natürlich, ich wünsche Ihnen noch einen wunderbaren Tag!«, sagte Mira. Vermutlich war es um die Fitness der alten Dame deutlich besser bestellt als um ihre eigene.

Mira entledigte sich ihrer Kleidung, schmierte sich mit Sonnencreme ein und machte sich auf den Weg ans Ufer. Die sandfarbenen Felsen lagen teilweise unter Wasser, welches Badewannentemperatur hatte. Der See selbst war jedoch eine völlig andere Nummer. »Puh«, keuchte sie laut und etwas unvorbereitet, als sie den großen Zeh zum ersten Mal in den Gardasee streckte. Da brauchte es ein bisschen Überwindung.

Sie nahm sich vor, keine Sekunde länger nachzudenken, und versank mit dem nächsten Atemzug platschend im eiskalten Wasser. Als die ersten Sekunden jedoch hinter ihr lagen und sie in breiten Brustzügen hinausschwamm, dorthin, wo es immer dunkler und frischer wurde, spürte sie die Lebendigkeit und die Wärme in ihrem Blut. In diesem Moment wusste sie, dass sie kein verbittertes, ödes Leben führen würde und dass Mira Steinhaus im Grunde ihres Wesens noch die alte war.

Kapitel 21

Es war bereits der vorletzte Tag von Max' Fortbildung, und auch ihre eigene Unterkunft war nur noch bis übermorgen gebucht. Mira hatte ihr schönstes Sommerkleid angezogen, Ohrringe und Halskette angelegt. Der Schmuck harmonierte mit seinen türkisfarbenen Steinen mit ihrem Kleid, und selbst ihre Augen wirkten bei diesem Outfit beinahe türkisblau. Sie gefiel sich ausgezeichnet. Sogar die Augenringe, die sich durch das ungewohnt häufige Weinen und die schlechten Nächte in den letzten Tagen gebildet hatten, verschwanden vollkommen unter einer großzügigen Portion Make-up. So viel benutzte sie normalerweise nicht, aber heute musste alles stimmen. Und das tat es! Sie fühlte sich recht wohl; auch wenn sie aufgeregt war, kurz vor dem Aufbruch in die Stadt, wo sie an Alessandros Seite die Verliebte spielen würde, die gemeinsam mit dem Neuen den Abend genoss und dabei hoffentlich Max über den Weg laufen würde. Ob sie das wirklich hoffte, wusste sie nicht, jedenfalls redete sie sich das ein. Gleichzeitig mit der Angst, die Kontrolle über ihre Gefühle zu verlieren, breitete sich auch eine Art Vorfreude in Miras Körper aus. Es ließ ihr Herz schneller schlagen, wenn sie sich vorstellte, vor Max mit einem anderen Mann aufzutauchen. Wobei die Gefühle, die dabei in ihr aufkamen, sehr gemischt waren. Da war immer noch dieser innere Widerstand, selbst diese Schwelle zu überschreiten und die Treue zu brechen. Auch, wenn es nicht wirklich so war, gäbe sie doch Max das Gefühl, sie genösse das Leben wieder in vollen Zügen. Einerseits schenkte ihr der Gedanke daran eine gewisse Genugtuung. Auf der anderen Seite war die Furcht, ob sie mit dieser Grenzverletzung etwas verursachte, das sie später bereuen würde. Womöglich löste dieser Bruch die letzten Bindungsgefühle auf, die Max noch zu ihr hatte. Wollte sie das? Und ja, verdammt, irgendwie wollte sie ihm trotz allem nicht wehtun. Er war so lange Zeit tief in ihrem Herzen gewesen; etwas wirklich Böses würde sie ihm niemals wünschen, das hätte auch ihr selbst nicht gutgetan. Aber doch, er sollte ruhig sehen, wie sie zusammen lachten und Spaß hatten, damit er sich kurzzeitig so fühlte wie sie und ihren Schmerz nachvollziehen konnte. Denn das könnte Max niemals mit ansehen, ohne getroffen zu sein. Niemals! O ja, sie würden Spaß haben und lachen! Sie würden so viel Spaß haben, dass Max bei ihrem Anblick ins Grübeln käme. Darüber, ob er Mira jemals so glücklich gesehen hatte, und darüber, warum er es nicht geschafft hatte, ihr ein solches Strahlen aufs Gesicht zu zaubern … So malte sie sich das aus.

Alessandro hatte seine Beziehungen spielen lassen und zumindest herausgefunden, dass Max' Firma für den Abend einen großen Tisch in jener Hotelbar reserviert hatte, in deren angeschlossenem Café der ganze Schlamassel begonnen hatte.

Sie ging nach draußen auf die Terrasse, um auf ihren Begleiter zu warten, jenen Abenteurer, der im Zug die alte Dame begleitet und seltsame Dinge über die Liebe gesagt hatte und ihr mittlerweile so vertraut vorkam. Das war eine verrückte Welt, doch sie war Teil davon, es musste irgendwie weitergehen. Ihr Kleid schmiegte sich an sie, war bequem und seidig dünn, aber draußen war es bewölkt und die Wolken hielten die Wärme des

Tages wie unter einer Glocke gefangen. Ihr war mollig warm in ihrem Ausgehoutfit, obwohl es bereits ziemlich spät war. Grillen zirpten. Durch die Äste der Bäume sah sie orangene Lichter am Horizont, als schwebten sie in der Luft. Entweder waren es Schiffe auf dem See draußen oder die Lichter am anderen Ufer. Die Katze kauerte auf der Treppe und zwinkerte ihr zu, während sie wartete. Sie hatte das Tier lieb gewonnen. Dieses Eingeständnis zauberte Mira ein kleines Lächeln auf die Lippen, denn es bedeutete einmal mehr, dass ihr Herz nicht völlig verloren war, es war immer noch Liebe in ihr!

Die quietschende Terrassentür der Nachbarwohnung ging auf, und Alessandro trat heraus. Er war kaum wiederzuerkennen. Eine ziemlich enge, todschicke Bluejeans trug er, dazu weiße nagelneue Sneakers, die mit dem Slim-Fit-Hemd um die Wette leuchteten. Das Hemd steckte ordentlich in der Hose, und über der Schnalle des Gürtels im Used Look wölbte sich nicht der kleinste Ansatz eines Bauches. Alles passte perfekt, als hätte man ihm die Sachen auf den Leib geschneidert. Extra für heute Abend. Er roch gut nach einer Mischung aus Creme und Rasierwasser und gab sich alle Mühe, es Mira leicht zu machen. Nein, sie hätte keine Probleme damit, ihm ein bisschen näherzukommen. Warum sollte sie? In Wirklichkeit waren sie nach all dem, was sie in kurzer Zeit bereits erlebt hatten, Freunde geworden, und Freunde durften sich umarmen und miteinander lachen. Dagegen hatte Mira bei weiblichen Freunden von Max auch nie etwas gehabt. Alessandros Haare waren zu einem nicht ganz so strengen Seitenscheitel geföhnt, was irgendwie doch ein bisschen süß wirkte, wie Mira feststellte.

»Na, du hast ja schon Gesellschaft, wie ich sehe.« Alessandro tätschelte die hübsche Katze am Kopf.

»Ist das eure Katze?«

»Mein Kater, ja.«

»Kater? Ich dachte die ganze Zeit, er wäre eine Sie«, sagte Mira.

»Nein, das ist Karl.«

»Karl?«

»Ja!«

»Wieso Karl?«

»Karl der Kater, wieso nicht?«, fragte er achselzuckend. Karl sah Mira an, als wäre er ein wenig beleidigt, weil sie ihn für eine Katze gehalten hatte. Nun, wenn man es wusste, erkannte man doch die katerhaften Züge im Gesicht des Tieres.

»Ist er noch jung?«, wollte Mira wissen.

»Karl ist zwei Jahre alt, er hatte letzte Woche Geburtstag.«

»Na, dann alles Gute nachträglich, Karl.« Mira kraulte ihn zum Abschied unterm Kinn. »Ja, ein großer, starker Kater bist du, ich weiß es doch jetzt, schau nur deinen Bart an. Mensch, wie konnte ich den übersehen?«

Es war Samstagabend. Die kleine Stadt platzte aus allen Nähten. Irgendjemand, vermutlich die kleine Stadt selbst, veranstaltete ein Konzert mit Livemusik am Ufer des Sees. Deshalb herrschte in den Gassen und auf den mittelalterlichen Plätzen des Stadtkerns ein Gewimmel und Gewusel, wie Mira es nicht erwartet hätte. Überall waren zusätzliche Buden aufgebaut, Verkaufsstände für Wein und kulinarische Köstlichkeiten regionaler Händler und Erzeuger. Es roch herrlich nach geschmorten Zwiebeln und gegrilltem Fleisch mit Rosmarin. Miras Magen grummelte leise. Die wabernden Röstaromen in der Luft erinnerten sie daran, dass sie dringend etwas essen musste. Bei dem Gedanken daran, Max heute wiederzusehen, war ihr zuvor der Appetit vergangen, und es fiel ihr schwer, das fragile Gefühl des Appetits im dunklen Tosen dieser neuen Wirklichkeit überhaupt auszumachen. Kaum war sie der Duftwolke der

Grillstände entwischt, verflüchtigte sich das Thema Essen wieder aus Miras Bewusstsein. Die Musik gefiel ihr! Momentan spielte eine Art Kapelle Instrumentalstücke. Es klang nach italienischer Volksmusik, aber in dieser Hinsicht war Mira nicht mit besonders viel Wissen ausgestattet. Es war diese italienische Musik, mit denen sie die alten Gangsterfilme untermalten, wenn italienische Mafiosi eine Hochzeit ausrichteten. Mira mochte die Stimmung jedenfalls, wie auch immer die Stücke hießen.

»Hast du gewusst, dass hier heute so viel los ist?«

»Ja, schon. Es ist doch schön, mal ein bisschen Partystimmung und Tanzen und fröhlich sein, oder nicht?« Er zwinkerte ihr übertrieben zu. »Denk dran, wir sind ein verliebtes Paar, also solltest du lächeln, bis die Backen wehtun«, witzelte Alessandro und strahlte seinerseits tatsächlich von Ohr zu Ohr. Wie aus einem spontanen Gefühl heraus nahm er Mira kurz in den Arm und drückte sie an sich. Es tat gut. Es gab ihr Mut, hier und heute mit ihm unterwegs zu sein.

Mira erkannte das kleine Städtchen kaum wieder. Alles sah vollkommen anders aus. Das italienische Talent für das Schöne fand in den Arrangements der Händler und Standbesitzer Ausdruck. In diesem Getümmel jedoch Max ausfindig zu machen, sollte er nicht an dem reservierten Tisch der Firma sitzen, käme der Suche nach der Nadel im Heuhaufen gleich.

Je weiter sie sich in Richtung Zentrum bewegten, desto dichter wurde das Gedränge. Teilweise ging es nicht voran und sie standen sekundenlang auf der Stelle.

»Das ist hier ja fast wie auf dem Mainuferfest«, stellte Mira fest und schnappte sich Alessandros Arm. Sie wollte an seiner Seite bleiben. Außerdem sollten sie wie ein Liebespaar wirken.

»So voll habe ich es auch nicht erwartet, was ist denn los? Tritt Robbie Williams auf, oder wie?«, fragte Alessandro wohl mehr an sich selbst gerichtet.

»Für den würde ich mich auch ins Gedrängel stürzen«, antwortete Mira lachend.

»Echt? Ich meine, magst du Robbie Williams?«

Mira nickte. »Ja, ich bin kein Fan oder so, ich hatte nur mal eine CD von ihm. Aber ich denke, ich mag ihn irgendwie, die meisten seiner Lieder sind schön.«

»Finde ich auch, der hat einen guten Sinn für Humor.«

Mira reckte den Hals. »Geht's da bald mal weiter, siehst du was?«

Die beiden steckten gerade wieder in einem Pulk aus Menschen fest, der ohne ersichtlichen Grund stehen geblieben war.

»Da drüben ist die Hotelbar, komm, wir drängeln uns ein bisschen weiter nach rechts, dann können wir aus der Menge heraus mal einen Blick auf die Gesellschaft werfen und sehen, ob wir Max entdecken«, schlug Alessandro vor. Er nahm Mira am Handgelenk: »Damit wir uns im Getümmel nicht verlieren.« Dann bahnte er für sie eine Schneise. Mira brauchte bloß in seinem Windschatten zu folgen, wobei hin und wieder sein durchaus angenehmer Geruch in ihre Nase wehte, der ihr mittlerweile sehr vertraut vorkam.

»Von hier aus kann man in die Hotelbar sehen«, bemerkte Alessandro schließlich und blieb stehen.

»Ich nicht«, entgegnete Mira, die nicht so leicht über die anderen Köpfe hinwegblicken konnte wie Alessandro.

»Komm, wir gehen noch ein Stück vor, da ist weniger los.« Sie drängelten sich noch ein Stück weiter, bis Mira schließlich einen guten Blick in den Gästeraum der Hotelbar hatte. Allerdings erkannte sie bloß ein paar Arbeitskollegen und

-kolleginnen. Nach einer Weile konnte sie mit Sicherheit sagen, dass Max nicht an diesem Tisch saß.

»Er ist nicht dort?«

Alessandros Nachdenkfalte auf der Nasenwurzel zeigte sich für einen kurzen Moment, dann zuckte er die Achseln.

»Wir sollten aus der Masse raus, uns ein ruhigeres Plätzchen suchen und was Leckeres zu essen und zu trinken ordern«, meinte er, bevor sie in Gedanken versinken konnte, wo Max sich wohl mit Veronika herumtrieb. Entschlossen führte er Mira zu einem abgelegenen, kleinen Stand am Rande des Menschenauflaufes.

Nachdem ihre Getränke gebracht worden waren, stießen sie an, tranken beide und sahen eine Zeit lang still dem Menschenstrom zu, der weiterhin in eine Richtung drängte, als gäbe es irgendwo Geschenke einzuheimsen.

Alessandro lehnte sich über die Theke und sprach eine der Kellnerinnen an.

»Wer tritt denn heute auf? Hier ist ja die Hölle los.«

»Heute findet doch das große Feuerwerk statt.«

»Feuerwerk? Wann ist das denn?«

Die Kellnerin sah auf ihre Armbanduhr. »In genau einer Dreiviertelstunde.«

Alessandro drehte sich zu Mira um. »Stehst du auf Feuerwerk?«

Mira zuckte mit den Achseln. »Ich habe nichts dagegen, aber ich sehe es nicht ein, mich dafür halb tot quetschen zu lassen.«

»Ich habe eine Idee, von wo wir einen guten Ausblick hätten, aber ohne diesen Rummel«, fiel ihm ein.

»Das klingt cool.«

»Weißt du was … wir kaufen uns eine Flasche Wein und zwei Becher und machen uns direkt auf den Weg.«

Mira überlegte. »Na ja, eigentlich sind wir hergekommen, um Max eifersüchtig zu machen …«

»Oh, stimmt, das hatte ich total vergessen«, rief Alessandro. »Ich wünschte, ich könnte das auch so einfach vergessen.«

»Dann musst du eben schneller trinken, prost!«, empfahl er, und die beiden stießen grinsend an.

Mira nippte bloß an ihrer Weißweinschorle, während Alessandro einen Gin Tonic trank.

»Ich schlage vor, wir warten noch ein bisschen, sehen noch mal in der Hotelbar nach und ansonsten schauen wir uns um, ob wir deinen Verlobten irgendwo entdecken. Und wenn er in einer guten Viertelstunde nicht aufgetaucht ist, gehen wir los, um an den einsamen Platz für das Feuerwerk zu gelangen«, sagte Alessandro.

»Wenn du mir versprichst, anschließend noch mal mit mir herzukommen, um Max zu suchen, können wir das so machen …«

»Versprochen!«

Mira nahm einen Schluck von der spritzigen, fruchtigen Schorle. Kurz dachte sie nach, ob sie das Thema zur Sprache bringen sollte, konnte dann aber nicht anders. »Sag mal, deine Oma, lebt sie völlig alleine in diesem großen Haus, wenn du nicht da bist und keine Saison ist?«

»Ja, aber einen Großteil der Zeit bin ich ja hier.«

»Ach so, dann ist diese Wohnung also dein Hauptwohnsitz?«, wollte Mira wissen.

»Also, die Art, wie du ›diese Wohnung‹ betont hast, gefällt mir aber gar nicht«, erwiderte er mit gespielter Empörung.

»Ach, Quatsch! Ich dachte einfach, du würdest irgendwo anders wohnen und deine Oma nur gelegentlich besuchen«, entschuldigte sich Mira.

»Ich hab noch ein Zimmer in der Stadt wegen meiner Arbeit und pendele deswegen öfters hin und her. Meine Oma hat mich großgezogen. Ich bin Vollwaise seit meinem vierten Lebensjahr«, erklärte Alessandro.

Miras Augen wurden unwillkürlich ein ganzes Stück größer. »Oh, das kommt jetzt aber überraschend!«

»Na ja, man kann mir das natürlich nicht direkt ansehen. Woher hättest du es auch wissen sollen?«

Mira schüttelte den Kopf. »Ich kann mir gar nicht vorstellen, wie das für dich war. Dagegen hatte ich heile Welt, meine Eltern leben beide noch.«

»Ach, ich weiß selbst nicht, ob ihr früher Tod mir Teile einer Kindheit zerstört hat, die andere Kinder hatten. Ich kenne es ja nicht anders. Jedenfalls hatte alles Vor- und Nachteile. Ich habe sicher viele Dinge früh im Leben gelernt, weil ich es eben musste. Im Großen und Ganzen bin ich aber zufrieden.«

»Das ist eine Kunst für sich. Manche Leute sind immer zufrieden, obwohl sie wenig haben, und andere sind nie zufrieden, obwohl sie scheinbar alles haben«, sinnierte Mira.

»Ganz genau! Ich kann mich auch kaum noch an meine Eltern erinnern, weißt du, wie gesagt, es war zwei Tage vor meinem vierten Geburtstag, als beide im selben Moment bei einem Autounfall starben. Ich weiß nicht, ob es mir besser ginge, wenn ich heute mehr Erinnerungen an sie hätte, aber ich fürchte, ich würde sie dann noch mehr vermissen«, gestand er.

Mira dachte über seine Worte nach. »Da steckt vermutlich viel Wahrheit drin. Du hast wahrscheinlich sehr früh gelernt, dir die Welt nüchtern und rational zu erklären, um sagen zu können, ich muss weitermachen, ansonsten tut es niemand für mich. Eine Großmutter kann unmöglich Vater und Mutter ersetzen.«

»Das mag stimmen.« Er sah ihr lange in die Augen. Mira erkannte viel Wärme in seinem Blick, Wärme für sie.

»Zum Wohl«, sagte sie, etwas verlegen von der langen, aber keinesfalls unangenehmen Stille, die sich über sie gelegt hatte.

Sie stießen an, und die Weinschorle schmeckte herrlich verheißungsvoll an diesem Abend.

»Irgendwie ist das auch das ganz große Dilemma einer jeden Art von Liebe«, äußerte Mira nachdenklich. »Im Grunde bist du, entschuldige, das ist jetzt bloß ein philosophischer Gedanke … Doch im Grunde bist du froh darüber, sie nicht mehr so stark zu lieben. Ich glaube, viele Menschen gehen genau deshalb keine ernsthaften Liebesbeziehungen ein, weil sie zu große Angst vor einem eventuellen Verlust haben.«

»Ja, das ist sicher richtig«, stimmte Alessandro zu, der mit einem Mal melancholisch wirkte und einen kurzen Seufzer ausstieß, während er in den klaren Sternenhimmel über dem Gardasee blickte.

»Alles okay? Habe ich was Dummes gesagt?«

»Nein, nein, ganz im Gegenteil«, antwortete er leise.

Mira spürte, dass irgendwas an ihren Worten Alessandro getroffen haben musste. Etwas, worüber er nicht bereit war zu sprechen.

»Du hast also, seit du vier warst, hier bei deiner Oma gewohnt?«, fragte sie ihn.

»Nein, ich habe immer dort gewohnt. Meine Mutter war sechzehn, als ich zur Welt kam, und mein Vater zwanzig. Sie liebten mich beide, aber ihre Beziehung war dermaßen chaotisch, dass sie es für das Beste hielten, die Verantwortung an meine Oma weiterzugeben. Ich habe niemals woanders gelebt als in Sirmione.« Sein Blick glitt wieder durch alles Sichtbare hindurch und hing für einen Moment an Bildern aus seiner Erinnerung fest. Zumindest deutete Mira den Ausdruck seiner Augen auf diese Weise.

»Ich verstehe das …«

»Was genau verstehst du?«

»Verstehen ist vielleicht das falsche Wort … Aber rein objektiv und psychologisch gesehen«, tastete Mira sich vorsichtig an ihre Frage heran. »Es ist gar nicht persönlich gemeint, nur eine wissenschaftlich nüchterne Hypothese, wenn du so willst … Aber könnte es sein, dass du aufgrund deiner Kindheitserfahrungen nicht an die Liebe glaubst?«

Alessandro überlegte eine Sekunde, dann bog er die Mundwinkel etwas nach unten und schüttelte den Kopf. »Nein. Beziehungsweise nicht nur deshalb.«

»Aber du verstehst, wie ich es meine? Weil deine Eltern ihre Liebe nicht aufrechterhalten konnten und schließlich alle Beteiligten darunter litten, da die Gesellschaft von einer Familie eben etwas anderes erwartet, als sich zu trennen …«

»Na ja, meine Eltern sind sogar zusammen gestorben, obwohl sie kein Paar mehr waren. Das ist natürlich schwierig, daraus irgendeinen Sinn herauszulesen. Aber ganz sicher war es nicht nur der Verlust meiner Eltern, der mich zum Liebeszweifler gemacht hat. Es waren auch meine eigenen Erfahrungen in Sachen Liebe«, erklärte Alessandro.

»Oh, ach so«, sagte Mira nach einem Schluck Weinschorle – und erkannte über den Rand ihres Bechers hinweg Max Helmer und seine blonde Freundin. Nur wenige Meter entfernt. Sie ließen sich mit der Masse in Richtung Seeufer treiben.

»Da ist er!«, flüsterte sie hastig. »Max. Ein paar Meter links in der Menge, der mit der geschniegelten Frisur und der blonden Tussi nebendran. Aber jetzt bitte nicht so auffällig hinsehen.« Mira machte eine Kopfbewegung in Richtung der beiden.

»Weshalb soll ich denn nicht hinsehen, ich dachte …?«

»Ach, ist egal, ich bin einfach nervös gerade«, stammelte Mira.

»Der da? Der mit dem schicken Seitenscheitel?«, erkundigte sich Alessandro.

Mira nickte mit großen Augen. »Ja, genau, der ist es!«

»Also, es tut mir leid, wenn ich das einfach so sage, aber auf mich wirkt er schon vom ersten Eindruck her nicht unbedingt sympathisch«, platzte Alessandro heraus. Dann erschien eine tiefe Furche auf seiner Nasenwurzel und er klang seltsam aufgeregt, als er sagte: »Du, Mira …«

Sie konnte seinen Blick nicht einordnen.

»Was ist denn?«

Alessandro druckste herum, als hätte er ihr etwas Unangenehmes mitzuteilen. Nur, was konnte das sein? Schließlich kannten sie sich kaum. Was hatte er auf einmal? Der Trubel der Party wirkte plötzlich, als wäre er weit entfernt.

»Was ist los?«, fragte sie noch mal.

»Ich weiß nicht genau, wie ich es formulieren soll. Also … die Frau, mit der dein Ex … Die Frau, mit der Max zusammen hier ist, die … kenne ich.«

Mira wich reflexhaft ein Stück zurück.

»Aha?« Was kommt denn jetzt, bitte, fragte sie sich.

»Sie ist allseits bekannt, hier in Sirmione und Umgebung. Und, na ja, ihr Ruf ist nicht herausragend, um es vorsichtig zu formulieren.«

»Ach ja, was genau hat sie denn getan, um ihren Ruf zu ruinieren?«

»Sie geht mit jedem ins Bett«, antwortete Alessandro trocken.

»Oh …« Dieser Satz wirkte wie ein Schlag ins Gesicht. Er fällt also auf eine absolut billige Trulla rein, die jeder andere auch haben kann, und für so eine verlässt er mich! Und diese Frau selbst … Hatte die keinerlei Moralgefühl im Leib, jemandem den Mann wegzunehmen, obwohl sie selbst es gar nicht ernst meinte? In Mira brodelte eine Mischung aus Wut, Ratlosigkeit und einer neu entfachten Hoffnung. Vielleicht wird es ja doch noch was, wenn es der anderen gar nicht so ernst ist, flüsterte eine Stimme in ihr, die Mira in diesem Moment aber absolut nicht hören wollte. Denn was sie sagte, war eine Beleidigung! Sie, Mira, würde den Teufel tun und ihn zurücknehmen, weil die andere ihn nicht mehr wollte. So behandelte man sich selbst nicht, wenn man in Zukunft noch aufrichtig in den Spiegel sehen wollte.

»Jeder Einheimische, der hier wohnt, kennt sie und ihre Masche. Die Frauen bringen ihre Ehemänner in Sicherheit, wenn sie irgendwo auftaucht«, erklärte Alessandro schulterzuckend.

»Tja, dafür ist es wohl zu spät.« Mira sah Alessandro an und spürte, wie die Emotionen ihr die Hitze in den Kopf steigen ließen. »Sie ist also ein waschechtes Flittchen, das auch vor verheirateten Männern nicht haltmacht.«

»Könnte man so sagen, ja, und weil alle hier sie schon kennen, hat sie sich auf Touristen spezialisiert: Kaum ist der eine abgereist, sieht man sie schon mit dem nächsten.«

»Was? O Gott, wirklich so schlimm?«

Alessandro nickte bloß, die Lippen zu einem waagerechten Strich zusammengepresst.

Mira war aufgewühlt, ihr Herz schlug schneller und sie wusste gar nicht so recht, weshalb. Einerseits spürte sie eine Art von freudiger Genugtuung. Andererseits tat Max ihr unverständlicherweise leid. Sofort dachte sie an die Möglichkeit, dass er schnell rausbekäme, was für eine Frau seine Neue war, und sie umgehend verließe …

Na und? Was würde das ändern, wandte eine Stimme in ihrem Innern ein. Sie drehte sich zu Alessandro um, sah ihn prüfend an.

»Du auch?«, bohrte sie.

»Was – ich auch?«

»Hattest du auch was mit ihr?«

»Nein, aber wir kennen uns schon sehr lange. Sie war die Nachbarin meines Kumpels Francesco, als er noch nicht in dieser Villa lebte. Seit ihrer Jugend war sie hinter ihm her, war jahrelang unsterblich verliebt in ihn. Irgendwann gab sie auf und fing an, sich an alle möglichen Männer ranzuschmeißen.«

»Oje. Aber es kann ja auch sein, dass sie sich dieses Mal richtig verliebt hat. Biochemischer Unfall. Mit Max.«

»Möglich wäre das, und ich hatte gerade eine Idee, wie man das herausbekommen könnte. Lass mich mal kurz telefonieren.«

»Was hast du vor? Wer sagt denn, dass ich das überhaupt rausfinden möchte?«

»Ich rufe Francesco an, er könnte mal testen, wie ehrlich Veronikas Absichten sind.«

»Wie denn?«

»Genau weiß ich es noch nicht ... Aber wenn Francesco deinem Ex-Verlobten vor Augen führt, wie es um die Treue seiner neuen Flamme bestellt ist, und dazu wir beide noch als glückliche Turteltäubchen auftreten ... das wäre schon ein ordentliches Brett für deinen Ex.«

»Der klingt auf jeden Fall ziemlich spannend, dein Plan ... Ich weiß aber gar nicht, ob ich so hinterhältig sein kann. Oder will«, entgegnete Mira, von ihrer Lust, sich zu rächen, und der Furcht, es könnte schiefgehen, hin- und hergerissen.

»Mhm, das musst du wissen. Ich fände es witzig, und im Grunde würden wir Max nur vor einer längeren Leidenszeit bewahren. Oder es zeigt sich, dass Francesco Veronika plötzlich kaltlässt. Falls es die beiden tatsächlich erwischt hat.«

Mira dachte darüber nach und musste sich eingestehen, nicht so tough zu sein, wie es Alessandros Plan verlangen würde. Mit einem Mal war ihr alles zu viel. Außerdem war sie nicht der Typ für solche inszenierten Dramen. Schon gar nicht, wenn es tatsächlich um einiges ging. Bei ihr zum Beispiel um den Seelenfrieden. Wenn die Sache schiefliefe, könnte das für sie selbst böse enden. Sie lauschte aufmerksam in sich hinein und entschied schließlich: »Ach, weißt du was, am liebsten wäre es mir heute Abend, einfach etwas Schönes zu machen. Bisschen was trinken, irgendwo in Ruhe sitzen, aufs Wasser gucken, das Feuerwerk ansehen – und den ganzen Mist eine Zeit lang vergessen. Das würde mir jetzt, glaube ich, besser bekommen als solch eine Aktion.«

»Noch besser, das verstehe ich gut. Darauf habe ich selbst auch mehr Lust«, sagte Alessandro und nickte anerkennend. »Lass uns direkt losgehen.«

Mira war froh, von hier zu verschwinden. Wahrscheinlich bin ich doch noch nicht so weit, Max und Veronika gemeinsam zu begegnen, dachte sie. Ich will mir das nicht länger als nötig antun. Jedes Mal, wenn ich die beiden sehe, bekomme ich keine Luft mehr. Ich fürchte, ich könnte kein Wort sagen und wäre alles andere als locker.

»Wir beide suchen uns jetzt ein schönes Plätzchen und genießen das Feuerwerk und den See«, schlug Alessandro vor, und Mira bemerkte, wie seine Augen vor Freude aufleuchteten. Er freut sich einfach darüber, mit mir Zeit zu verbringen, begriff sie und spürte, wie sein Strahlen sie ansteckte.

»Ich bin wohl doch nicht so cool wie gedacht«, gestand Mira.

Alessandros Blick und sein Lächeln waren so offen und warm wie dieser Abend. »Und das macht dich so besonders.«

Kapitel 22

Sie mussten zurück in den Menschenstrom und durchquerten die Menge. Alessandro besorgte in einem Restaurant, dessen Besitzer er kannte, eine Flasche Sauvignon Blanc zum Einkaufspreis. Dazu lieh er sich zwei Weingläser für ihren stillen Ort am Ufer aus. Hinter dem Hotel bogen sie mehrere Male links wie rechts in für Mira unbekannte Hintergassen ab und erreichten kurz darauf das Ufer. Die letzte Gasse endete wie abgeschnitten. Direkt dahinter erstreckte sich der riesige See. Es führte eine kleine Treppe nach unten. Mira folgte Alessandro und war fasziniert von diesem Ort, den sie ohne Alessandro nie gefunden hätte.

Die Stufen führten auf einen Kieselsteinstrand, an dessen Ende die Burgmauern aufragten. Aus diesem Blickwinkel, mit dem vorgelagerten, natürlichen Steinstrand, sah die Burg aus wie eine Seeräuberfestung in einem Spielfilm. So etwas Ähnliches ist sie vielleicht irgendwann auch mal vor langer Zeit gewesen, überlegte sie. Sie betrachtete die alten Mauern und fragte sich, welche Völker und Banden sie im Laufe der Jahrhunderte schon erobert und besetzt hatten. Wieso nicht auch mal irgendwelche Seeräuber? Die Römer, glaubte sie, waren jedenfalls hier gewesen. Sie würde sich ein Buch besorgen, das sich tiefergehend mit der Geschichte der Stadt beschäftigte. Außer ihnen waren bloß zwei andere Leute da. Sie sprachen Italienisch, tranken ebenfalls Wein und saßen weiter hinten an der Burgmauer.

Mira und Alessandro nahmen ganz in der Nähe der Treppenstufen auf den Kieselsteinen Platz. Das hier war tatsächlich ein ganz besonderer und wundervoller Ort.

Alessandro blickte sie an. »Und, wie findest du es?«

Mira war berührt davon, was für einen wunderschönen Platz Alessandro sich für sie ausgedacht hatte. »Besser hättest du das, was ich mir so vorgestellt habe, gar nicht treffen können. Das ist fast wie das Bild, das ich in Gedanken vor mir sah, als ich sagte, ich würde gerne irgendwo sitzen und alles vergessen.«

»Tja, ich habe ein bisschen in deinen Gedanken gestöbert. Ich bin nämlich Gedankenleser, musst du wissen«, ulkte er.

»Oje, da muss ich in deiner Nähe ja gut aufpassen, was ich denke«, konterte sie.

»Wieso, was solltest du denn Verwerfliches im Kopf haben?«

»Nichts natürlich, weil ich meistens sehr brav bin. Aber trotzdem: Die Gedanken sind frei! Also bitte nicht spionieren.«

»Alles klar, ich versuche, mich zurückzuhalten«, versprach er lachend.

Im nächsten Moment ging das Feuerwerk los. Eine Fontäne funkelnder Sterne ergoss sich über den See. Mira reckte den Hals. Mit einem Knallen zerbarst eine Rakete in der Luft und zauberte eine gewaltige Spirale aus Lichtpunkten, gefolgt von roten Vulkanen und noch mehr Sternen in bunten Farben.

Als es vorbei war, legte sich eine wohltuende Stille über sie. Der Mond beschien die alten Mauern der Burg, das helle sandfarbene Gestein und das ruhige schwarze Wasser, das in gemütlichen Wogen an Land schwappte.

»Es ist seltsam, denke ich seit unserem Gespräch immer wieder, dass wir seit Generationen lernen, man müsse auf sein Herz hören, um glücklich zu werden, aber dann gibt es oft diese

Situationen, wo man etwas ganz doll möchte, obwohl man tief im Inneren weiß, wie schlecht es ist.«

Alessandro hörte ihr aufmerksam zu. Mira erkannte es an der kleinen Furche zwischen Augenbrauen und Nasenwurzel, die jedes Mal entstand, wenn er sich konzentrierte. »Es ist wirklich nicht immer leicht, das herauszufinden, was gut oder schlecht für das eigene Wohlergehen ist.«

»Na ja, auf kurze Sicht kennt doch jeder ein paar Möglichkeiten, Dinge zu tun, um sich gut zu fühlen. Aber diese Dinge schaden einem langfristig oft. Warum hat die Natur das nicht besser eingerichtet? Warum bekommt man diesen Heißhunger auf Süßigkeiten, wenn Zucker so dermaßen ungesund ist? Warum fällt es mir so schwer, mich an einen Essensplan ohne Kohlenhydrate zu halten? Dauernd will ich Pizza, Pasta oder Brot oder Pommes! Weshalb, wenn das alles dick und krank macht? Wieso habe ich Lust auf Alkohol, obwohl er giftig ist? Warum sehe ich mir bis nachts um drei Uhr Netflix-Serien an, obwohl ich am nächsten Tag Frühdienst habe? Warum hängt man ständig an seinem Handy? Warum betrügt man seine Verlobte? Diese Dinge fallen mir ein. Ich habe irgendwie nicht den Eindruck, dass man sich auf seine Gefühle verlassen kann. Die führen uns doch unentwegt in die Irre. Warum ist das so?«, zählte Mira ihre Fragen auf.

»Das ist ein interessantes Thema, und ich glaube, ich kann dir das sogar ein bisschen erklären.«

»Du? Jetzt bin ich aber wirklich gespannt!«

»Dieses schlechte Urteilsvermögen haben wir Menschen uns selbst eingebrockt.«

»Selbst eingebrockt?«

»Ja, das Gehirn schüttet normalerweise Glücksbotenstoffe aus, wenn man etwas tut, das als gut fürs Überleben und Weiterexistieren der eigenen Gene betrachtet wird.«

»Zum Beispiel Essen und Sex …«, sagte Mira.

»Ganz genau. Wer keine Nahrung zu sich nimmt, verhungert, und wer keinen Sex hat, kann sich nicht fortpflanzen. Der moderne Mensch hat es aber in der Zwischenzeit geschafft, diese natürlichen Systeme zu überlisten«, dozierte Alessandro. »Und zwar mit unnatürlichen Instant-Dopaminkicks.«

»Okay …«, murmelte Mira, die bereits eine erste Ahnung davon bekam, wie die Probleme des »modernen Menschen« mit seiner Urteilsfähigkeit zustande gekommen waren.

»Es sind genau jene Dinge, die du eben aufgezählt hast.«

»Na ja, aber diese Dinge sind doch nicht alle unnatürlich. Essen zum Beispiel nicht«, gab Mira zu bedenken.

»Das kommt drauf an. Süßigkeiten mit raffiniertem Zucker und Kohlenhydrate aus Weißmehl sind nicht natürlich. Also zum Beispiel Pizza und Pasta. Diese Stoffe geben dir einen Dopaminkick. Auch Likes bei Social Media und spannende Serien sorgen für einen solchen Kick. Das alles ist absolut unnatürlich. Computerspiele, Simulationen oder das unbegrenzte Angebot an nackten Menschen und Sexfilmen, die immer und überall verfügbar sind. Man muss dafür nicht mehr tun, als sein Smartphone einzuschalten. Das leitet den Menschen in die falsche Richtung. Genau wie Alkohol und Drogen. Der moderne Mensch holt sich seine Befriedigung aus menschengemachten, künstlichen Dingen«, erläuterte Alessandro.

Mira seufzte. »Das erklärt sehr gut, weshalb so viele Menschen Probleme haben, einen Sinn im Leben und Motivation zu finden.«

»Absolut!«

»Also, jemand schaut einen Erotikfilm und wird von seinem Hirn belohnt, weil es ihm signalisiert: Er ist kurz davor, sich fortzupflanzen.«

»Genau, genau! Unser Gehirn kann gar nicht unterscheiden, ob es die Wirklichkeit vor sich hat oder bloß einen Bildschirm«, bestätigte Alessandro.

»Völlig verrückt.«

Mira dachte über alle möglichen Dinge nach, die Menschen auf Bildschirmen sahen, und darüber, was Alessandros Erklärung alles bedeuten konnte.

In ihre Gedanken hinein hörte sie Gekicher und Gelächter näher kommen. Es drang aus der Einbahnstraße, durch die sie und Alessandro hergekommen waren. Irgendetwas an diesen Stimmen schreckte Mira auf. Sie kannte dieses Lachen. Waren das am Ende Max und seine Neue?!

»Das darf doch nicht wahr sein!«, zischte Mira erschrocken.

Sie spähte nach links, fast ohne den Kopf zu bewegen, und genau in diesem Augenblick trat das Paar zwischen den letzten beiden Häusern hervor. Instinktiv drehte sie ihr Gesicht zu Alessandro und verbarg es an seinem Hals. Sie wusste auch nicht, wie das geschehen war. Auf einmal klammerte sie sich an ihn und flüsterte: »Sorry, ich muss mich verstecken, ich glaube, das ist Max.«

»Kein Problem«, raunte Alessandro.

Mira hörte Schritte, die auf dem Kies knirschten. Sie kamen näher. Mira blieb unbeweglich an Alessandro geklammert. Er roch sehr gut! Sie wusste nicht, ob es ein verblichenes Parfum oder sein persönlicher Geruch war. Ein Hauch Pinien und darunter seine Herznote. Bisher hatte sie diesen Duft noch nie wahrgenommen, erst jetzt, als sie ihm ganz nahe war.

Das Pärchen spazierte nun lachend und tuschelnd auf ihrer Höhe vorüber. Als die beiden an ihnen vorbeigegangen waren, lugte Mira unter Alessandros Kinn durch und musterte sie von hinten.

»Huch?«, entfuhr es ihr. »Das sind sie ja gar nicht!«

»Ich weiß«, sagte Alessandro, der das eigentlich schon viel länger erkannt haben musste.

Langsam löste sich Mira wieder von ihm. Aber warum hast du mir dann nicht Bescheid gesagt, dass es nicht Max ist, während ich mich in deiner Nähe verkrochen habe, überlegte sie. »Puh, was für ein Schock.«

»Tja, tut mir leid. Offenbar ist heute doch mehr los als an gewöhnlichen Tagen.«

»Ach, das ist doch nicht schlimm. Ich finde dieses Plätzchen hier fabelhaft«, meinte Mira.

Eine leicht angespannte Stille folgte auf Miras Worte. Sie dachte über ihre überstürzte Reaktion beim Auftauchen des fremden Paares nach, als sie sich, ohne zu zögern, an Alessandros Hals geworfen hatte, um sich zu verstecken. Diese Aktion hing zwischen ihnen beiden wie ein feiner Nebel. Mira spürte, dass Alessandro über genau dasselbe nachdachte.

Im nächsten Moment legte er ihr den Arm um die Schultern. »Dafür, wie kurz wir uns kennen, haben wir schon einige erinnerungswürdige Situationen zusammen erlebt.«

»Und ob. Zuerst mein großer Lauschangriff im Zug, dann erschreckst du mich im Garten. Die Bergtour mit allem Drum und Dran. Die Party. Und auch heute wieder. Irgendwie haben wir immer viel Spaß zusammen«, resümierte sie lachend, und Alessandro stimmte mit ein.

Er nahm den Arm wieder von ihrer Schulter, öffnete die Weinflasche aus dem Restaurant seines Freundes und schenkte ihnen ein.

»Jetzt genießen wir erst mal ein leckeres Schlückchen.«

In der Dunkelheit schnatterten Wasservögel, als zankten sie um etwas zu fressen. Alessandro reichte Mira ein Glas und nickte ihr zu.

»Ich danke schön«, sagte Mira.

»Stimmt, du dankst sehr schön«, scherzte er. Dann stieß er mit Mira an. »Darauf, dass wir beide uns zufällig über den Weg gelaufen sind. Und zwar gleich mehrmals!«

»Ja, darauf trinken wir!« Mira hob das Glas an die Lippen.

Es wäre gut möglich, eine solche Häufung von Zufällen für eine Art Vorbestimmung zu halten, dachte Mira. Allerdings nur, solange man für Romantik und die Sinnsuche in dieser Welt offen war. Andere Frauen, die nicht gerade die Enttäuschung ihres Lebens hinter sich hatten, würden sich vielleicht fragen, ob das Schicksal ihnen ein Zeichen geben wollte. Sieh dir diesen Mann genauer an! Diesen Mann, der mehrmals in kürzester Zeit aufgetaucht war und mit dem sie sich auf Anhieb verstand. Aus der Sicht einer solchen Frau konnte dieser Mann der Eine sein, der Mann ihres Lebens. Aber Mira hatte gerade die Enttäuschung ihres Lebens hinter sich, deshalb war so etwas für sie kein Thema.

»Ich liebe das … Einfach nur hier sitzen, keine Termine, Wein trinken und aufs Wasser schauen«, verkündete Alessandro.

»Für jemanden, der Dinge eher sachlich sieht, sagst du ziemlich oft ›Ich liebe dies und ich liebe jenes‹«, stellte Mira fest.

»Ich weiß, ich weiß.« Alessandro lachte. »Das fällt mir natürlich auch leichter, wenn es um Dinge wie Weintrinken oder eine schöne Aussicht geht.«

»Warum?«

»Diese Dinge neigen nicht dazu, einen zu verletzen, wenn man sich darauf einlässt, sie zu lieben. Die Natur wird immer da sein und der Wein wird auch immer da sein, solange ich auf Erden wandle. Aber bei Menschen ist das etwas völlig anders.«

»Da hast du recht. Über diese Dinge denke ich seit Kurzem sehr oft und intensiv nach.« Mira sah auf den See hinaus und seufzte. »Morgen ist schon mein letzter Tag.«

Alessandros Kopf fuhr zu ihr herum, er schaute sie mit großen Augen an.

»Was? Dein Urlaub ist schon vorbei?«

»Mein Urlaub nicht, ich habe noch eine Woche, aber übermorgen geht es zurück in die Heimat, ja.«

»Willst du nicht verlängern? Soweit ich weiß, ist die Wohnung nächste Woche noch frei.«

Mira schüttelte den Kopf, aber ganz absurd fand sie die Idee nicht. In Frankfurt wartete die ungeschminkte Konfrontation auf sie: die gemeinsame Wohnung, in der sie mit Max lebte. Und Max selbst. Sie würde fürs Erste nur schnell ihre wichtigsten Sachen aus der Wohnung holen, wenn Max nicht zu Hause war. Sie könnte für eine Weile bei Eva unterkommen oder bei Steffi, die ein Gästezimmer hatte, das musste sie noch klären. Doch allein der Gedanke daran, den typischen Geruch des Treppenhauses zu riechen und die Wohnungstür aufzuschließen, schnürte ihr die Kehle zu.

»Was sollte ich denn noch eine Woche hier machen? Meine Urlaubsstimmung ist ziemlich getrübt, ehrlich gesagt.«

»Du musst ja keinen Urlaub machen. Du kannst mir helfen, den Garten frei zu schneiden. Damit muss ich morgen unbedingt anfangen. Dafür ist meine Nonna langsam wirklich zu alt, auch wenn sie es nicht wahrhaben will«, schlug Alessandro vor.

»Darf ich dich etwas zu deiner Oma fragen?«

»Natürlich …«

»Weißt du, woher dieses leichte Zittern in ihrem linken Arm kommt? Hat sie das schon länger? Vielleicht macht sie sich deshalb Sorgen. Ich habe das Gefühl, das Zittern ist schlimmer geworden.«

»Sag das nicht!« Alessandro blickte sie traurig an. »Meine Nonna ist der liebste und klügste Mensch, den ich kenne. Außer in einer Sache. Sie geht partout nicht zum Arzt.«

»Überhaupt nicht, oder speziell mit diesem Zittern?«

»Sie war seit mehr als dreißig Jahren nicht beim Arzt, um sich untersuchen zu lassen. Sie hat panische Angst davor.«

»Aber weshalb vertraut sie der Medizin nicht?«

»Ach, ich weiß es nicht. Geimpft ist sie, da ist sie hingegangen, aber sie möchte sich nicht untersuchen lassen. Sie sagt, sie will gar nicht wissen, was die Ärzte denken. Solange sie sich gut fühlt, braucht sie da auch nicht hin, behauptet sie.«

»Wovor hat sie denn Angst?«

»Sie fürchtet sich davor, eine schlimme Diagnose zu hören, das war schon vor dem Zittern so. Sie meint, sie wolle auf keinen Fall wissen, wie lange sie noch zu leben habe. Als ob das ein Arzt einfach so feststellen könnte. Andererseits verstehe ich genau, wie sie denkt.«

»Was glaubst du denn, was sie hat? Denkst du an Parkinson, ich meine, wegen des Zitterns«, fragte Mira.

»Eigentlich nicht. Es könnte so vieles sein in diesem Alter.« Alessandro seufzte wieder tief, bevor er hinzufügte: »Es ist schon eine Schande, wie schnell das Leben vorbeifliegt. Ehe man sichs versieht, ist ein geliebter Mensch vierundachtzig Jahre alt.« Er sah Mira an. Das Weiß seiner Augen strahlte im Mondlicht, sie wirkten so lebendig, er wirkte so lebendig. Sie registrierte das leichte Pulsieren seiner Halsschlagader, roch einen Hauch seines Geruches und spürte mit einem Mal, wie ihre Gefühle sie in seine Richtung ziehen wollten. Sie wollte Alessandro gerne wieder so nahe sein wie eben, wollte mehr von diesem Geruch haben, sich bei ihm verstecken und sich bei ihm ankuscheln. Einfach, weil sie ihn als Mensch mochte! Oder? Mit einer Art Erschrecken bemerkte sie, wie schlecht sie bestimmen konnte, ob tatsächlich nur die Anziehungskraft einer tröstenden, freundschaftlichen Schulter auf sie einwirkte oder etwas anderes.

»Das Leben ist verdammt kurz und gleichzeitig dauert es ewig«, bekräftigte sie. Alessandro schaute sie lächelnd an.

»Schön gesagt«, befand er, und sein Gesicht näherte sich ihrem ganz langsam. Mira bewegte ihren Kopf nun ebenfalls ein paar Zentimeter in seine Richtung. Nein, es war nicht bloß die Anziehungskraft eines Freundes, es war mehr. Sie wollte Alessandro gerne küssen, wollte seine Lippen spüren und für ein paar Augenblicke alles um sich herum vergessen.

»Was tun wir?«, raunte sie.

»Ich würde dich gerne küssen«, flüsterte er.

Kaum war der Satz ausgesprochen, kam es Mira so vor, als wäre sie unvermittelt in eine unsichtbare Blase vorgedrungen, die Alessandro umgab. Sobald sie sich in diesen Bereich begab, war es, als zöge eine magnetische Kraft sie immer näher zu ihm hin, bis sie plötzlich seine Lippen schmeckte, seinen Körper roch und seinen warmen Atem spürte. Eine heiße Welle aus Glück und Erregung begrub alle schlechten Gefühle und riss Miras Verstand mit sich. Sie öffnete die Lippen, spürte seine Zunge und bemerkte, wie sehr sie ihm noch näher sein und ihn küssen wollte. Sie wollte jetzt genau das hier tun und an nichts denken, sie wollte bloß im Hier und Jetzt sein und die Freude genießen, die ihr Körper ihr schenken wollte.

Sie wollte sich gerade fallen lassen, da legten sich seine Hände um ihren Hinterkopf und sie schreckte auf, als wäre sie aus einer Hypnose erwacht. Sie legte ihre Stirn an seine und wusste selbst nicht, was sie hatte. Vermutlich war es diese Geste gewesen, bei der sie plötzlich Angst bekam, sich völlig im Moment zu verlieren. Als sträubte sich etwas in ihr, ihm auf die gleiche Weise zu vertrauen wie Max. Auch er hatte früher oft seine Hand um ihren Hinterkopf gelegt, wenn sie sich küssten.

»Was ist los, ich weiß auch nicht, was …«

Was du hier machst, das ist kein Spiel. So was kann gefährlich enden, sagte sie sich, aber ihr Körper tat das Gegenteil von dem, was sie für vernünftig hielt, und ihr Mund näherte sich wieder seinen Lippen. Sie küsste Alessandro, schmeckte ihn – und ein Teil von ihr wollte das unbedingt. Dermaßen, dass der vernünftige Teil das Nachsehen hatte. Warum sollst du nicht auch ein bisschen Spaß haben, du bist niemandem mehr Rechenschaft schuldig, du bist eine freie, junge Frau mit Bedürfnissen. Und … es ist nur ein Kuss. Jede Jugendliche in Miras Gruppe hatte vermutlich bereits mit mehr verschiedenen

Typen geknutscht als sie. Es war ihr gutes Recht, und selbst wenn Max jetzt auftauchen würde, gäbe es für ihn nichts zu sagen. Sie durfte Alessandro küssen, und sie durfte es genießen. Sie durfte ihn küssen, und sie tat es. Und es war wunderschön! So schön, dass sie sich noch tiefer fallen ließ und endlich ihre Gedanken verstummten. So schön, dass es nur noch ihn und sie gab, hier, am Ufer des Sees.

Kapitel 23

Mira wusste nicht, wie lange es dauerte, bis sie sich wieder voneinander lösten, sie war sich nur sicher, schon sehr lange Zeit nicht mehr so geküsst worden zu sein. Sie sahen sich intensiv in die Augen, wortlos, bis Mira zusammenschreckte, weil ihr Handy vibrierte. Vom gerade Erlebten verwirrt und entgegen den eigenen Ratschlägen zog sie ihr Telefon hervor.

Es war eine Nachricht von Jenny, ihrer Vorgesetzten im Kinderdorf. Miras Urlaub ging noch über eine Woche. Es konnte nichts Gutes bedeuten, wenn Jenny sich mitten im Urlaub meldete.

Ruf mich bitte so schnell wie möglich zurück, es gibt einen Notfall, hatte Jenny geschrieben.

Mira wusste, sie hätte nicht zurückrufen müssen, sich dann aber doch dafür entschieden. Schließlich drehte es sich um die Kinder, nicht um irgendwelche Machtkämpfe zwischen ihr und Jenny. Dass sie nun jedoch sogar den Urlaub abbrechen sollte, ging ihr eindeutig zu weit.

»Dir ist schon klar, dass ich nicht in Frankfurt bin«, sagte sie ins Telefon.

»Das ist mir bewusst, aber es funktioniert nicht anders. Außer dir ist niemand mehr gesund, und ich habe einen dringenden Termin in Hannover, deshalb bin ich raus.«

»Was ist denn mit den Springkräften?«

»Ich frage dich sicher nicht, weil ich noch hundert Optionen in der Hinterhand habe.«

Mira konnte es kaum glauben. Jenny hörte ihr überhaupt nicht zu, sie suchte keinen Kompromiss oder gemeinsam mit ihr nach einer anderen Lösung, wie es Eva getan hatte. Es hatte keinen Sinn, mit Jenny zu diskutieren. Trotzdem sträubte sich etwas in ihr heftig dagegen, einfach einzuknicken.

»Weißt du, Jenny, mal abgesehen davon, dass wir jahrelang in anderen Gruppen ausgeholfen haben und uns ruhig auch mal jemand aushelfen könnte, es ist einfach nicht richtig, seine Mitarbeiter aus dem Urlaub zurückzupfeifen.«

»Der Urlaub ist ja nicht weg, du nimmst ihn nur wann anders.«

»Na toll! Und wie soll man sich je erholen, wenn man dauernd damit rechnen muss, dass jemand alle Pläne durcheinanderwirft?«

»Tja, Mira, im Moment geht es nun mal nicht anders.«

»Tja, und ich bin gerade in Italien und hatte geplant, noch eine Woche hierzubleiben«, murrte Mira. Sie schaute Alessandro an und hob die Schultern zu einer »Ist doch fast die Wahrheit«-Geste.

Jenny antwortete nicht. Sie schwieg und wartete ab. Mira sah ihr dummes, gehässiges Gesicht mit den genervt nach oben gerollten Augen vor sich, wie es am anderen Ende auf Miras Worte lauerte. Sie spürte Wut in sich aufsteigen. Sie wollte nicht nach Hause, nicht nach Frankfurt, sie wollte hierbleiben. In Alessandros Nähe.

»Der Rückflug ist schon lange gebucht, den kann ich jetzt nicht mehr stornieren«, log Mira. Die Worte hatten sich offenbar aus ihrem Inneren gelöst, ohne vorher Miras Bewusstsein passiert zu haben. Es war eine Unwahrheit, die ganz und gar nicht zu ihrem Charakter passte, doch in dieser Situation bewertete Mira es als eine Art Notlüge. Sie wurde ganz offen und ohne Scham schlecht behandelt, der Satz mit dem gebuchten Flug war einfach aus ihr herausgesprungen, nun stand er im Raum zwischen den beiden Smartphones und verursachte einen Moment des Schweigens.

»Wie viel hat der Flug denn gekostet?«, fragte Jenny genervt.

»Das weiß ich nicht mehr«, antwortete Mira.

Es ging Jenny überhaupt nichts an, wie viel Mira für ihre Urlaubsreisen ausgab. Diese ganze Situation hier gerade war dermaßen übergriffig.

»Okay, also, ich habe diesen Termin in Hannover. Wenn du dich weigerst, meine Dienstanweisung zu befolgen, muss ich eben mit der Leitung telefonieren und fragen, was die mir raten.«

»Du bist also wütend und drohst mir mit Konsequenzen, weil ich nicht innerhalb von Sekunden zusage, meinen Urlaub und meinen Flug zu canceln, um mich auf den Weg zur Arbeit zu machen? Echt jetzt, Jenny?«

»Wenn du auf oberdramatisch machen willst, kannst du das von mir aus so ausdrücken, mir egal! Hauptsache, du bist pünktlich morgen zu Dienstbeginn für den Nachtdienst da. Montagabend löse ich dich wieder ab«, sagte Jenny harsch.

»Nein«, widersprach Mira.

»Was meinst du mit ›Nein‹?«

»Ich komme zurück, wenn mein Urlaub zu Ende ist. Ich hätte nämlich gar nicht zurückrufen müssen. Ich hätte nicht mal die Nachricht lesen müssen, und nun entschuldige mich.«

Sie drückte auf den roten Hörer, schnaubte wütend und schüttelte den Kopf, als sie aufgelegt hatte.

»Na, eines muss man ihr lassen. Deine Chefin hätte kaum ein besseres Timing haben können, was?«

»Die hat ein untrügliches Gespür dafür, anderen alles zu vermiesen.«

»Gute Idee, das mit dem Flug!«, lobte Alessandro sie. Es klang so ehrlich und warm und wohlwollend, dass es Mira augenblicklich neue Kraft gab.

»Das wird sich noch herausstellen, wie gut die Idee war. Wie ich Jenny kenne, verlangt sie irgendwelche Nachweise über die Buchung der Flugtickets.«

»Da würde ich mich an deiner Stelle aber sehr genau informieren, ob sie das überhaupt darf.«

»Ach, weißt du was? Am liebsten würde ich direkt anrufen und kündigen. Wenn meine Freundin Steffi nicht noch in der Gruppe wäre, hätte ich das vermutlich längst getan.«

»Und langfristig? Ich meine, wenn du im Grunde bloß wegen deiner Freundin bleibst, wirst du auch später nicht mehr glücklich dort, solange diese Chefin da ist.«

»Ja, da ist was dran. Aber ein Jobwechsel ist nicht so einfach. Eigentlich müsste ich sofort einen neuen Job in der Hinterhand haben, sobald ich den letzten Tag im Kinderdorf war. Die laufenden Kosten bleiben ja.«

»Stimmt, ich muss zugeben, da bin ich sehr verwöhnt. Ich habe bei Oma noch nie Miete zahlen müssen, mein Zimmer in der Stadt ist günstig, weil es sehr bescheiden ist, und früher oder später werde ich das Haus erben.«

»Das Haus deiner Oma?«

»Ja, ich bin der einzige Nachkomme der Familie.«

Unpassenderweise rumorte im nächsten Moment Miras Magen laut.

»War das dein Magen? Ich dachte für eine Sekunde, irgendwo wäre ein Motorboot losgefahren.«

»Haha, ich habe seit dem Frühstück nichts gegessen.«

»Das müssen wir ändern. Was hältst du davon, wenn wir zu mir auf die Terrasse gehen, dort noch ein bisschen chillen, und währenddessen koche ich uns was? Ich habe eine Außenküche, da könnten wir zur selben Zeit draußen sein, reden und uns etwas Leckeres zu essen machen.«

»Das klingt total verlockend, allerdings bin ich mir nicht sicher, ob ich bis dahin durchhalte.«

»Dann lass uns zuerst etwas bei einem der Stände holen, nur eine Kleinigkeit, um den schlimmsten Hunger zu besänftigen. Anschließend gehen wir zu mir«, schlug Alessandro vor.

Kochen … Nach all dem Hin und Her, das in den letzten Minuten ihre Gefühle auf eine Achterbahnfahrt geschickt hatte, klang dieser Vorschlag fast befremdlich. Doch wenn sie darüber nachdachte, sich mit Alessandro in dessen Privatbereich zurückzuziehen, wo sie sich unterhalten konnten, ohne gestört zu werden, wurde ihr warm ums Herz. »Tolle Idee!«

Alessandros Augen leuchteten auf und er fasste nach ihrer Hand, um sie zu den Ständen mit sich zu ziehen.

Sie kauften Mira bei Giorgio ein Stück Pizza mit Thunfisch. Bereits nach dem ersten Bissen beruhigte sich ihr Magen, und sie atmete erleichtert auf.

»Ah, das tut vielleicht gut«, seufzte sie.

»Und schmeckt auch gut, was? Giorgios Pizzeria ist die beste am ganzen Gardasee, vielleicht sogar die beste in ganz Italien.«

»Ganz ehrlich, ich kann es gerade nicht sehr objektiv beurteilen. Wenn ich so einen Hunger habe, schmeckt auch die billigste Tiefkühlpizza absolut himmlisch.«

Während sie auf dem Rückweg zur Villa Baresi waren, stieg in Mira die Frage auf, ob Alessandro möglicherweise etwas im Schilde führte. Sie hatten sich geküsst und es war schön gewesen, doch für Sex mit einem anderen Mann fühlte sie sich absolut noch nicht bereit. Er würde sie sicherlich nicht bedrängen, so gut glaubte sie ihn inzwischen zu kennen.

In dem Augenblick fiel ihr ein, wie lange sie geglaubt hatte, Max gut zu kennen. Und wenn schon, sie hatte genug Stärke in sich, um Alessandro klarzumachen, was lief und was nicht. Sie hatte im ganzen Leben noch nie mit jemandem geschlafen, ohne vorher ernsthafte Gefühle für den anderen zu entwickeln. Sie fühlte sich zwar sehr hingezogen zu Alessandro und glaubte auch, seinen Charakter mittlerweile einschätzen zu können, aber momentan schmerzte die Demütigung, die Max ihr zugefügt hatte, noch viel zu sehr. Insofern fürchtete sie, eine weitere Verletzung könnte auf lange Sicht katastrophale Folgen für ihr seelisches Gleichgewicht haben. Der Gedanke daran, Alessandro nochmals zu küssen, bewirkte aber dennoch ein angenehmes Kribbeln in ihrem Bauch. Dieses Kribbeln erinnerte sie an alte Zeiten, sie hatte es seit Ewigkeiten nicht mehr gefühlt. Es war dieses gewisse Maß an Unsicherheit, das die Spannung entstehen ließ. Es war nicht ganz sicher, was passieren würde, und genau das vermittelte ihr das intensive Gefühl, am Leben zu sein.

Alessandros Terrassentür lag zwar genau neben der von Miras Ferienwohnung, doch die Terrasse selbst hatte deutlich mehr Charme zu bieten als ihre. Von hier aus musste man nicht bis zum Ende des Gartens gehen, um den Gardasee zu sehen. Alessandro hatte einen Teil der Büsche weggeschnitten und man sah das nun schwarz glitzernde Wasser auch, wenn man am Tisch saß. Seine Terrasse verlief fast um das gesamte Haus herum. Neben der Längsseite der Villa Baresi und dem kleinen Wäldchen, das das Anwesen begrenzte, erstreckte sich eine große Rasenfläche, auf der eine Sonnenliege und ein Sonnenschirm standen. Unter dem Dach der Terrasse gab es eine Hollywoodschaukel und eine komplette Außenküche samt Gaskochfeld, Schneidefläche aus Stein und einem Grillrost über einer gemauerten Feuerstelle. Weiter hinten erkannte Mira ein paar leer stehende Hasenställe und ein großes, ebenfalls verwaistes Freigehege.

»Wirklich schön hast du es hier hinten. Gemütlich, echt, das war wieder eine gute Idee von dir«, sagte sie.

»Danke! Das da ist im Sommer mein Bett«, er zeigte auf die Hollywoodschaukel. »Ab Oktober wird es zu kalt, um draußen zu schlafen, da geh ich dann lieber rein.«

»So lässt es sich aushalten, das kann ich mir vorstellen.«

Mira schaute sich voller Begeisterung um und fühlte sich unglaublich wohl hier – mit Alessandro.

»Es geht nichts über frische Luft beim Schlafen!« Er reckte sich genüsslich.

»Du liebst das Leben hier richtig, was?«

»Ja, ich liebe das! Guck dich doch nur um.«

»Mach ich ja.«

Mira fragte sich, wie lange jene Enttäuschung her sein mochte, wegen der Alessandro sich ein so schlechtes Bild von der Liebe gemacht hatte, doch einfach nachzufragen, widerstrebte ihr.

»Sind das deine Kaninchenställe?«, erkundigte sie sich deshalb. Eine Frage, die weniger verfänglich war.

»Nein, ursprünglich gehörten sie meinem Opa«, sagte Alessandro.

Mira spürte, wie eine kribbelnde Aufregung im ganzen Körper sie erfasste, während Alessandro ihr irgendetwas über die Kaninchenställe erzählte. Sie fühlte die knisternde Spannung, die zwischen ihr und Alessandro in der Luft hing, als das Gespräch möglichst unverfänglich von den Ställen zu der Terrasse und zu weiteren beliebigen Themen verlief. Sie hatten sich geküsst, und nun fragte sich Mira, ob es noch einen weiteren Kuss geben würde. Das war der einzige Gedanke, der in ihr vorherrschte, und sie genoss diese Art von Aufregung, während die Worte den Moment in die Länge zogen.

»Finde ich süß irgendwie, die Hasenställe. Hat dein Opa sie selbst gebaut? War er einer dieser Kaninchenzüchter, die durchs Land reisen, um ihre schönsten Kaninchen zu zeigen?«

»Äh … nein, er war ein leidenschaftlicher Koch.«

»Oh, ach so.«

»Ja, aber er hat die Ställe selbst gebaut. Für die Stallhasen. Du musst wissen, wir hatten früher eine Menge mehr Gäste als heute, und Opas Hasenbraten war die Spezialität des Hauses. Opa, Oma und ich lebten im Dachgeschoss, und der Rest des Hauses war voll mit Gästezimmern. Zu unseren besten Zeiten konnten wir fünfundzwanzig Gäste bewirten.«

»Ehrlich?«

»Ja, das war eine tolle Zeit, doch seit Opa vor fünf Jahren starb, hat Oma sehr abgebaut. Sie schafft es nicht, allein das ganze Haus zu bewirtschaften.«

»Und du hast noch nie im Leben daran gedacht, irgendwo anders zu leben?«

»Nein, noch nie. Ich will hier gar nicht weg.«

»Kann ich verstehen.«

»Woher kommst du eigentlich?«

»Ich wohne mittlerweile in Frankfurt, stamme aber aus einem kleinen Dorf. Für immer werde ich aber nicht in der Stadt bleiben, das steht fest.«

»Als Kind habe ich es sehr geliebt, hier zu wohnen. Als Opa dann gestorben ist und ich mit … mit meiner damaligen Lebensgefährtin zusammen war, haben sie und ich gemeinsam die Wohnung ausgebaut. Deine Ferienwohnung und meine Wohnung waren damals noch eins.«

»Und wann habt ihr es so umgebaut, wie es heute ist?«

»Vor drei Jahren war das …«, sagte er und starrte durch ein Luftloch in die Vergangenheit.

Nun wusste Mira also, wann jene Beziehung in etwa zu Bruch gegangen war. Und sie ahnte auch, dass Alessandro bis heute Probleme damit hatte, ihren Namen auszusprechen. Drei Jahre waren eine lange Zeit, und es versetzte ihr einen ziemlichen Stich, von ihm zu hören, wie lange eine Trennung nachwirkte. Selbstverständlich ging jeder Mensch anders mit solchen Situationen um, aber es war einfach erschreckend, wie negativ sich eine gescheiterte Liebesbeziehung auswirken konnte. Etwas, das aufregend, beglückend und erfüllend begonnen hatte. Sie fragte sich, was Max nun fühlte, wenn er über das Ende ihrer Beziehung nachdachte und über die vielen Jahre davor. Konnte das Leben wirklich so unfair sein, dass einer höllisch am Zerbrechen einer langjährigen Beziehung litt, während der andere das alte Leben einfach abstreifte wie einen zu klein gewordenen Anzug und von vorne begann? Doch was konnte man dagegen tun? Es ergab keinen Sinn, sich gegen die Liebe zu stellen, nur, weil sie schlecht enden konnte. Das gehörte zum Leben. Mit Oma Hilde war es das Gleiche gewesen – und gleichzeitig etwas völlig anderes. Das war ebenfalls Liebe gewesen, allerdings in einer anderen Form. Aber auch die hatte mit einer Trennung geendet. Der Tod hatte sie geschieden. Nichtsdestotrotz blieben all die liebevollen Worte und Taten bis heute tief in Miras Herz und in ihrer Seele gespeichert. Dort lebten Oma Hilde und ihre Liebe weiter. Konnte man das nicht auch bei einer Trennung von einem Partner so sehen? Dass man all das, was man voneinander gelernt und bekommen hatte, mit ins weitere Leben nahm, ohne böse zurückzuschauen? Sie würde es jedenfalls versuchen, sobald der Schmerz nachließ.

»Ich gehe kurz hoch zu Nonna, ein paar Dinge aus der Speisekammer holen«, verkündete Alessandro, aus dessen Wohnung offenbar eine Treppe nach oben führte, denn er verschwand durch die Terrassentür im Haus.

Während Alessandro die Zutaten besorgte, dachte Mira an die Zeit zurück, in der sie selbst ein Kaninchen gehabt hatte. Sie war sieben Jahre alt gewesen und hatte sich seit einer gefühlten Ewigkeit ein Zwergkaninchen gewünscht. Zu ihrem siebten Geburtstag war es endlich so weit, und ihre Eltern kauften gleich zwei Tiere, damit das eine nicht alleine wäre. Mira nannte das eine Piggeldy und das andere Frederick. Doch leider bemerkte ihre Mutter erst an diesem Tag ihre heftige Tierhaarallergie. Schon beim »Wie schön, dass du geboren bist« klang sie ziemlich verschnupft, und ihre Augen waren dick und rot. Es dauerte nur eine Woche, bis die Kaninchen wegmussten. Oma Hilde nahm sie zu sich, damit Mira sich nicht von ihnen zu trennen brauchte. Ja, im Rückblick wirkte Oma Hilde wie ein richtiger Engel.

»O nein!«, hörte sie plötzlich einen gellenden Schrei, der sie aus den Erinnerungen zurück in die Gegenwart holte. Es war Alessandro, der geschrien hatte.

Mira sprang auf, steckte den Kopf in die Wohnung und rief: »Ist was passiert?«

»Komm schnell nach oben! Meine Nonna …«, rief Alessandro, und Mira flitzte durch die Wohnung. Die Tür zur Treppe stand noch offen. Sie sprintete die Stufen nach oben, alarmiert durch die Art und Weise, in der Alessandro gerufen hatte. Am oberen Ende der Treppe befand sich ein Flur, doch durch die offen stehende Tür konnte sie ins Wohnzimmer blicken. Was sie sah, ließ ihr Herz einen Schlag aussetzen. Alessandro kniete auf dem Holzfußboden des ballsaalartigen Wohnzimmers, wo Signora Baresi lag, ohne sich zu bewegen und Arme und Beine von sich gestreckt. War sie tot? Miras Schritte wurden automatisch langsamer, als sie sich den beiden näherte. Ganz schwach bewegte sich der Brustkorb der alten Frau, sie atmete noch.

»Gib mir das Telefon, schnell!«, bat Alessandro.

»Wo ist es denn?«

»Da hinten auf dem Tischchen«, sagte Alessandro, aber Mira erkannte auf den ersten Blick, dass dort nur die Station zum Aufladen des Gerätes stand.

»Dort ist es nicht!«

»Hast du dein Handy dabei?«

»Ja.«

Mira zog ihr Smartphone aus der Hosentasche, schaltete es ein und reichte es Alessandro. Der wählte eine Nummer und zappelte nervös mit dem Bein, während er weiter neben seiner Oma kniete, als sich am anderen Ende der Leitung jemand meldete.

Nachdem der Krankenwagen bestellt war, hockte Mira sich neben Alessandro und Signora Baresi auf den Boden. Die Augen der alten Frau waren offen, doch sie schien trotzdem nicht anwesend zu sein. Aber sie lebte. Der Brustkorb hob und senkte sich weiterhin und auch die Augenlider bewegten sich, während sie in eine weit entfernte Leere schaute.

Mira nahm ihr Handgelenk und fühlte den Puls. Er ging regelmäßig, aber sehr schnell und flach.

»Was hat sie?«

»Ich weiß es nicht«, stöhnte Alessandro. Er hielt seiner Großmutter die Hand und redete beruhigend auf sie ein.

»Das ist gut, versuch immer wieder, sie anzusprechen, mit ihr in Kontakt zu treten. Sie soll hören, dass sie nicht allein ist«, empfahl Mira.

Gefühlt dauerte es eine Ewigkeit, bis der Krankenwagen eintraf. Während sie warteten, prüfte Mira immer wieder

Signora Baresis Puls, während Alessandro ununterbrochen und in beruhigendem Tonfall auf seine Oma einredete und ihre Stirn streichelte. Er sprach Italienisch, weshalb Mira nichts von dem verstand, was er sagte. Auch, als endlich zwei Sanitäter in die Wohnung stürmten, blieb es natürlich beim Italienisch. Alessandro erklärte den beiden irgendwas, sie nickten, antworteten und trugen Signora Baresi schließlich auf einer Liege aus ihrer Villa. Als die Rücklichter des Krankenwagens in der Dunkelheit verschwunden waren, gab Alessandro einen lauten Seufzer von sich.

»Was haben sie denn gesagt?«, wollte Mira wissen.

Alessandro hob die Schultern. »Die Vitalfunktionen sind stabil, mehr können sie ohne genauere Untersuchung auch nicht sagen. Irgendwas mit dem Herz, möglicherweise einfach Altersschwäche«, erklärte er.

»Aber sie kommt sicherlich durch, oder?«

»Ich hoffe es und ich glaube es auch.« Alessandro reichte Mira ihr Handy. »Hier, dein Telefon.«

Mira warf einen kurzen Blick auf das Display und wollte nicht glauben, was sie sah. Im WhatsApp-Chatverlauf war eine neue Nachricht eingegangen. Absender war das Leitungshandy des Kinderdorfes.

Frau Steinhaus, rufen Sie bitte schnellstmöglich zurück.

Kapitel 24

Jenny hatte es also bereits getan. Weniger als zwei Stunden, nachdem sie von Mira gefordert hatte, ihren Urlaub abzubrechen. »So eine dumme Trulla«, zischte sie.

»Was?«, fragte Alessandro irritiert. Er stand immer noch dort und starrte mit vernebeltem Blick in die Dunkelheit.

»Nichts, nichts Wichtiges. Entschuldige«, sagte sie, da sie Alessandro in dieser Situation nicht mit ihren eigenen Problemen behelligen wollte. Nach und nach wurde ihr immer deutlicher bewusst, welche Rolle Signora Baresi in Alessandros Leben spielte. Sie war so etwas wie seine Mutter, schließlich war er bei ihr aufgewachsen.

»Tut mir leid, mir ist die Lust am Kochen vergangen«, erklärte er.

»Das kann ich verstehen. Möchtest du jetzt lieber allein sein?«

Alessandro sah sie mit den großen Augen eines verlassenen Kindes an. »Nein, allein sein möchte ich nicht.«

»Sollen wir ein Taxi bestellen und in die Klinik fahren?«

Er schüttelte den Kopf. »Sie meinten, der Arzt würde mich anrufen. Wenn es nicht ein absoluter Notfall ist, herrscht in der Notaufnahme Besuchsverbot.«

Mira strich ihm tröstend über den Arm.

»Wenn du möchtest, könnte ich uns etwas zu essen machen. Auch wenn du vermutlich keinen Appetit hast. Aber diesen Fehler macht man oft, wenn es einem schlecht geht. Man weigert sich zu essen. Dadurch wird aber alles nur noch schlimmer.«

»Ja, klar, kannst du gerne machen. Schau am besten selbst nach, was da ist. Jetzt können wir auch in Omas Küche kochen, da findest du sicher irgendwas.«

»Gut, wenn du das sagst.«

Sie gingen zurück ins Haus. Das Wohnzimmer war riesig und war mit einer offenen Küche verbunden, die ebenfalls die Dimensionen einer Restaurantküche aufwies. Die Speisekammer hatte die Größe eines begehbaren Kleiderschranks, und sie war so gut gefüllt, wie Mira es von einer Frau aus der Generation von Signora Baresi erwartet hätte. Geräucherte Würste hingen an Kordeln, es gab endlos viele Konserven und selbst eingemachtes Obst und Gemüse. Dazu Tomaten, Zucchini, Paprika, Auberginen, Salatgurken, Pilze und Karotten, alles marktfrisch.

»Ich hab schon eine Idee«, sagte Mira. »Magst du alle Sorten Gemüse, oder gibt es etwas, das du absolut nicht auf dem Teller haben willst?«

»Nein, aber wie gesagt, ich habe absolut keinen Hunger.«

»Ja, ich weiß, ich möchte uns aber trotzdem was kochen …«

Mira bückte sich nach den Kisten, in denen Zwiebeln, Knoblauch und Kartoffeln lagerten.

»Was ist das denn hier?«, fragte sie und zeigte Alessandro, der in der Küche auf einem Barhocker wartete, ein kleines zwiebelartiges Gemüse, das die Form einer Knoblauchzehe hatte.

»Scalogni«, antwortete Alessandro.

»Was ist das?«

»Eine Mischung aus Zwiebel und Knoblauch, die hat mein Opa mal aus Sizilien mitgebracht und bei uns im

Gemüsegarten angepflanzt. Es seien keine Schalotten, hat er gesagt.«

»Das klingt jedenfalls lecker«, fand Mira und öffnete den Kühlschrank. Auch hier gab es alles, was das Herz einer Köchin begehrte. Es tat Mira gut, sich mit etwas Bodenständigem zu beschäftigen, nach all der Aufregung der letzten Tage fühlte es sich leicht, unkompliziert und sinnvoll an, einfach nur ein Abendessen vorzubereiten. Nun gut, es war mittlerweile arg spät, aber im Süden war man da schließlich recht flexibel. Dann kochte sie eben ein Nachtmahl. Sinnvoll war es vor allem, weil sie von dem kleinen Pizzastück in der Stadt nur kurz satt gewesen war.

Ihr Blick fiel auf zwei Fischfilets, die mit glänzender Hautseite im Kühlschrank auf einem Teller lagen.

»Lust auf Fisch?«

Alessandro schwieg, und da bemerkte Mira, dass sie sich die Antwort auf ihre Frage auch selbst hätte geben können.

»Ich mache einfach mal, und wir sehen, was daraus wird.«

Sie schälte eine der Scalogni. Das Fleisch der Zwiebel-Knoblauch-Kreuzung schimmerte lila und roch, welch eine Überraschung, nach Zwiebeln und Knoblauch. Sie schnitt das Gewächs in dünne Scheiben, goss Olivenöl in eine gusseiserne Pfanne, verwandelte dann zwei kleine gelbe Zucchini und eine Aubergine in dünne Streifen. Das Gemüse und die Scalogni schob sie mit dem Messer vom Schneidebrett in die Pfanne. Signora Baresis Herd arbeitete mit Gas. Mira sah sich um und fand eine Schachtel mit langen Streichhölzern. Sie entzündete eine Flamme, drehte auf die zweitkleinste Stufe zurück und stellte die Pfanne aufs Feuer. Eine Handvoll der kleinen, süßen Cocktailtomaten gab sie im Ganzen dazu, die sollten in Ruhe schmoren und dabei ganz langsam ihre Süße abgeben, während Auberginen, Zucchini und Scalogni langsam garten. Sie gab noch einen Löffel einer selbst gemachten Gemüsebrühe und einen Schluck Weißwein hinzu und würzte mit Salz, Pfeffer und ein paar Ästchen Thymian.

Während alles nun vor sich hin köchelte, goss sie in eine weitere Pfanne Olivenöl, heizte bei großer Flamme ordentlich vor und briet die Fischfilets auf der Hautseite knusprig. Innerhalb von einer guten halben Stunde zauberte sie so ein Gericht, das, richtig in Szene gesetzt, einiges hermachte und aussah, als hätte man in einem feinen Restaurant bestellt. Sie servierte es mit einem Glas Weißwein, und Alessandro schien regelrecht aufzuwachen, als er das bunte Kunstwerk aus Tomaten, Zucchini und Fisch vor sich auf dem Tisch entdeckte.

»Wie hast du das denn fabriziert?«, fragte er verdutzt.

»Na ja, so mit Gasflamme und Pfanne und allem«, erwiderte Mira.

»Aber so schnell.«

»Vielleicht schmeckt es ja gar nicht.«

»Hunger habe ich leider immer noch nicht, auch wenn es wirklich super aussieht.«

»Der Hunger kommt beim Essen.«

Alessandro musste lachen. »Das klingt ganz nach Generation Oma. Ständig hieß es: Iss was, Junge, du siehst ganz schlecht aus!«

»Ja, genau. So war meine Oma Hilde auch, von ihr hab ich die Leidenschaft fürs Kochen geerbt.«

Pflichtbewusst machte Alessandro sich an seinen Teller. Er schnitt ein winziges Stück Fisch ab und schob es zusammen mit etwas Gemüse in den Mund. Nach dreimaligem Kauen wurden seine Augen immer größer und er nickte. »Das schmeckt ja richtig, richtig gut!«

»Echt? War bloß eine spontane Zusammenstellung.«

»Nein, nun mal ganz im Ernst«, sagte er und führte die zweite Gabel zum Mund, diesmal so voll, wie es nur ging. »Mein Opa war in ganz Sirmione für seine Küche bekannt, und

Francesco hat alle möglichen Auszeichnungen gewonnen. Ich weiß, wenn jemand etwas Besonderes gekocht hat.«

»Schmeckt es dir so gut?«

»Ich liebe es!«, erwiderte Alessandro, als plötzlich das alte Haustelefon losschrillte.

»O Gott!« Alessandros begeisterte Miene verschwand wie überpinselt. Nun stand ihm die Sorge ins Gesicht geschrieben. Sicher hatte er Angst, den Hörer abzunehmen, weil es schlechte Nachrichten sein könnten, die man ihm überbringen wollte. Mira konnte nicht mehr tun, als ihm mit ihrem Blick das Gefühl zu geben, dass sie seine Ängste nachvollziehen konnte. Es war, als bliebe die Zeit zwischen dem zweiten und dem dritten Klingeln des Telefons stehen, und Mira erinnerte sich an jenen Moment, als bei ihr die traurige Nachricht eingegangen war. Das Telefon hatte geklingelt, Mira war rangegangen. »Oma ist gestorben«, hatte ihr Vater am anderen Ende gesagt, und so vieles hatte sich verändert seit diesem Satz.

»Hallo!« Alessandro hatte den Hörer abgenommen. Sein Gesichtsausdruck wandelte sich zu ungläubigem Staunen.

»Nonna?«, fragte er, und mit einem Mal fiel alle Anspannung von ihm ab und er strahlte wie ein Honigkuchenpferd.

Fragend starrte Mira ihn an.

»Es ist Oma …«, flüsterte Alessandro, stand auf und verließ mit dem Telefon das Wohnzimmer. In seinen Augen glitzerten Tränen. Mira atmete erleichtert auf. Im nächsten Moment fiel ihr die Nachricht ihrer Bereichsleitung ein. Wegen der Situation mit Signora Baresi hatte sie das beiseitegeschoben, doch nun … Sollte sie direkt anrufen? Was konnte schon passieren? Sie ahnte, dass die Leitung auf Jennys Seite stand und sie aufgrund irgendeines Paragrafen nach Hause zitieren würde. Weil Jenny einen Termin in Hannover hatte … Aber Moment mal, dachte sie. Was für einen Termin musste Jenny in Hannover so dringend wahrnehmen? Sie hatten mit Hannover nichts zu tun, keines der

Kinder hatte dort seine Kernfamilie oder Angehörige oder das zuständige Jugendamt. Entweder ging es um ein neues Kind, das in die Gruppe kommen sollte, oder es handelte sich um eine private Sache. In dem Fall würde Jenny gegen eine Wand krachen, das würde Mira sich nicht bieten lassen. Sie musste also unbedingt herausfinden, worum es bei diesem Termin ging. Vielleicht konnte sie der Leitung ja auch anbieten, direkt von Verona nach Hannover zu fliegen. So könnte Jenny sich die lange Fahrt sparen, und im Grunde gab es keine Aufgabe innerhalb der Familiengruppe, zu der sie nicht befähigt war.

Sie hörte Alessandro vor der Tür im Flur mit seiner Oma sprechen. Er klang glücklich und erleichtert. Sie zog ihr Handy heraus. Alessandros Erleichterung spornte sie an, sie wollte sich auch so fühlen. Sie würde die Sache direkt klären. Mira wählte die Nummer des Bereichsleitungshandys, das auch um diese späte Stunde noch erreichbar war.

Es tutete dreimal und dann erklang die Stimme einer langjährigen Kollegin.

»Erziehungsleitung Kinderdorf, Sie sprechen mit Reka Hergett«, sagte sie.

»Hi, Reka, hier ist Mira.«

»Hallo, Mira. Na, ich kann mir schon denken, worum es geht.«

»Ja?«

»Du bist eigentlich im Urlaub, richtig?«

»Ja, ich bin am Gardasee in Italien, und jetzt hat Jenny mich angewiesen, morgen den Nachtdienst zu übernehmen.«

»Aha …«

»Aber eins muss ich ganz klar sagen, Reka, sie hat mich weder gebeten noch gefragt, sie hat es direkt angeordnet, und das geht für mich absolut nicht. Wie soll man sich im Urlaub erholen, wenn man dauernd damit rechnen muss, dass man abgerufen wird?«

»Nein, stimmt, Mira, das funktioniert so überhaupt nicht, und da werde ich mit Jenny auch noch mal drüber sprechen, dass das alles andere als gut gelaufen ist.«

»Okay, aber was soll ich jetzt tun? Ich brauche meinen Urlaub.«

»Tja, Mira, ganz so einfach ist das nicht, denn, du kannst es dir denken, es steht leider so im Vertrag, dass es in Notfällen möglich ist, Gruppenmitarbeiter aus dem Urlaub zurückzuholen.«

Mira spürte, wie sie an Boden verlor. Rekas Stärke war ihre Menschlichkeit. Sie entschied immer von Fall zu Fall, welche Maßnahmen zu treffen waren, und zeigte niemals eine vorgefertigte Meinung.

»Na toll, der Vertrag. Aber, Reka, müsste man mir nicht wenigstens mitteilen, um welche Art von Notfall es sich handelt?«

»Na, eigentlich ist das zwischen Kollegen selbstverständlich.«

»Alles, was ich weiß, ist, dass Jenny nach Hannover muss. Was sie dort zu tun hat, weiß ich nicht, und ich frage mich auch, warum keine Springkräfte eingesetzt werden können oder mal jemand von einer anderen Gruppe einspringt. Wir haben früher ständig ausgeholfen.«

»Ich weiß es nicht, um welche Art von Notfall es sich handelt. Ich werde das noch in Erfahrung bringen, aber mir wäre es lieber, wenn ihr beide das untereinander ausmacht, du und Jenny«, sagte Reka.

»Das heißt, ich muss definitiv nach Hause fahren, wenn sie einen halbwegs guten Grund vorbringt? Was wäre, wenn jemand anders ihren Job in Hannover erledigt? Wenn ich schon heimmuss, kann ich auch direkt in Hannover landen und Jennys Notfall übernehmen.«

»Das musst du mit Jenny besprechen, wie gesagt, ich bin darüber noch nicht informiert. Ich verstehe, dass du wütend und enttäuscht bist, aber ich gehe davon aus, dass es ein nicht verschiebbarer Termin im Dienst der Einrichtung ist«, sagte Reka mit ihrer unvergleichlich ruhigen, netten Art. Mira war sauer, doch nicht auf Reka.

»Okay, ich melde mich noch mal bei dir, sobald es geklärt ist.«

»Ja, mach das, und bitte, versucht euch zu einigen.«

»Mach ich, und danke fürs Erste«, sagte Mira und beendete das Gespräch.

Alessandro kehrte ins Wohnzimmer zurück und strahlte übers ganze Gesicht.

»Du konntest tatsächlich mit deiner Oma sprechen? Geht es ihr so viel besser?«, fragte Mira.

»Jap! Ich habe dir doch von ihrer Sorge erzählt, sie hätte dauernd das Gefühl, etwas Wichtiges vergessen zu haben. Am Lagerfeuer, weißt du noch?«

»Klar weiß ich das noch!«

»Es ist ihr wieder eingefallen, na ja, und Oma meint, das sei der einzige Grund, weshalb sie umgekippt sei.«

»Was? Sie ist umgekippt, weil sie sich an etwas erinnert hat?«

»Das behauptet sie, ja.«

»Was ist ihr denn eingefallen?«

»Sie hat ihrem jüngeren Bruder Geraldo vor Jahren eine Feier versprochen wie in den üppigen, guten alten Zeiten, als die beiden noch jung waren. Auf die Art und Weise, wie man früher in der Villa Baresi gefeiert hat, natürlich mit viel weniger Leuten. Die Voraussetzung war, dass er es schafft, den fünfzigsten Jahrestag der Eheschließung an der Seite seiner Frau zu begehen, denn damals stand die Ehe wohl ziemlich auf der Kippe.«

»Na, ob es sinnvoll ist, eine Ehe weiter aufrechtzuerhalten, damit man zur Belohnung eine Feier bekommt?«

»Das war natürlich mehr als Gag gemeint. Aber selbstverständlich nimmt Geraldo seine große Schwester jetzt beim Wort, und Oma hätte auch gar nichts dagegen, wenn sie sich richtig auf den Besuch vorbereitet hätte. Man muss eine Sache wissen, um ihre Aufregung zu verstehen. Die meisten Zimmer im Haus, der Vorgarten und der Garten, das alles war vor zehn Jahren noch deutlich ordentlicher und besser in Schuss. Es ist Oma einfach total peinlich. Als würde sie vor Geraldo zugeben müssen, dass sie ihr Leben nicht mehr allein auf die Reihe kriegt. Dabei schafft sie nur nicht mehr das Gleiche wie mit Opa zusammen, aber da kann man auf sie einreden wie auf einen Baum; in der Hinsicht ändert sie sich nicht. Manche Zimmer sind allerdings tatsächlich zu den reinsten Rumpelkammern geworden, seit Opa nicht mehr da ist. Vor allem der Außenbereich ist ihr Problem, das ist ihr unangenehm, wenn Geraldo sieht, wie verwildert der Garten ist. Sie sagt, sie fühlt sich, als hätte sie Papas Andenken verlottern lassen. Natürlich ist das Blödsinn. Niemand in ihrem Alter könnte all das schaffen, was sie sich vornimmt. Sie muss die Erwartungen an sich selbst endlich mal zurückschrauben, das ist seit Jahren Thema zwischen ihr und mir.«

»Langsam verstehe ich so ungefähr, worum es geht«, sagte Mira stirnrunzelnd.

»Als sie begriffen hat, dass Geraldo bald aufkreuzt und es unmöglich ist, den Außenbereich der Villa so hinzubekommen, wie sie sich das vorstellt, ist sie zusammengebrochen.«

»Wie lange ist das her mit dem Versprechen?«

»Über zehn Jahre, meint Oma, aber da bin ich mir nicht so sicher.«

»Jedenfalls lange genug, um es zu vergessen.«

»Geraldo hat es aber nicht vergessen. Er hat jahrelang kein Wort davon gesagt, und diesen Monat, am dreißigsten September, wäre es so weit. Nun hat er Oma plötzlich angerufen und verkündet, dass sie nächste Woche vorbeikommen«, berichtete Alessandro.

»Ja, aber nächste Woche ist doch noch nicht der dreißigste September, ich glaube, ich verstehe das Problem nicht ganz.«

»Kannst du auch gar nicht. Du weißt ja nicht, dass es genauso abgemacht war, schon seit langer, langer Zeit. Dass Geraldo und seine Frau zwei Wochen vorher herkommen sollen, um ihre fünfzig Jahre alten Flitterwochen am Gardasee aufzufrischen. Sie wohnen in Sizilien und lieben das Klima hier. Im Sommer hält man es dort unten kaum aus und selbst im September kann es noch sehr heiß sein.«

»Und deine Oma hat die ganze Zeit geahnt, irgendwas vergessen zu haben …«

»Ja, sie sagt, jetzt zittert auch ihr Arm nicht mehr.«

»Nein, oder? Wie sah denn so eine Feier früher aus? Also so eine, wie sie sie ihrem Bruder versprochen hat?«

»Ach, ganz früher wurden hier Partys gefeiert, die könnte man heute gar nicht mehr bezahlen. Mit Livemusik, Cocktails und Häppchen für zwischendurch und gegrillten Meeresfrüchten.«

»Oh, und so ein Fest wollte sie für Geraldo ausrichten?«

»Na ja, sicher nicht mit einer Band und so, aber die Feier sollte eben an die gute alte Zeit erinnern, als Oma und ihr kleiner Bruder noch Kinder in der Villa Baresi waren.«

»Jedenfalls hoffe ich wirklich, er ist nicht nur wegen der Party mit seiner Frau zusammengeblieben«, meinte Mira.

Alessandro lachte lauthals, dann wurde er wieder ernst. »Falls es so wäre, müsste die Enttäuschung ziemlich groß sein, wenn er erfährt, dass die Feier nicht stattfindet.«

Mira wunderte sich. »Sie findet nicht statt?«, hakte sie nach.

Alessandro schüttelte den Kopf. »Nein, mit Sicherheit wird Oma nicht innerhalb von wenigen Tagen die gesamte Villa umkrempeln. Selbst wenn ich ihr nach Kräften helfe, schaffen wir zwei das nicht.«

»Ich hätte gerade richtig Lust, dir und deiner Oma dabei zu helfen, das auf die Beine zu stellen, aber wie es aussieht, muss ich tatsächlich morgen schon zurück. Ich muss noch mal mit meiner Vorgesetzten telefonieren, dann wird es sich endgültig klären. Aber falls ich bleiben könnte, hättest du nicht Lust, das für deine Oma hinzukriegen? Ich denke so oft darüber nach, wie gerne ich noch mal etwas ganz Besonderes für meine Oma Hilde tun würde, aber dafür ist es leider zu spät.« Die Worte sprudelten ohne längeres Nachdenken, dafür aber voller Überzeugung aus Mira hervor.

»Du kannst einen aber moralisch gut in die Ecke drängen«, entgegnete Alessandro leicht überrumpelt.

Mira lachte. »Ja, aber nur, wenn es dafür einen guten Grund gibt.«

»Das ist wirklich toll von dir, dass du deine Hilfe anbietest. Aber sag mal, du musst wirklich früher zurück?«

»Da gibt es so eine Klausel in meinem Arbeitsvertrag.« Mira warf einen Blick auf die Uhr. Es war schon sehr spät, doch Jenny hatte Spätdienst gehabt und wartete ziemlich sicher auf ihre Nachricht. »Ich rufe noch mal bei meiner Chefin an und frage, was das genau für ein Notfall ist, wegen dem ich heimkommen soll. Und wenn der nicht hieb- und stichfest ist, bleibe ich hier und helfe dir.«

»Ich möchte aber nicht, dass du wegen Geraldos Feier in Schwierigkeiten gerätst.«

»Glaub mir, ich habe für die Gruppe schon einiges mehr geleistet, als nötig gewesen wäre. Und ich lasse mich nicht als Egoplayer hinstellen, weil ich auf meinem Recht bestehe, Urlaub zu machen.« Sie bemerkte, wie schnell sie bei diesem Thema innerlich in Rage geriet. Am besten, sie rief gleich an, bevor sie noch länger darüber nachdachte und ihre Wut sich steigerte.

Das erste Freizeichen ertönte, und bei jedem weiteren schaltete ihr Puls einen Gang hoch. Es dauerte eine gefühlte Ewigkeit, bis Jennys Stimme aus dem Lautsprecher des Handys schallte.

»Ich bin's noch mal, Mira.«

»Ich weiß, was gibt es?«

»Also, wenn ich meinen Urlaub abbrechen soll, möchte ich einfach gerne den Grund dafür wissen, Jenny. Ich hab inzwischen mit Reka gesprochen, und sie hat mich gebeten, das mit dir persönlich zu klären.«

Jenny seufzte. »Ich denke nicht, dass ich verpflichtet bin, meinen Mitarbeiterinnen Auskunft zu geben, welche Arbeiten ich erledige, aber das ist ja nun mal ein besonderer Fall, weil du im Urlaub bist und alles.«

»Ja, ist es!«

»Es geht um einen dreijährigen Jungen, der schnellstmöglich ein neues Zuhause braucht. Er ist dort in einer Inobhutnahme, und ich möchte mit den Leuten vor Ort sprechen, um zu prüfen, ob der Junge zu uns passt.« Mira knirschte mit den Zähnen. Sie wusste, dass sie chancenlos war, wenn es um die Aufnahme eines neuen Kindes in die Einrichtung ging. Ein Platz in der Gruppe war nicht besetzt, seit der kleine Jerome vor drei Monaten zu seiner Familie zurückgekehrt war. Ein nicht besetzter Platz bedeutete gleichzeitig auch Geldverlust für die Einrichtung. Diese Art von Kennenlerngesprächen führte zudem immer die Gruppenleiterin, weshalb Mira hier mit Argumenten nichts mehr ausrichten konnte. Sie spürte das Gewicht der Pflicht auf ihren Schultern lasten, denn natürlich wollte sie nicht dafür verantwortlich sein, dass ein dreijähriger Junge nicht das neue Zuhause bekam, das er brauchte.

»Alles klar«, erwiderte sie resigniert. »Wenn das so ist, bin ich pünktlich zur Übergabe da. Mach's gut.«

»Freut mich, bis dann«, verabschiedete sich Jenny.

Mira musste viel Beherrschung aufbringen, um die Enttäuschung in den Griff zu kriegen, die sie erfasst hatte. Einen kleinen Moment hatte sie sich erlaubt zu träumen, wie das wäre, hierzubleiben und Alessandro zu helfen. Doch stattdessen ging es zurück in ihr altes Leben, das gar nicht mehr das alte war.

Kapitel 25

Das Einpacken ihrer Sachen in den Koffer hatte die umgekehrte Wirkung wie beim Packen für die Hinfahrt. Anstelle von Vorfreude umhüllte ein Schatten aus kalter Furcht Miras Gemüt. Die anstehende Reise lag bedrohlich und düster vor ihr, weil der Zug sie in eine Umgebung bringen würde, in der tausend messerscharfe Erinnerungen darauf lauerten, sie zu verletzen. Jedes Gebäude ihrer Stadt, jeder Gegenstand in ihrer Wohnung, jeder Zentimeter Asphalt auf dem Fußweg nach Hause waren infiziert mit einem Leben, das ausschließlich mit Max an ihrer Seite stattfand.

Der Abschied von der gemütlichen, lieb gewonnenen Villa fiel Mira schwer. Noch ein bisschen schwerer fiel es ihr, sich von Alessandro zu verabschieden. Sie standen in aller Frühe vor der Haustür der Villa. Dreimal hatte sie nachgesehen, ob nicht irgendetwas in der Wohnung liegen geblieben war. Nein, sie konnte jetzt gehen. Es fiel ihr aber nicht leicht.

»Hier vorne müsste man auf jeden Fall mal mit einer Schere ran, da führt kein Weg dran vorbei, wenn das Haus einen ordentlichen Eindruck machen soll.« Mira deutete auf die Hecken und Beete rund um den Eingangsbereich.

»Da hast du recht, das wollte ich tatsächlich als Erstes machen«, gab Alessandro ihr recht. Seine Stimme klang belegt.

»Na, dann wollen wir uns mal verabschieden, oder?« Mira breitete die Arme aus und zog Alessandro an sich, so fest sie konnte. »Danke für alles!« Es fühlte sich seltsam an, ihm in die Augen zu sehen und Lebewohl zu sagen, irgendwie falsch und viel zu früh. Ihr Urlaub war noch nicht zu Ende! Sie erkannte in seinem Blick, dass es ihm gerade ganz ähnlich ging. Darüber brauchten sie kein Wort zu verlieren. Sie bemerkte das Bedauern in seinen Augen. »So oft, wie wir uns in der letzten Zeit über den Weg gelaufen sind, stehen die Chancen auf ein Wiedersehen ziemlich gut, nicht?«

Nach diesen Worten lächelte er, auch wenn seine Augen voller Traurigkeit waren.

»Bestimmt laufen wir uns mal wieder über den Weg. Außerdem meldest du dich bei mir. In Kontakt bleiben sollten wir auf jeden Fall. Mir ist das wichtig, vergiss das bitte nicht!«, flüsterte er, drückte Mira noch einmal ganz fest an seine breite Brust, bevor er sich umdrehte, um ins Haus zu verschwinden. Mira drehte sich ebenfalls um und machte sich auf den Weg zur Hauptstraße, wo das Taxi auf sie wartete. Auf dem Weg dorthin kullerten ihr ein paar dicke Tränen übers Gesicht. Sie war durcheinander. Die Gefühle tobten widersprüchlich in ihr, Liebe und Wut, Dankbarkeit, Trauer, Schmerz und Freude. Nichts schien mehr logisch zu sein oder tieferen Sinn zu haben. Das Einzige, was Mira wusste, war, dass es immer irgendwie weiterging, und wenn sie auch keine Ahnung hatte, wie sie das alles gefühlsmäßig bewältigen sollte, würde sie es in Erfahrung bringen, während sie es ausprobierte. Irgendwie schaffte sie es immer, sich durchzubeißen, man durfte bloß nicht aufgeben, man musste weitermachen. Diese Gedanken halfen ihr, einen Fuß vor den anderen zu setzen und weiterzugehen in eine ungewisse Zukunft.

Im Zug fühlte Mira sich schrecklich. Wo bei der Hinfahrt Vorfreude und Urlaubsstimmung den Hauptfluss ihrer Gefühle gespeist hatten, nagten in dem Moment stumpfe Zähne an Miras Seele. Anstatt der Freude fuhr sie der Traurigkeit entgegen. Beim Aufschließen der Wohnung würde sie zusammenbrechen, allein der Geruch würde genügen, um die geballten Erinnerungen an die letzten zehn Jahre mit Max auf sie einstürzen zu lassen.

Es fühlte sich an, als wäre sie auf dem Weg zu einer Beerdigung. Ihre Zukunft war gestorben, ihre Beziehung tot, und passend zur Stimmung verdüsterte sich der Himmel, sobald sie die Alpenregion verlassen hatten und durch die endlosen Felder und Weiden Bayerns fuhren. Es begann zu regnen; dicke schwarzgraue Wolken blockierten die Sonnenstrahlen, schluckten jegliche Farbe und verwandelten die Landschaft in eine triste Schwarz-Weiß-Zeichnung eines schwermütigen Künstlers. Immerhin brachte der Gedanke daran, die Kids wiederzusehen, ein bisschen Licht in ihr Herz. Sie freute sich auf Daniela, die wegen einer Angststörung die Schule nur unregelmäßig besuchte, dafür aber in ihrem Zimmer selbstständig Koreanisch lernte, weil sie sich für koreanische Mangas interessierte. Sie freute sich auf Roberto, der momentan eine Förderschule besuchte, jedoch komplizierte Filme und Geschichten so messerscharf analysierte, wie es in Miras Augen bloß Hochintelligente tun konnten. Und auch auf die Kleinste der Gruppe freute sie sich, auf die dreijährige Daria, die stets die Nähe und den Schutz der Erwachsenen suchte und an Miras Hosenbein hing, sobald sie das Haus betrat. Die Kinder konnten nichts dafür, sie litten selbst unter ihrer dummen Gruppenleiterin. Für alle, die länger unter Evas Leitung im Haus gewohnt hatten, war mit ihrem Weggang eine Welt zusammengebrochen. Sie rechnete es ihrer Freundin hoch an, dass ihr Weggang keinesfalls den Abbruch der persönlichen Beziehungen bedeutet hatte. Alle Kinder aus der damaligen Gruppe waren inzwischen volljährig. Sie hatten das Kinderdorf verlassen, eigene Wohnungen bezogen und für Notfälle Evas Handynummer bekommen, was eine rein private Sache war. Es stand ihnen frei, Eva zu besuchen, wann immer sie wollten und Eva Nerven dafür hatte. Die Zeit mit Eva im Kinderdorf war etwas sehr Besonderes gewesen. Sie hatten es gemeinsam geschafft, fünf Kids großzuziehen, und ihnen dabei geholfen, sympathische, lustige und umgängliche Erwachsene zu werden. Ein großer beruflicher Erfolg, auf den sie ein bisschen stolz war. In Leitungskreisen war ihre Leistung wenig beachtet worden, aber die Dankbarkeit der jungen Menschen war sowieso der höchste und wertvollste Lohn, den man verdienen konnte.

Die Gedanken an die alte Zeit brachten Mira ein bisschen Gemütsruhe. Dann aber wurde ihr bewusst, wie sich ihr eigenes Leben seither verändert hatte. Damals gab es Eva als Gruppenleiterin, die ihren Mitarbeitern den Rücken freihielt. Und es gab Max.

Alles in allem hatte Mira auch schon vor dem Super-GAU in Sirmione keine große Lust mehr gehabt, zur Arbeit zu gehen. Tag für Tag fiel es ihr schwerer, sich zu motivieren. Jetzt, wo ihr Leben unter einem schwarzen Himmel in Trümmern lag, machte ihr der Gedanke, vierundzwanzig Stunden allein die Verantwortung für die sechs Kinder und Jugendlichen zu haben, sogar ein wenig Angst.

Obwohl sie sich erschlagen fühlte und sie gerne eine Runde im Traumland verbracht hätte, fand sie über die gesamte Rückfahrt hinweg keinen Schlaf. Unaufhörlich starrte sie in das Unwetter, das draußen tobte, und forschte tief im Inneren nach Antworten. Antworten auf Fragen, die sich ihr bei dieser Rückfahrt sehr zahlreich stellten. Eine davon lautete: Hätte ich nicht erst mal Rücksprache mit Reka halten sollen? Doch, natürlich, du Hirsch, sagte etwas in ihr, das nach Eva klang.

Sofort zog sie das Handy aus der Hosentasche. Sie wählte dieses Mal nicht die Nummer des Bereitschaftshandys, sondern direkt die von Reka.

»Na, Mira, hast du mit Jenny gesprochen?«, tönte ihre warme Stimme aus dem Handylautsprecher.

»Hallo, Reka. Ja, habe ich.«

»Und was sagt sie?«

»Sie fährt nach Hannover wegen eines dreijährigen Jungen, der einen Platz braucht. Ich sitze gerade im Zug und bin schon bald zu Hause«, berichtete Mira.

»Was? Moment mal … Also, das wundert mich nun allerdings sehr.«

»Was wundert dich?«

»Ich rufe dich später zurück, ich muss erst mal was klären.«

»Okay, kein Problem«, antwortete Mira, in der die leise Hoffnung aufkam, dass irgendwas mit Jennys Geschichte nicht stimmte.

Die ganze ewig wirkende Fahrt durch Bayern blieb das Wetter unfreundlich. Eine halbe Stunde nach dem Telefonat hatte Reka nach wie vor nicht zurückgerufen, aber dafür riss irgendwo zwischen Würzburg und Frankfurt die Wolkendecke auf, und dahinter kam ein klares Septemberblau zum Vorschein, das Mira wie eine Farbe der Hoffnung erschien. Je näher sie der mittelhessischen Heimat kam, desto besser wurde das Wetter. Kurz nach der Durchsage, dass in wenigen Minuten die Endstation Frankfurt Hauptbahnhof erreicht sei, klingelte ihr Handy. Es war Reka.

»Ich muss gleich aussteigen, komme gerade in Frankfurt an, was hat Jenny gesagt?«

»Puh … Das ist wirklich unglücklich gelaufen, vor allem, weil du jetzt schon deinen Urlaub abgebrochen hast und zurückgefahren bist.«

»Wieso?«, fragte Mira bloß.

»Jenny hat mit niemandem aus der Leitung über diesen Termin gesprochen, und wir haben da ganz klare Regeln. Absolut immer ist die Einrichtungsleitung für solche Anbahnungsgespräche zuständig. Wir müssen vorher die Rahmenbedingungen und rechtliche Dinge klären, dazu ist Jenny gar nicht befugt.«

»Oh, und was sagt sie dazu?«

»Das ist ja erst mal egal. Wichtig ist für dich – und es tut mir echt leid, dass wir das nicht früher klären konnten – der Termin findet nicht statt: Jenny fährt nicht nach Hannover, du kannst deinen Urlaub fortsetzen.«

»Na toll!«, fluchte Mira. »Ich fahre gleich in den Hauptbahnhof ein. Na, vielen Dank, Jenny.«

»Tut mir wirklich leid«, beteuerte Reka noch einmal.

»Ich muss dir gestehen, meine Lust, überhaupt noch mal unter Jenny zu arbeiten, hält sich gerade sehr in Grenzen.«

»Wir hatten dir damals ja die Gruppenleitung angeboten«, erinnerte Reka sie.

»Ich weiß, aber da hatte ich andere Pläne und war nicht bereit, ins Kinderdorf umzuziehen.« Einerseits hatte sie es nicht gewollt, weil Max es nicht gewollt hatte, andererseits konnte sie sich nicht vorstellen, beim Hochziehen des Rollladens jeden Morgen als Erstes das Verwaltungsgebäude des Kinderdorfes zu sehen. Auf dem Gelände zu wohnen nahm einem doch eine erhebliche Portion Privatsphäre. Das Leben in einer Außenwohngruppe auf dem Land, wozu das Kinderdorf Bauernhöfe und große, allein stehende Häuser anmietete, hätte sie hingegen gereizt.

»Ich spiele schon länger mit einer anderen Idee für dich«, sprach Reka in Miras Gedanken hinein.

»Was für eine Idee?«

»Eine Gruppe für Kinder und Jugendliche, die schnellstens aus ihrem Umfeld rausmüssen, weil sie dort gefährdet sind. Wir wollen mit drei Plätzen anfangen, uns fehlen bloß noch ein Haus und eine Gruppenleitung«, berichtete Reka.

»Das klingt sehr interessant, was du da erzählst.«

»Das dachte ich mir doch. Mach du erst mal noch ein bisschen Urlaub, und wir setzen alle Hebel in Bewegung, um ein Haus zu finden, das wir zu dem Zweck mieten können. Und wenn du Lust hast, würde ich dich für den Posten der Gruppenleiterin vorschlagen, sollte das mit Jenny und dir tatsächlich aussichtslos sein. Denn in der Gruppe wirst du genauso gebraucht.«

Es tat gut, Rekas Wertschätzung für die geleisteten Arbeitsjahre zu spüren. Und die Idee, eine Gruppe zu leiten, in der Notfälle Hilfe bekamen, gefiel ihr ebenfalls. Erfahrung hatte sie zur Genüge gesammelt, und als Leiterin besäße sie gewisse Freiheiten, um die Gruppe, deren Regeln und das Zusammenleben nach eigenen Ideen und Vorstellungen zu organisieren. Außerdem tat es der eigenen Seele gut, Menschen zu helfen, die in eine akute Notlage geraten waren, und das ganz besonders, wenn es Kinder waren.

»Danke, Reka, ich freue mich über deine Idee und lasse mir das wirklich durch den Kopf gehen.«

»Prima! Da freue ich mich gleich mit und wünsch dir erst mal noch eine gute Erholung. Und nochmals: Es tut mir echt leid, wie doof das alles gelaufen ist.«

»Ich muss jetzt aussteigen, wir sprechen uns bald«, verabschiedete sich Mira und sammelte ihr Gepäck zusammen.

Zurück im Chaos des Hauptbahnhofes versuchte sie, sich innerlich aufzurichten. Auch wenn sie Angst vor dem Aufschließen ihrer Wohnungstür hatte, konnte sie nun ganz neue Pläne für die kommende Woche schmieden, denn sie hatte doch wieder Urlaub und alle Freiheiten der Welt, um sich ein paar schöne Tage zu machen. Absprechen brauchte sie sich mit niemandem. Genau in diesem Prozess des Sich-Aufrichtens und Mutmachens vibrierte ihr Telefon, um eine Nachricht von Steffi anzukündigen. Mit wenigen Worten sorgte ihre Freundin dafür, dass alle positiven Gefühle in heißer Wut verdampften. Steffis Nachricht lautete: Hey, hab da ein Telefonat mitbekommen. Dieses dreijährige Kind in Hannover existiert gar nicht!! Jenny will sich dort mit 'nem Typen treffen!

Mira konnte nicht zurückschreiben, sie platzte fast vor Wut auf diese Welt, in der man nur noch betrogen und belogen wurde. Die Taxifahrt zurück nach Bockenheim erwies sich dagegen als geradezu entspannt, wenn man sie mit der Hinfahrt zum Bahnhof verglich. Es regnete aber auch nicht, da fuhren die Leute besser.

Ihre Wohnung befand sich im ersten Stock eines neu gebauten Mehrfamilienhauses, das modern, eckig und weißgrau war, dazu hatten die meisten Wohnungen überdurchschnittlich große Balkone oder Terrassen, die den Gebäuden – es waren viele gleicher Bauart nebeneinander – den Charakter einer großen Ferienanlage verliehen.

Mira ging durch den Hof, schloss die Haustür auf und überstand den Geruch des Treppenhauses überraschend unbeschadet. Sie war eben darauf vorbereitet gewesen. Genauso würde sie es auch in der Wohnung schaffen. Sie würde nicht zusammenbrechen. Sie würde duschen, überlegen, wohin sie fahren wollte, ein paar frische Sachen einpacken und abhauen, bevor Max nach Hause kam.

Und sie brach tatsächlich nicht zusammen, als sie die gemeinsame Wohnung betrat. Natürlich tat es weh, Max' Dinge zu sehen … wie sie herumgelegen hatten, bevor er sich in eine andere verliebt hatte, aber sie riss sich zusammen und lenkte ihre Gedanken mutwillig in positive Richtungen, in Richtung des Lichts am Ende des Tunnels. Außerdem holte sie sich Hilfe, um den Ansturm der Gefühle nicht allein meistern zu müssen. Kaum war sie in der Wohnung, ging sie ins Wohnzimmer und griff nach dem Haustelefon, das auf der Station stand. Steffis Nummer war im internen Verzeichnis gespeichert. Ihre Freundin nahm sofort ab.

»Hi, Mira, ich wollte dich auch gerade anrufen und fragen, was aus der Dienstanweisung wurde«, sagte sie.

»Hi! Was daraus wurde? Die ist hinfällig, denn selbst wenn es die Anfrage für einen Dreijährigen gegeben hätte, wäre Jenny überhaupt nicht in der Position, den Anbahnungsbesuch allein zu machen. Das geht nur gemeinsam mit der Leitung.«

»Ja, das ist auch mein Stand. Dann hast du ihnen nicht gesagt, was ich dir erzählt habe?«

»Nein, ich begebe mich nicht auf Jennys Niveau, aber ich muss ehrlich sagen, ich hab überhaupt keine Lust mehr, unter ihr zu arbeiten. Wenn Jenny sich für diese Lüge nicht entschuldigt, bin ich weg aus der Gruppe.«

»O nein, bitte nicht. Klar verstehe ich das, aber … auch, wenn das egoistisch klingt, ich will hier nicht als Letzte bleiben. Außerdem musst du es auch mal so sehen. Was bringt es dem Wohl der Kinder, wenn du auch noch aufhörst? Es ist so wichtig, dass Leute wie du im Job bleiben und diese Aufgabe nicht den Jennys dieser Welt überlassen.«

»Ja, natürlich, aber ich hab da momentan einfach keine Kraft für. Du weißt ja noch gar nicht, was passiert ist …«

Mira erzählte ihrer Freundin von den Entwicklungen in Sirmione und von ihrem neuen Beziehungsstatus: Single.

Steffi reagierte ähnlich ungläubig wie Eva, wenn auch ohne deren Rachegelüste. Sie schien vielmehr traurig darüber zu sein, wie es für Mira gelaufen war.

»Ach, Mensch, das ist wirklich eine Schande. Ausgerechnet du und Max. Bei euch war ich mir so sicher, dass ihr zusammenbleibt, ein schönes Haus im Grünen kauft und Kinder bekommt.«

»Ich war mir auch sicher, Steffi …«, sagte Mira leise.

Sie hatte es nicht böse gemeint, ganz gewiss nicht, aber Steffi löste mit dem Wort »Kinder« ungefähr jene Reaktion aus, die Mira vom ersten Lufthauch der gemeinsamen Wohnung erwartet hatte. Etwas Düsteres, Schweres legte sich auf ihre Schultern und drückte sie in die Polster des grau-schwarzen Sofas. Kinder waren für sie bloß in einer guten Partnerschaft ein Thema, und um diese aufzubauen, dauerte es in der Regel Jahre. Davor musste man erst mal denjenigen finden, der zu einem passte. Gut passte. Die Fantasievorstellung, dass es den perfekten Menschen an ihrer Seite gäbe, hatte Mira bereits vor ihrer Beziehung zu Max aufgegeben.

Und nun?

Um die unbändige Vorfreude auf ein Kind wieder zu spüren, fehlte ihr der Partner. Sie begriff immer mehr, welche Konsequenzen die Trennung von Max mit sich brachte. Zehn Jahre, einfach weggeworfen … Das wurde ihr besonders bewusst, wenn sie sich in ihrer Wohnung umsah. Bilder von gemeinsamen Urlauben. Sie und Max mit dem Selbstauslöser fotografiert. Eng umschlungen am Strand von St. Peter-Ording sitzend und gemeinsam aufs Meer hinausschauend. Der Strand hatte sich im Endeffekt als Sandbank herausgestellt. Nach einiger Zeit hatten sie sich umgedreht und gemerkt, dass sich zwischen ihnen und dem Strand Wasser befand. Es hatte Mira bis zur Hüfte gereicht und war zum Glück ohne jegliche Strömung gewesen. Sie hatten auf dem Weg zurück unaufhörlich gelacht – über ihre eigene Dummheit und darüber, wie sie auf die anderen Leute am Strand nun wirken mussten. Es war lebendig und lustig und auch nicht ungefährlich gewesen. Das war in ihrem ersten Jahr passiert. Daneben Paleokastritsa auf Korfu – in ihrem zweiten gemeinsamen Jahr. Das Bild hatte der Wirt des kleinen Restaurants geschossen, in welchem Max und Mira öfter gegessen hatten. Es war auf einem hohen Felsen an der Steilküste erbaut worden, den fantastischen Blick hinunter in die kleine, steinige Bucht mit dem türkisblauen Wasser und griechische Volksmusik hatten sie dort gratis bekommen. Das Essen war günstig, einheimisch und unfassbar lecker gewesen. Mira hatte Moussaka und Fisch gegessen, Max meistens Hacksteak und griechische Kartoffeln. Dazu hatten sie hausgemachten Wein getrunken – von dem Weinberg, der dem Vater des Kellners gehörte. Sie waren im Mai dort gewesen, eine herrliche Zeit. Den gesamten Korfu-Urlaub hatten sie kein einziges Mal gestritten. Das hatte später angefangen. Mira überlegte, ab wann sich irgendwas in ihrer Beziehung in eine falsche Richtung bewegt haben könnte. Und vor allem, was es gewesen war. Das größte aller Bilder an der Wohnzimmerwand zeigte sie auf Rügen. Ja, genau, erinnerte sie sich, zu dieser Zeit: In dem Urlaub haben wir uns häufiger gestritten. 2015 war insgesamt ein schwieriges Jahr gewesen, nach drei unsagbar harmonischen Jahren mit Max. Doch ihr Streit war niemals eskaliert, sie behandelten den jeweils anderen immer mit Respekt, und wenn sie ehrlich war, tat ein gelegentlicher Streit mit anschließender Aussprache Mira hin und wieder gut. Wie ein reinigendes Gewitter, nach dem die Luft klar und frisch und gesund wie sonst bis in die letzten Lungenbläschen strömte. Ansonsten schwoll all der unterdrückte Unmut, der sich aus Alltagskleinigkeiten angesammelt hatte, wie ein Gasballon im Inneren an, drückte Miras Magen nach oben und verursachte Übelkeit. Ähnlich wie jenes Gefühl, das sich nun bei all diesen Erinnerungen bemerkbar machte. Die Last auf ihren Schultern wurde noch etwas schwerer, gleichzeitig legte sich ein unsichtbares Gewicht auf ihren Bauch.

Mira hätte sich in diesem Moment wahrscheinlich sehr in ihre Traurigkeit hineingesteigert, wenn Eva nicht angerufen hätte, um sich zu erkundigen, wo sie sei. Nachdem Mira es ihr erzählt hatte, versprach Eva, sie würde in weniger als einer halben Stunde da sein. Sofort löste sich die Anspannung in Miras Magen in erheblichem Maße. So etwas konnten nur echte Freunde bewirken.

Wie versprochen traf Eva zwanzig Minuten später ein. »O Mann, lass dich mal in den Arm nehmen, Schnecke«, sagte sie, als sie reinkam, und legte ihre tätowierten Arme um Mira.

Eva war so groß wie Mira und eine eigenwillige Erscheinung. Sie trug die naturbraunen Haare meistens ein paar Töne heller gefärbt und in einem hübschen Bob. Dazu setzte sie dann ein paar Highlights mit Strähnchen, mal in Blau, mal in Grün, mal in Rot. Sie hasste hohe Absätze über alles, zu ihrer Kleidung hätten ihre geliebten Sneakers oder Skaterschuhe sowieso nicht gepasst. Sie trug Jeans, gelegentlich auch Baggy Pants und Shirts von Heavy-Metal-Bands oder Hardcore, oder wie auch immer die Richtungen hießen.

In Evas Arm schluchzte Mira ein paar Tränen. Eva gab ihr Kraft und half ihr dabei, sich zu fangen.

»Ich hab uns einen Tee gemacht. Komm erst mal rein«, sagte Mira und ging voraus ins Wohnzimmer. »Übrigens … Hast du schon das Neueste gehört? Also die Sache mit Jenny und dem dreijährigen Jungen, wegen dem ich heimkommen sollte?«

»Steffi hat's mir erzählt.« Eva ließ sich auf dem Sofa nieder und schüttelte den Kopf. »Ich frage mich, wie so jemand auf die Idee kommt, einen sozialen Beruf auszuüben, echt ey!«, schimpfte sie.

»Na ja, weil sie da so schön ihre Macht ausleben kann, denke ich.«

»Vergiss die olle Schrulle mal für 'nen Moment. Was ist mit dir?« Eva sah Mira mit ihren warmen braunen Augen an, die als Erbe ihrer indonesischen Großmutter eine leichte Mandelform hatten.

»Ich schätze, ich muss erst mal mein Leben neu planen.«

»Und wie und womit fängst du an? Was machst du in den kommenden Tagen?«

»Ich hab noch Urlaub. Am liebsten würde ich ein paar frische Klamotten in den Koffer werfen und direkt mit dem nächsten Zug zurück nach Sirmione fahren … Oder mit dem Flugzeug nach Verona fliegen und dann mit dem Taxi zum Gardasee fahren. Ich war noch nicht fertig mit diesem Urlaub, weißt du?«

»Dann fahr zurück. Mach das, du bist niemandem eine Erklärung schuldig.«

»Das habe ich mir auch schon gedacht.«

»Aber hattest du denn deine Unterkunft nicht bloß für eine Woche gebucht?«

»Doch, eigentlich ja. Aber die ist wohl noch frei, das sagte zumindest der Enkel der Hausherrin, der wohnt auch dort, und ich würde ihm gerne helfen, eine Überraschung für seine Oma zu organisieren.«

»Der Enkel der Hausherrin? Hm …« Eva musterte Mira mit zusammengekniffenen Augen forschend.

»Alessandro, ja. Ich war mit ihm in den Bergen wandern«, berichtete Mira.

Eva sah sie verwirrt an. »Hast du bei der Geschichte mit Max vielleicht vergessen, dass er das getan hat, weil du mit dem Enkel der Hausherrin in die Berge gezogen bist?«

»Wir haben sogar im Wald übernachtet«, erzählte Mira und kicherte angesichts Evas überraschter Miene. »Aber nein, schön wär's. Die Tour hab ich nur gemacht, weil ich dringend Abstand von dieser verdorbenen Menschheit brauchte. Alessandro ist voll in Ordnung, aber nicht so, wie du gerade denkst.«

Eva grinste. »Hauptsache, du hast Spaß und genießt deinen wohlverdienten Urlaub. Weißt du, Mira, ich kenne dich, und es genügt, einmal hinzugucken, wenn du von Alessandro und der Überraschung für seine Oma und allem erzählst. Deine Augen leuchten, daher empfehle ich dir ganz dringend, dort wieder hinzufahren. Wenn die Wohnung inzwischen vermietet sein sollte, kannst du bestimmt bei Alessandro übernachten.«

»Ja, sicher, aber ich würde auf der Couch schlafen.«

»Ist doch egal, du musst mit ihm ja nichts überstürzen. Pack deine Sachen und fahr los«, empfahl Eva.

»Wo ist eigentlich dein Kleiner?«

»Wofür hat man denn einen Mann?«

»Erst mal auf jeden Fall auch, um das Kind überhaupt zu bekommen, auf das er später aufpassen soll«, sagte Mira nachdenklich. Der Gedanke daran, den Kinderwunsch auf undefinierbare Zeit zu verschieben, tat immer noch weh.

»Du findest schon den Richtigen, falls es mit Max nichts mehr wird.«

»Ganz bestimmt nicht.«

»Das sagst du in diesem Moment, klar, aber warten wir erst mal ab. Natürlich darf man so was nicht einfach verdrängen, aber wer weiß? Jemandem vergeben ist die andere Option. Wenn man ernsthaft von ganzem Herzen vergibt, ist das sicherlich eine sehr gute Sache«, sinnierte Eva.

Mira starrte sie an, als hätte sie gerade erzählt, dass sie als pädagogische Mitarbeiterin in Jennys Gruppe anfangen wollte und zu jedem Dienst in Stöckelschuhen erscheinen würde.

»Bist du betrunken?«, fragte sie. So abgeklärt und großmütig hatte Eva nicht geklungen, als sie ihr am Telefon von Max' Betrug berichtet hatte.

»Hey, du! Lass mich doch auch mal einen weisen Spruch anbringen. Klar hätte ich Lust, Max die Reifen zu zerstechen. Ich hätte aber auch Verständnis dafür, wenn du sagst, die Sache sei abgehakt und ihr wollt es noch mal versuchen. Gefühlskalt bin ich deshalb nicht.«

»Nein, das lässt eher aufs Gegenteil schließen.« Mira umarmte ihre Freundin lange und fest. Anschließend lehnte sie sich zurück und überschlug ihre Optionen.

»Ich glaube, ich hab echt keine Lust mehr, zurück in die Gruppe zu gehen. Jenny ist eine richtige Hexe.«

»Bevor du solche Entscheidungen triffst, packst du erst mal ein paar frische Höschen ein, und währenddessen suche ich dir die nächsten Verbindungen in Richtung Gardasee raus«, entschied Eva.

»Meinst du wirklich?«

»Klar. Oder willst du den Rest deines Urlaubs Trübsal blasen? Los, fang an zu packen!«

Mira lachte befreit auf. »Du bist echt ein Schatz, danke!« Sie machte sich sofort daran, die Kleidung aus dem Koffer gegen frische Sachen aus dem Schrank zu tauschen. Leider musste sie sich bei dieser Gelegenheit auch die Seite von Max ansehen, was ihr einen Stich versetzte. Max besaß so viele T-Shirts, er gab in Miras Augen viel zu viel Geld für Kleidung aus. Manche seiner T-Shirts kosteten achtzig Euro, und er trug sie kaum. Aber das war von jeher seine Sache gewesen, sie hatte es ihm nie zum Vorwurf gemacht.

Mira nahm Unterwäsche, Shorts, Shirts und drei dünne, geblümte Kleider heraus, die im Sommer fast zu jedem Anlass passend wirkten. Nach und nach fielen ihr noch weitere Dinge ein, die sie glaubte, gebrauchen zu können. Nach etwa fünfzehn Minuten war der Koffer fertig gepackt und Eva beim Suchen nach einer Verbindung fündig geworden. Es existierten zwei Zugverbindungen, doch es gab auch noch einen späten Flug für knapp unter zweihundert Euro nach Verona. Ihr Gepäck musste sie nicht extra bezahlen, alles war im Preis inbegriffen.

»Ich will diesmal lieber fliegen!«, verkündete Mira. »Dann bin ich so schnell wieder da, dass es mir vorkommt, als hätte ich die Heimfahrt nur geträumt. Zack, wieder in Italien, und der Preis ist auch in Ordnung.«

»Ja, dann muss es aber flott gehen! Ich fahre dich zum Flughafen. Dort läuft man ja auch oft gefühlte Stunden, bis man sein Gate gefunden hat.«

Kapitel 26

Keine vier Stunden später saß Mira im Flieger. Etwas problematisch konnte ihre Ankunftszeit werden. Niemand erwartete sie, und den Schlüssel für ihre Ferienwohnung hatte sie selbstverständlich beim Abschied zurückgegeben. Bis sie zurück an der Villa in Sirmione wäre, könnte es zwei Uhr nachts werden. Im allerschlimmsten Fall würde sie sich irgendwo in der Nähe des Hauses ein geschütztes Plätzchen suchen und dort auf den Sonnenaufgang warten. Vielleicht schlief Alessandro ja wirklich in der Hollywood-Schaukel auf seiner erweiterten Terrasse hinterm Haus. Mal sehen, ob ich ihn wecke, dachte Mira und schnallte sich den Sicherheitsgurt um, wie es die Stewardess eben gezeigt hatte. Das Flugzeug setzte sich langsam in Bewegung, um auf seine Startposition zu rollen. Als die Wucht der Beschleunigung Mira in den Sitz drückte, schloss sie die Augen. Sie tat das nicht aus Angst, sondern um den Moment zu genießen, wenn das Flugzeug den Bodenkontakt verlor und auch der Magen zu schweben begann. Sie liebte diesen Moment und war voller Freude, wenn sie an ihren Ankunftsort dachte. Max würde morgen früh abreisen, wie auch immer er dann mit seiner Trulla weitermachen wollte. Sie würde Alessandro überraschen und hoffentlich mit ihm gemeinsam ein großes Fest für Signora Baresi, ihren Bruder und dessen Frau organisieren. Vor ihrer Abfahrt am frühen Morgen hatte Alessandro ihr noch erzählt, dass er seine Oma am Nachmittag aus der Klinik abholen durfte. Sie bekam jetzt Betablocker und hatte versprochen, sich regelmäßig untersuchen zu lassen. Mira malte sich aus, wie sie Max ein Foto nach Frankfurt senden würde, das sie neben Alessandro auf der Party zeigte. »Grüße vom Gardasee. Hab mich entschlossen, länger zu bleiben«, wollte sie schreiben. Vor Max hatte sie sich bisher wirklich stark gezeigt nach allem, was in Sirmione passiert war.

Der Flug dauerte nicht mal anderthalb Stunden, und da es dunkel war, gab es weder etwas zu sehen noch in der näheren Umgebung interessante Gespräche zu belauschen. Die meisten Mitreisenden schienen Geschäftsleute zu sein. Hauptsächlich Männer mit Hemd und Krawatte, die sofort einschliefen, nachdem sie ihren Laptop aufgeklappt hatten. Normalerweise fiel es Mira schwer, auf Kurzflügen einzuschlafen, doch der Tag war so lang, so ereignisreich und ermüdend gewesen, dass sie bereits träumte, noch bevor sie ihre Flughöhe erreichten.

Es waren wilde Träume, die sie auf diesem Flug nach Verona besuchten. Zuerst träumte sie von Max, der gemeinsam mit seiner neuen Lebensgefährtin die Wohnung in Frankfurt betrat und verkündete, er und seine Freundin hätten Zwillinge bekommen. Es sei die schnellste Schwangerschaft aller Zeiten gewesen, und sie kämen nun, um zu fragen, ob Mira der neuen Freundin beim Aussuchen eines Hochzeitskleides helfen könne. Vermutlich wirkte Max so abstoßend, dass Mira direkt in einen neuen Traum geschleudert wurde, der ihr um einiges besser gefiel. Oma Hilde und Signora Baresi saßen gemeinsam an einem kleinen Tisch im Garten der Villa und tranken Kaffee. Dann kam Alessandro aus dem Haus gelaufen. Er hatte ein nachdenkliches Gesicht und sah einen kleinen Jungen an, den er auf dem Arm hielt. »Der war in der Post, aber ich bin doch noch gar nicht bereit für ein Kind«, sagte er.

»Aber Alessandro, der Junge ist doch schon drei, das ist ein prima Alter zum Üben!«, sagte Oma Hilde.

Daraufhin platzte Jenny ins Bild, nahm Oma Hilde und Signora Baresi die Kaffeetassen weg und kommandierte: »Genug Pause gemacht für heute, es gibt einiges zu tun. Drinnen auf dem Tisch liegen zwei Listen, die abgearbeitet werden müssen. Also los …«

Im Schlaf spürte Mira ihre Wut auf Jenny, die nicht mal ihre Großmutter beim Kaffeetrinken in Ruhe ließ. Doch bevor sie dazu kam, ihr die Meinung zu geigen, weckte das Absinken des Flugzeugs sie auf. Sie befanden sich bereits im Landeanflug auf den Flughafen von Verona.

Beim Aussteigen aus der Maschine spürte sie die angenehme Wärme der Luft, während sie die Treppe nach unten zum Rollfeld ging. Während zu Hause in Frankfurt bereits ein bisschen Kälte in den Septemberwinden steckte, umschmeichelte hier in Italien eine seidige Luft ihren nackten Hals und das Gesicht. Bereits ihre ersten Schritte auf italienischem Boden fühlten sich nach Wellness für Körper und Seele an. Und das, obwohl sie über das Rollfeld eines Flughafens führten, wo die Luftqualität alles andere als gut war. Aber diese Wärme brauchte sie jetzt, genau diese italienische Wärme, die nicht nur in der Luft, sondern auch in den Menschen steckte, denen sie bisher nähergekommen war.

Nach einer Stunde, in der niemand einen Koffer zu Gesicht bekam und Mira bereits begann, sich Sorgen um ihr Gepäck zu machen, fuhren die ersten Stücke ihr auf dem schwarzen Förderband entgegen. Ihr Koffer kam ungefähr an zehnter Position aus dem Maul jener Maschine, die ihn auf das Förderband gespuckt hatte. Sie schnappte ihn sich, zog das ratternde Ding mit den verbrauchten Rollen an zwei gelangweilten Zollbeamten vorbei und steuerte draußen direkt auf eines der Taxis zu, die in der ersten Reihe auf Fahrgäste warteten.

»Nach Sirmione bitte«, sagte sie und nahm hinten Platz.

Der Taxifahrer hörte leise Musik. Es klang wie die Filmmusik eines großen Hollywoodschinkens aus der guten alten Kinozeit, als die Filme dort noch besser waren als die, die man zu Hause auf der Couch sehen konnte.

Wie befürchtet, zeigte die Uhr neben dem Taxameter bereits 1:58 Uhr an. Weder Signora Baresi noch Alessandro waren wohl um diese Zeit noch wach. Aber die Hoffnung, Alessandro in seiner Hollywoodschaukel zu überraschen, weckte eine gewisse Vorfreude in Mira, die alle Zweifel verdrängte. Sie war gespannt auf sein Gesicht. Er wäre sicher völlig überrascht, denn er hatte keine Ahnung von ihrer Rückkehr. Sie hoffte, er würde sich freuen … über ihre Rückkehr und auch über ihren Plan, ein tolles Fest als Dank für seine Oma auszurichten und dafür noch mal richtig anzupacken.

Mit einem Mal schlug ihre Stimmung um. Zuerst wusste sie gar nicht, was los war. Bis ihr auffiel, wie ähnlich sie sich mit der Vorfreude bei dem Gedanken gefühlt hatte, Max eine Überraschung zu bereiten. Auch auf sein Gesicht hatte sie sich gefreut. Auf die Liebe in seinen Augen, die sie in Wahrheit nie wieder gesehen hatte. Nur seinen Rücken, in einem Aufzug verschwindend. Vielleicht ist Alessandro in Wahrheit froh, dass du mit deinen Problemchen endlich abgehauen bist, und neben ihm in der Hollywoodschaukel liegt irgendeine Frau.

Dieses Mal ließ sie sich mit dem Taxi so nahe wie möglich an die Altstadt fahren. Sie bedankte sich, bezahlte und hatte noch gute fünf Minuten Fußweg bis zur Villa Baresi. In ihr breitete sich eine Mischung aus Sorge, Aufregung und Vorfreude aus,

Gefühle, die mit jedem Schritt stärker wurden. Die Straßen waren menschenleer, die Altstadt wirkte wie die Kulisse eines Filmes. Mira betrat den Park, roch das Grün der Wiesen, das Harz der Pinien und den sanften Duft des Wassers hinter allem wie die Herznote eines Parfums, die dem ganzen Zusammenspiel erst ihren Sinn gab. Sie atmete tief ein und ließ die Sorgen los. Inzwischen kribbelte bloß noch die Vorfreude darauf, Alessandro zu überraschen, in ihrem Bauch. Trotz der Dunkelheit fiel Mira beim ersten Blick auf den Eingangsbereich der Villa auf, dass sich etwas verändert hatte. Jemand, vermutlich Alessandro, hatte die Büsche, Hecken und Bäume gestutzt und die Beete von Unkraut befreit. Vor der Haustür bog sie rechts ab auf die Treppe zur Ferienwohnung. Als sie die letzte Stufe erreichte, sah sie Karl den Kater auf dem Tisch sitzen. Er blickte ihr direkt in die Augen und stieß ein »Miau« aus, das wie eine Frage klang. Wo warst du so lange? Der Blick des Katers wirkte weise und klug. Ich wusste die ganze Zeit, dass du wiederkommst, schien er zu sagen. Mira entdeckte in seinen Augen keinen Funken von Überraschung. Sie streichelte ihm über den Kopf. »Ja, ein guter Karl bist du«, sagte sie und spähte um die Hausecke in Alessandros Bereich. Dann betrat sie mit ein paar leisen Schritten seine Terrasse.

Ein breites Lächeln zog sich von Mundwinkel zu Mundwinkel, als ihr Blick auf den schlafenden Alessandro fiel. Er lag auf dem Rücken, war mit einem weißen T-Shirt bekleidet, und aus einer dünnen Wolldecke schaute ein Bein heraus, das in einer Jogginghose steckte. Sein Mund stand offen und er schnarchte leise. Auf seinem Bauch, in seinen Händen, lag ein aufgeschlagenes Buch. Mira ging nahe genug heran, um lesen zu können, was auf dem Umschlag stand. Das Licht des Vollmondes und der Laternen im Garten reichte aus, um die Buchstaben zu sehen, aber sie waren in Frakturschrift gedruckt, die Mira nur mit Mühe entziffern konnte. Das Einzige, was sie zu entziffern glaubte, war »Pflanzenkunde«.

Plötzlich bewegte sich Alessandro. Die Buchseiten raschelten. Er schlug die Augen auf und zuckte vor Schreck zusammen, als er Mira vor sich stehen sah.

Im Nullkommanix saß er aufrecht in der Schaukel, kratzte sich am Kopf und starrte sie so ungläubig an, als wäre sie vor seinen Augen aus dem Boden gewachsen.

»Was machst du denn hier?«, fragte er, noch vom Nebel des Schlafes umwölkt. Langsam, während er zu Bewusstsein kam, schlich sich ein Lächeln auf sein Gesicht, und seine Augen begannen zu leuchten.

»Na ja, ich dachte, wir hauen in den nächsten Tagen mal richtig rein, um einen wunderbaren Empfang für Geraldo und seine Frau vorzubereiten. Und eine schöne Party!«, antwortete Mira.

Alessandros Gesicht erwachte immer mehr. Er sah Mira an und schüttelte ungläubig den Kopf. »Bist du verrückt? Du bekommst doch bestimmt Ärger. Warst du schon zu Hause? Ich kapier gerade gar nichts«, stammelte er.

»Ja, kein Wunder. Werde erst mal richtig wach. Jedenfalls habe ich kommende Woche Zeit, da sich der Termin meiner Chefin als Lüge herausgestellt hat und ich mich entschlossen habe zurückzufahren, um meinen Urlaub hier zu verbringen. Dachte, vielleicht könnte ich die Wohnung noch mal mieten, falls sie noch frei ist.«

»Die ist noch frei, klar«, sagte er, und nun strahlte sein Gesicht. Er sah sie bewundernd an, fast so, wie man ein Kunstwerk betrachtet, das einem sehr gefällt.

»Ich bin zurückgeflogen. Ich weiß, es ist eine ziemlich unpraktische Ankunftszeit, und natürlich habe ich für den Rest der Nacht auch keinen Schlafplatz …« Sie hob die Schultern.

»Die Ferienwohnung ist abgeschlossen, und ich weiß nicht, wo die Putzfrau den Schlüssel hingetan hat. Meine Nonna schläft und erholt sich, eigentlich möchte ich sie ungern wecken.«

Mira schaute ihn fragend an. »Eine Decke und eine Isomatte würden mir schon reichen, heute könnte ich überall schlafen.«

»Na, das bekommen wir doch besser hin. Du kannst auf der Couch schlafen, ich mach dir schnell einen Bettbezug drauf.« Alessandro stemmte seine offensichtlich noch müden Knochen hoch und sagte: »Komm, gehen wir rein!«

Mira setzte sich in den Fernsehsessel, während Alessandro Bettwäsche aus dem Schlafzimmerschrank holte. Er grinste wie ein glückliches Kind, als er zurückkam, schüttelte den Kopf und lachte. »Also, das ist schon verrückt mit dir.«

»Was ist verrückt mit mir?«, wollte Mira wissen, obwohl sie schon ahnte, was Alessandro meinte.

»Na, zuerst unser Zusammentreffen im Zug, dann wohnst du hier in meinem Haus, der Trip in die Berge, unser Abend in der Stadt, deine plötzliche Abfahrt – und nun bist du wieder hier …«

»Was willst du damit sagen? Geh ich dir auf die Nerven, fühlst du dich von mir verfolgt?«, erwiderte Mira mit gespielter Empörung.

»Nein, Unsinn. Ich meine nur, wenn …«

»Was, wenn?«

Alessandro druckste herum. »Wenn man jemand wäre, der nicht an Zufälle glaubt …«

»Was wäre denn dann?« Mira tat ganz ahnungslos.

»Ach, ich finde es einfach richtig schön, dass du hergekommen bist, um mir zu helfen. Ich habe sogar schon ein bisschen angefangen, die Hecken zu schneiden und so.«

»Vorm Haus, ja, das hab ich gleich gesehen.«

»Ist gut, oder?«

»Auf jeden Fall!«, bestätigte Mira und lächelte ihn an.

»Ich hoffe, du findest das jetzt nicht unhöflich oder so, aber wenn ich mich nicht wieder hinlege, dann schlafe ich gar nicht mehr ein. Und dann schaffen wir morgen noch weniger. Aber eines will ich noch mal ganz deutlich sagen. Ich liebe es, wie du das durchziehst, was du für richtig hältst!«, sagte Alessandro.

»Na ja, das ist wohl eine Nebenwirkung der Trennung von Max. Jedenfalls kannte ich das so selbst nicht bis heute.«

»Ich habe zu danken. Ich habe richtig Lust, loszulegen und hier alles auf Vordermann zu bringen. Es bewirkt Wunder, wenn man sich mit seiner Aufgabe nicht mehr völlig allein fühlt.«

»Na, dann schlage ich vor, ich haue mich auch gleich hin und schlafe eine Runde. Morgen früh packen wir es an«, sagte Mira.

Alessandro bezog das Sofa mit einem Spannbetttuch und stopfte auch eines der Sofakissen in einen Bezug. Er schüttelte es auf, strich es glatt und deponierte es an der Kopfseite des Sofas.

»So, sieht doch ganz gemütlich aus«, meinte er.

»Sehr gemütlich, danke! Ich bin so müde, ich werde bestimmt eingeschlafen sein, bevor du auf deiner Hollywoodschaukel liegst«, antwortete Mira.

»Ich freue mich wirklich sehr … Dann gute Nacht«, wünschte er.

Sie wartete, bis er draußen war, zog sich die Hose aus und kroch unter die Decke auf das frische Laken, das nach Rosen und Zitronen duftete.

Kapitel 27

Als Mira erwachte, tat sie das mit einem kleinen Lächeln auf den Lippen. Die Singvögel im Garten veranstalteten einen lautstarken Spektakel. Alessandro stand in der Küche, die zum Wohnzimmer hin offen war, und kochte Kaffee in einer typisch italienischen Espressomaschine, von der Mira unbedingt herausfinden musste, wie sie funktionierte. Der Duft hatte sie geweckt.

»Guten Morgen!«, sagte sie.

»Na, du Murmeltier, es ist schon halb zehn! Wenn wir heute ordentlich was schaffen wollen, sollten wir bald anfangen.«

»Ich hab dir ja gesagt, ich fühl mich den Murmeltieren verbunden.«

Er lächelte und kam mit einer dampfenden Tasse auf sie zu. »Espresso, magst du ihn schwarz?«

»Ja, danke!« Sie nahm die Tasse, die höchstens zu einem Viertel gefüllt war. Dafür hatte es das bisschen Kaffee in sich, zumindest geschmacklich zeigte sich das Gebräu so stark, dass es ausreichte, um den restlichen Schlaf im Nu aus ihrem Körper zu verjagen.

»Wo fangen wir an?«, fragte Mira.

»Ich würde sagen, im Außenbereich. Drinnen im Haus können wir ein paar Dinge räumen, wenn die Mittagshitze zu groß ist, um draußen zu arbeiten.«

»Alles klar! Ich gehe schnell ins Bad, ziehe mich um und mache mich frisch, dann kanns losgehen.«

»Schön, du findest mich im Garten, ich fange schon mal an.« Alessandro trug eine Jeans, die aussah, als hätte er sie schon häufiger beim Arbeiten angehabt, ohne sie anschließend zu waschen, ein weißes T-Shirt und Gartenhandschuhe, die fast bis zu den Ellenbogen reichten. Sein Gesicht war bereits gebräunt gewesen, als sie ihn zum ersten Mal im Zug gesehen hatte, aber die letzten Tage hatten es noch ein paar Nuancen dunkler gemacht. Jetzt meinte sie, den italienischen Teil seiner Verwandtschaft deutlicher zu sehen, wie er so vor ihr stand, mit den leicht gewellten, frisch gewaschenen Haaren und der gebräunten Haut. Seine Augen leuchteten noch blauer als gewöhnlich, und in ihrer Fantasie verwandelte er sich in einen jener findigen Zitronenbauern aus den goldenen Zeiten von Limone sul Garda. Er verfügte über dieses gewisse Etwas, das Abenteurer und Unternehmer hatten, die ihre Fähigkeiten mit einer moralischen Haltung verknüpften und deshalb klar und gerade wirkten.

Mira genoss die heiße Dusche in vollen Zügen. Nach dem Einseifen regelte sie die Temperatur des Wassers deutlich herunter und ließ für ein paar Sekunden eiskaltes Wasser über ihren Kopf und Körper laufen. Dann drehte sie wieder auf warm und freute sich über die Entspannung, die sich dadurch einstellte.

Anschließend schlüpfte sie in eine lange Stretch-Jeans und ein langärmeliges Sportoberteil zur Zecken- und Grasmilbenabwehr.

Alessandro bearbeitete einen vier Meter hohen Busch mit einer elektrischen Heckenschere, die aussah wie ein Sägefisch. Mira fand es zwar schade, dass so viele der roten Blüten mitsamt den abgeschnittenen Ästen auf dem Boden landeten, aber gleichzeitig bemerkte sie, wie sofort mehr Licht und Luft in den Garten strömten und die Atmosphäre positiver gestalteten.

»Du könntest den Lorbeerbaum da zurückschneiden. Komm mit!«

Alessandro zeigte ihr, bis wo sie die Äste stutzen sollte, und übergab ihr eine riesige Gartenschere, mit der man sich leicht drei Finger auf einmal abschneiden konnte. Was in der realen Welt aber nun mal fast unmöglich ist, weil man beide Hände braucht, um die Zange zusammenzudrücken, dachte Mira und begann mit dem Zurechtstutzen. Die Blätter des mehr als mannshohen Baumes dufteten. An jedem einzelnen Ast knipste sie die Triebe ab und warf sie auf einen Haufen im Gras. Es stellte sich als meditative Arbeit heraus, bei der sie gut nachdenken konnte, ähnlich wie beim Kochen. Bei der nächsten Aufgabe, der sie sich mit Alessandro gemeinsam stellte, musste sie hingegen aufpassen.

»Ach, du heilige Brombeere«, stöhnte Mira.

»Die bereitet sich darauf vor, die Weltherrschaft an sich zu reißen«, meinte Alessandro mit Blick auf das Brombeerdickicht.

»Und das könnte ihr gelingen. Ich denke, wir müssen sie aufhalten.«

Mira hatte in ihrem Leben noch nie eine solche Hecke aus Brombeeren gesehen. Von Hecke konnte eigentlich schon keine Rede mehr sein. Die tausend dornigen Krakenarme der Pflanze wuchsen auf dem Rasen, an anderen Sträuchern und Bäumen und überall, wo man sie nicht aufhielt. Egal, wie sie sich an das Wegschneiden der dornigen Brombeerranken heranmachte, egal, wie sie auch versuchte, sich zu schützen: Ständig hakten sich irgendwo ein paar kleine harte, fiese Dornen in ihre Haut und stachen ihr schmerzhaft ins Fleisch.

»Mistdinger«, zischte sie und war nur noch entschlossener, diesem stacheligen Ungetüm den Garaus zu machen.

»Brombeeren sind zwar lecker, aber die hier bringen kaum Früchte, dafür doppelt so viele Stacheln. Ich will die ganz weghaben, damit man wieder sieht, wie die alten Mauerüberreste dahinter ausschauen«, verkündete Alessandro und fügte hinzu: »Die sind noch aus der Römerzeit.«

»Das finde ich spannend. Dann haben wir also noch einen Grund mehr, diese fiesen Dinger zu beseitigen«, erwiderte Mira und rief prompt »Aua!«, weil sie gleich wieder zu motiviert in die Arbeit eingestiegen und in den Daumen gestochen worden war.

Eine Stunde und viele kleine Pikse später hatten sie einen Berg aus abgeschnittenem Gestrüpp und einen freien Blick auf eine wunderschöne, alte Mauer.

»Wenn man sich vorstellt, die hat jemand vor tausendfünfhundert Jahren hier mit seinen Händen gemauert, und sie steht immer noch. Verrückt irgendwie«, bemerkte Alessandro.

»Und spannend auch. Mal sehen, vielleicht hat ja ein Römer den Namen seiner Geliebten samt Datum irgendwo in einen dieser Steine geritzt«, sinnierte Mira.

»Ich mag es, wie du die Dinge betrachtest. Ich liebe alte Gemäuer und Dinge, die ich beim Graben im Boden finde. Vor allem natürlich Fossilien und versteinerte Tiere«, erklärte Alessandro.

»Mir fällt gerade auf, ich habe dich noch nie gefragt, wo genau du als Biologe eigentlich beschäftigt bist. Ist das nicht ein klarer Beweis dafür, wie unfassbar ignorant ich bin?«

»Ja, wenn du heute nicht gefragt hättest, wären wir keine Freunde mehr, da bin ich absolut unbarmherzig«, witzelte Alessandro. »Also, um deine gespannten Nerven vor dem Zerreißen zu bewahren: Tadaa, superlangweilig, ich halte Vorlesungen an der Uni!«

»Gar nicht langweilig. Allein schon wegen der vielen jungen Studentinnen …«

Alessandro hob eine Augenbraue, dann sagte er: »Die heutigen Studentinnen sind so jung, die haben noch kein Leben ohne Smartphone kennengelernt, das sind ganze Welten, die mich von denen trennen. Natürlich gibt's Ausnahmen, aber was ist eigentlich mit deinem Job jetzt? Oder ist das ein schlechter Zeitpunkt, um danach zu fragen?«

»Nein, nein, alles in Ordnung. So was bringt mich auch nicht mehr aus der Fassung.«

»Siehst du?! Was dich nicht tötet …«

»Ja, genau. Jedenfalls habe ich mit meiner übergeordneten Chefin, also Jennys Vorgesetzter, gesprochen und ihr klargemacht, dass ich unter Jenny nicht länger arbeiten kann.«

»Und? Wie hat sie reagiert?«

»Mal abwarten. Sie ist gerade dran, etwas auszutüfteln. Eine Gruppe für Kinder in Notsituationen, in der ich die Leitung übernehmen soll«, berichtete Mira.

»Was? Wie hast du das denn innerhalb eines Tages geregelt?«, fragte Alessandro verblüfft. Er saß direkt neben ihr auf dem Gras vor der dornenbefreiten Mauer und schaute sie mit einer solchen entwaffnenden Ehrlichkeit fragend an, dass ihr Herz einen Satz machte, als hätte es vor Freude einen Extraschlag getan. Sie blickte ihm in die Augen und lächelte. Er hatte sich die positive Offenheit eines Kindes erhalten.

»Das habe ich während der letzten Meter meiner Zugfahrt geklärt«, antwortete sie mit gespielter Coolness und lehnte sich zurück. Es war bereits warm geworden. Die Mittagszeit näherte sich, der Geruch von tausend lebendigen Blüten hing in der Luft. »Ja, so ist das«, murmelte Mira.

»Aber *austüfteln* … Das klingt, als wäre es noch nicht zu hundert Prozent sicher.«

»Ja, das stimmt leider.«

»Und woran hängt es?«

»Ihnen fehlt noch das passende Haus, das sie für die Gruppe mieten können. Das ist nicht so leicht zu finden. Es muss bezahlbar sein, mehrere Einzelzimmer, einen größeren Gruppenraum und idealerweise einen Garten haben …«

Als Mira den Satz beendet hatte und ihre Blicke sich trafen, erkannte sie, dass bei Alessandro exakt derselbe Gedankenblitz zur selben Zeit eingeschlagen hatte wie bei ihr.

»Würde das auch im Ausland gehen?«, fragte Alessandro hastig.

»Das weiß ich nicht, da müsste ich nachfragen. O Mann, wir hatten gerade dieselbe Idee zur selben Sekunde.«

»Ich weiß«, sagte er nur.

»Aber die Mieten hier sind sicherlich eine andere Nummer als irgendwo im Hinterland, das könnte das Kinderdorf nicht vertreten.«

»Sag einfach, du kennst den Hausbesitzer gut, und er nimmt nicht mehr, als sie bei euch in der Gegend nehmen würden.«

»Meinst du das ernst?« Alessandro wirkte Feuer und Flamme, doch Mira erinnerte sich, wie seine Großmutter erzählt hatte, das Versorgen von Touristen sei nicht seine Sache. Nun, vielleicht war das bei hilfsbedürftigen Kindern ja etwas völlig anderes. Mira konnte vor Aufregung kaum fassen, was ihr Kopf an Gedanken produzierte. Wenn das tatsächlich klappen könnte?

»Wie viele Kinder wären das dann?«, erkundigte sich Alessandro. Und tatsächlich, ihm stand aufrichtige Leidenschaft für die gute Sache ins Gesicht geschrieben.

»Erst mal drei, soweit ich weiß.«

»Nur drei?«, wunderte er sich.

»Ich meine, irgendwo durch Zufall gehört zu haben, du hättest Angst, die Verantwortung für Kinder zu übernehmen. Du seist noch nicht so weit.«

»Die Verantwortung hättest du doch wohl, aber ich fände es irgendwie trotzdem schön, wenn hier ein paar neugierige Kinder herumlaufen würden. Wir könnten die anderen Zimmer für Gäste renovieren und die älteren Kinder einbeziehen. Wir könnten ihnen beibringen, wie man serviert und kocht, ich könnte mit ihnen in die Berge gehen. Lebenspraktische Fähigkeiten vermitteln, wie du neulich mal gesagt hast, das klingt doch gut, und wir könnten …«

Alessandros begeisterter Redeschwall wurde abrupt unterbrochen, als Mira ihre Lippen sanft auf seine legte und ihn zum Verstummen brachte. Sie hatte es tun müssen, er war so süß und voller Leben gewesen. Und genau so war er auch in diesem Moment, als er sie zärtlich küsste.

Als sie sich wieder voneinander lösten, fühlte Mira sich regelrecht benebelt. Alessandros Blick musste ebenfalls erst zurück ins Hier und Jetzt kommen.

»Und auch zum Üben wäre das irgendwie schön, weil, wenn man eigene Kinder hat, sind sie nun mal bis zum Lebensende deine Kinder. Hier könnte ich sozusagen schon mal auf Zeit üben, ob ich wirklich so ungeschickt bin, wie ich manchmal befürchte.«

»Ich kann mir wirklich vieles vorstellen, aber auf welche Weise du nicht mit Kindern klarkommen solltest, da fällt mir absolut nichts ein. Ehrlich nicht«, beteuerte sie.

»Einen Versuch wäre es wirklich wert. Also, zuerst mal mit dieser Gruppe natürlich«, sagte er schnell.

Mira lachte. »Schon klar, du …« Ihr fehlte der Ausdruck, und in diesem Augenblick wollte sie den Dingen auch keinen Namen geben, um sie zu bewahren. »Ich habe keine Ahnung, ob das überhaupt realistisch ist. Du kennst ja die deutsche Bürokratie. Aber allein die Art, wie du reagiert hast, bedeutet mir unglaublich viel.«

Er legte den Kopf schief und lächelte sie an. »Du bist so süß, wenn du redest. Und auch, wenn du nicht redest«, sagte er und küsste sie noch einmal. Und sie spürte ganz tief in ihrem Inneren, wie das neu aufflammende Feuer die Dunkelheit verscheuchte und mit seinem Licht ganz neue Möglichkeiten sichtbar machte, die in ihr schlummerten. Zum ersten Mal seit der Trennung von Max glaubte sie ganz fest daran, dass sie mit der Erinnerung an die Vergangenheit leben konnte, ohne daran zugrunde zu gehen.

Sie saßen schwitzend, schweigend und zufrieden vor den Resten der Brombeerhecke und genossen die Sonne Italiens bei einer wohlverdienten Pause. Mira malte sich aus, wie der Garten mit Lampions und Fackeln geschmückt aussähe, und sie stellte sich eine lange, gedeckte Tafel mit selbst gemachten Köstlichkeiten unter einem weißen Pavillon vor. Sie sah die glückliche Signora Baresi inmitten ihrer Familie stehen und sich selbst ganz nahe bei Alessandro, die Szene beobachtend. Sie fühlte sich so unglaublich wohl in seiner Nähe. Sie blickte ihn an, holte tief Luft und sagte: »Ja, du hattest recht. Das ist wirklich ein bisschen verrückt, das mit uns beiden. Diese vielen Zufälle und so …«

Er wirkte kurz sehr ernst, dann lächelte er gegen das Sonnenlicht an.

»Ja, da könnte man fast selbst wieder ein bisschen verrückt werden.«

»Wie meinst du das?«, wollte Mira wissen, deren Herz in den wenigen Sekunden bis zu seiner Antwort zu rasen begann.

»Weißt du, ich habe mir überlegt, dass diese Theorie mit dem biochemischen Unfall noch gar nicht zu Ende gedacht ist.«

»Und du hast sie jetzt zu Ende gedacht?«

»Ich habe darüber nachgedacht, dass es dabei sicherlich große Unterschiede gibt, also …« Er schien nach Worten zu suchen. »Zum Beispiel mit der Schwere des Aufpralls und auch mit den Unfallbeteiligten. Jeder dieser ... äh ... Zusammenstöße von Menschen ist individuell. Es herrscht zwischen zwei speziellen Menschen immer eine andere Chemie als zwischen allen anderen. Demnach könnte es also auch Zusammenstöße geben, die nicht destruktiv sind, sondern gemeinsam etwas Stabiles ergeben ... eine neue Verbindung, verstehst du?«

»Ja, ich glaube schon, dass ich verstehe, was du meinst.« Mira lächelte in sich hinein.

Sie sah hinaus auf den Gardasee und warf gleichzeitig einen Blick in die eigene Zukunft. Natürlich würde der Schmerz hin und wieder hochkommen und nagende Zweifel mit sich bringen. Aber sie würde kein verbittertes Leben führen, dafür war es viel zu kurz und viel zu schön. Und was sie auch zu wissen glaubte, war, mit Alessandro jemand ganz Besonderen gefunden zu haben ... Einen Menschen, mit dem sie sich mehr gemeinsame Zeit wünschte, mit dem sie auf eine einzigartige Weise verbunden war. Daran glaubte sie. Wissen konnte man es nie, aber es war wichtig, den Glauben nicht zu verlieren. Das hatte auch ihre geliebte Oma stets gesagt. Nie den Glauben verlieren, man weiß nie, wofür etwas gut war, und außerdem: Einfach immer weitermachen.

Als hätte er ihre Gedanken wortwörtlich gehört, richtete Alessandro sich auf, atmete tief durch und sagte: »Also, trotz allem müssen wir wirklich wieder ran. Ansonsten schaffen wir das nicht mehr, und Omas Überraschung fällt doch aus.«

»Nein, nein, ich glaube ganz fest daran. Schließlich bin ich nicht umsonst zurückgekommen. Einfach immer weitermachen, dann wird das schon irgendwie, glaub mir.« Mira stand auf, um die Heckenschere aufzuheben. Noch einmal drehte sie sich zu Alessandro um. Und was sie in seinen Augen las, war nichts als Wärme.

Printed in Poland
by Amazon Fulfillment
Poland Sp. z o.o., Wrocław

21852084R00138